ममता कालिया

ममता कालिया का जन्म 2 नवम्बर, 1940 को वृन्दावन, उत्तर प्रदेश में हुआ। दिल्ली विश्वविद्यालय से एम.ए. करने के बाद उन्होंने दिल्ली, मुम्बई और इलाहाबाद में अरसे तक प्राध्यापन किया। 1963 से शुरू हुआ उनका रचनात्मक सफर आज भी अबाध रूप से जारी है।

उनकी प्रमुख कृतियाँ हैं—'बेघर', 'नरक-दर-नरक', 'तीन लघु उपन्यास', 'दौड़', 'दुक्खम-सुक्खम', 'सपनों की होम डिलिवरी', 'कल्चर-वल्चर' (उपन्यास); 'छुटकारा', 'सीट नम्बर छह', 'उसका यौवन', 'एक अदद औरत', 'जाँच अभी जारी है', 'निर्मोही', 'मुखौटा', 'बोलनेवाली औरत', 'प्रतिदिन', 'थोड़ा-सा प्रगतिशील', 'खुशकिस्मत', 'पच्चीस साल की लड़की' (कहानी-संग्रह); A Tribute to Papa and other Poems, Poems 78, 'खाँटी घरेलू औरत', 'पचास कविताएँ', 'कितने प्रश्न करूँ' (कविता-संग्रह); 'कल परसों के बरसों', 'सफर में हमसफर', 'कितने शहरों में कितनी बार', 'अन्दाज़-ए-बयाँ उर्फ रवि कथा', 'जीते जी इलाहाबाद' (संस्मरण); 'भविष्य का स्त्री विमर्श', 'स्त्री विमर्श का यथार्थ', 'स्त्री विमर्श के तेवर' (निबन्ध-संग्रह); 'महिला लेखन के सौ वर्ष' (सम्पादन)।

वे महात्मा गांधी अन्तरराष्ट्रीय हिन्दी विश्वविद्यालय, वर्धा की इंग्लिश पत्रिका 'HINDI' की सम्पादक भी रह चुकी हैं।

उन्हें उत्तर प्रदेश हिन्दी संस्थान के 'यशपाल कथा सम्मान' (1985), 'साहित्य भूषण सम्मान' (2007), 'राममनोहर लोहिया सम्मान' (2014), के.के. बिरला फाउंडेशन के 'व्यास सम्मान' (2017), ढींगरा फैमिली फाउंडेशन, अमेरिका के 'लाइफटाइम अचीवमेंट अवार्ड' (2020), 'ओ.पी. मालवीय स्मृति सम्मान' (2020) समेत अनेक सम्मान और पुरस्कार प्रदान किए जा चुके हैं।

ई-मेल : mamtakalia011@gmail.com

बेघर

ममता कालिया

राजकमल पेपरबैक्स

पहला पुस्तकालय संस्करण रचना प्रकाशन (इलाहाबाद) द्वारा 1971 में प्रकाशित

राजकमल पेपरबैक्स में
पहला संस्करण : 1985
सातवाँ संस्करण : 2025

राजकमल पेपरबैक्स : उत्कृष्ट साहित्य के जनसुलभ संस्करण

राजकमल प्रकाशन प्रा.लि.
1-बी, नेताजी सुभाष मार्ग, दरियागंज
नई दिल्ली-110 002

शाखाएँ : अशोक राजपथ, साइंस कॉलेज के सामने, पटना-800 006
पहली मंज़िल, दरबारी बिल्डिंग, महात्मा गांधी मार्ग, प्रयागराज-211 001
1, अनमोल सोराबजी संतुक लेन, धोबी तलाव, मरीन लाइंस, मुम्बई-400 002

वेबसाइट : www.rajkamalprakashan.com
ई-मेल : info@rajkamalprakashan.com

बी.के. ऑफसेट
नवीन शाहदरा, दिल्ली-110 002
द्वारा मुद्रित

मूल्य : ₹199

BEGHAR
Novel by Mamta Kalia

ISBN : 978-93-88183-02-4

दोस्त पापा के लिए

परमजीत के बाप की लस्सी की दुकान थी। लस्सी बिलोते-बिलोते उसकी हथेलियों में स्थायी ठेकें और सूजन बैठ चुकी थी। दुकान में तख्त पर गुम्बदाकार लोटा, मथानी और दही का कूँड़ा, चीनी वगैरह लिये वह बैठा रहता। तख्त के एक किनारे मुरादाबादी कलई के गिलास कायदे से रखे रहते। जब परमजीत छोटा था तब वह बाप को बर्फ धो-धोकर पकड़ाया करता था। बाप ने उसे लस्सी बिलोनी सिखानी चाही थी, पर उसके ग्राहक नहीं माने। फलतः उसने पाँच रुपए का एक चिकना नोट देकर परमजीत को स्कूल में दाखिल करा दिया।

परमजीत की माँ ने कई बार कहा कि बाप लस्सी के साथ-साथ दुकान पर पूरी-छोले का भी इन्तजाम रखे; सुबह के समय सारी दिल्ली पूरी-छोले खाती थी, पर बाप इस सुझाव पर भड़क जाता, 'मैंने होटल-शोटल नहीं चलाना है।' उसे घमंड था कि उसने दूध-दही के अलावा किसी चीज में कभी हाथ नहीं डाला। उसके लगे-बँधे ग्राहक थे जिनके बारे में वह जानता था कि वे कितने चम्मच चीनी पीना पसन्द करते हैं। वह हर ग्राहक की औकात लस्सी की मिकदार से आँकने का आदी हो चला था। कई ग्राहक गाढ़ी लस्सी पसन्द करते थे तो कई पतली। कई को मुँह में दही की फिटकियाँ आनी पसन्द थीं और कई बीस मिनट तक घुटवाते थे। फिर वह लस्सी के गिलास पर कूँड़े से मलाई काटकर तह जमाता और ऊपर से चीनी और गुलाबजल छिड़ककर पेश करता। उसके मुकाबले में शक्तिनगर में कइयों ने लस्सी की दुकान शुरू करनी चाही पर ग्राहकों को उसी के हाथों का चस्का पड़ गया था। सर्दियों में तकलीफ होती थी पर दही खरीदनेवाले आते ही थे। इस धन्धे में आराम था, ज्यादा भागदौड़ नहीं थी। एक पटरे पर बैठे-बैठे ही सुबह से शाम हो जाती। गुजारे लायक आमदनी तो आसानी से निकल आती थी। फिर दुकान में न मेज-कुर्सी लगाने का झंझट न साज-सँवार का। बस आगे एक बेंच डाल दी थी उसने। कई बार कुछ शौकीन लड़कों ने सुझाव दिया कि दुकान पर साइनबोर्ड तो होना ही चाहिए पर परमजीत के बाप को फिजूलखर्ची पसन्द नहीं थी। फिर उसका कहना था कि उसका साइनबोर्ड तो लोगों को रटा पड़ा है, 'लाले दी हट्टी'।

अपने से बड़े बच्चों की उतरने पहनते और धूप में मुर्गा बनते-बनते परमजीत

का स्कूली रवैया चलता रहा। जब वह घर आता उसकी माँ उसे घर का सबसे छोटा बच्चा पकड़ा देती। परमजीत बच्चे को गोद में लेकर कभी छत पर, कभी गली में टहलता रहता। कभी-कभी वह बच्चे को लिये-लिये पहाड़े रटने लगता। शाम को उसकी माँ उसे बच्चे के साथ-साथ थैला भी पकड़ा देती और वह गली की सबसे सस्ती दुकान से सब्जी खरीद लाता। परमजीत के घर में कद्दू बहुत खाया जाता था। उसकी माँ कई तरह से कद्दू बनाती थी। वह कद्दू की तीखी तरकारी भी बनाती थी और मीठी भी। उनके घर कद्दू के कोफ्ते और पकौड़े बनते थे। उसकी माँ को कद्दू का स्वादिष्ट हलवा भी बनाना आता था। अब उन्हें इतनी आदत पड़ चुकी थी कि खाने में कद्दू न होने पर उन्हें उतना ही धक्का लगता था जितना दही न होने पर। दही से वे खाना खाते थे और सिर धोते थे। बाप का कहना था दही उनकी सेहत का राज और रंगत का। वैसे परमजीत कभी हिसाब नहीं कर पाया कि उसने जीवन में कद्दू ज्यादा खाया है या दही। माँ बताती थी कि बचपन में झिड़कने पर परमजीत रूठकर कोठरी में साबुत कद्दू के ऊपर बैठ जाया करता था। शायद परमजीत को यह आदत इसलिए पड़ी थी क्योंकि उनके घर में कुर्सी नहीं थी और स्कूल में मास्टर कुर्सी पर बैठता था। घर में खाटें और तख्त थे जिन पर बैठने और सोने के अलावा जाड़ों में गोभी और मेथी सुखाई जाती थी।

छुटपन में परमजीत ने कभी नहीं सोचा था कि एक दिन वह किसी कम्पनी में नौकरी करेगा। वैसे उसने यह भी नहीं सोचा था कि वह लस्सी की दुकान पर बैठे। वह लस्सी की दुकान पर नहीं बैठेगा, इस बात का अहसास उसने तभी कर लिया था जब वह स्कूल में क्लास-दर-क्लास पास होता गया था। पर वह चाहता था उसका बाप उसे श्रृंगार की चीजों की दुकान खोल दे और सारा दिन उसकी दुकान पर रंग-बिरंगे दुपट्टों वाली लड़कियाँ आया करें। मैट्रिक तक आते-आते यह बात उसके दिमाग में जमकर बैठ गई थी और वह अक्सर अपनी कॉपी पर औरतों के काम आनेवाली श्रृंगार की चीजों की फेहरिस्त बनाया करता था। यह उसने उन्हीं दिनों पता लगाया था कि उसे आधे अक्षरों वाले शब्द बोलने में मुश्किल होती है। लिपस्टिक न वह बोल पाता था न लिख, उसकी जगह उसने कॉपी में लिशटिक लिख रखा था। उसके घर में औरों का उच्चारण उससे भी खराब था। उसकी माँ स्टोव को सटोव और परेशान को प्रेशान कहती थी। उसका बाप बीमारी को बमारी और दवाई को दुआई कहता था।

परमजीत को अपनी गली से खास लगाव था। अपनी गली में वह कहीं भी थूक सकता था और कहीं भी मूत सकता था। उसने लड़कियाँ भी घूरनी शुरू कर दी थीं। गली के लड़के की पिटाई नहीं होती थी। उसे 'कमला' कहकर छोड़ देते थे।

परमजीत को गुड्डो विशेष पसन्द थी। मोटे-मोटे गालों वाली गुड्डो जब गली में निकलती तो उसकी कलफ लगी सलवार मुरमुरे के थैले जैसे बजती।

उसने अभी दुपट्टा लेना शुरू नहीं किया था, हालाँकि उसकी कमीज अब आगे से ऊँची रहने लगी थी। परमजीत ने पाया कि जहाँ दो साल पहले वह लड़कियों की सिर्फ शक्ल ताकता था, अब उनकी कमीज ताकता रहता है। यह बात उसने अपने साथी दर्शन से भी कही। दर्शन का खयाल था बबली गुड्डो से अच्छी है। बबली के आगे के दाँत बड़े थे और रंग पक्का। पर वह दुपट्टा बड़ा सँभालकर लेती थी और गली के नुक्कड़ पर दर्शन और परमजीत घंटों उसके दुपट्टे के गिरने का इन्तजार किया करते।

परमजीत की माँ बच्चे पैदा करते-करते निचुड़ गई थी। उसके पूरे बदन में सिर्फ उसका पेट तन्दुरुस्त लगता था। वह अक्सर रेशमी सलवार-कमीज पहनती थी, जिनमें उसके दुबले हिस्से और दुबले और मोटे हिस्से और मोटे लगते। माँ का दुपट्टा आँगन में लगी रस्सी पर टँगा रहता और बाहर जाते वक्त वह आदतन हाथ ऊँचा कर दुपट्टा खींच लेती। परमजीत का बाप अक्सर लुंगी ही पहने होता। दुकान पर परमजीत ने उसे और किसी पहनावे में शायद ही देखा हो। हाथ पोंछते-पोंछते उसकी सभी लुंगियाँ बेहद चिकनी हो चली थीं। वैसे भी उसके बाप का सम्पूर्ण व्यक्तित्व एक चिकनेपन का अहसास देता था। इसमें लुंगी से भी ज्यादा वह तेल मददगार था जो वह बालों में लगाता था। हफ्ते में दो दिन वह दिलपसन्द हेयर कटिंग सैलून में शेव कराता ढूँढ़ा जा सकता था। जिस दिन वह शेव करवाता, उस दिन वह धोबी की धुली लुंगी और बनियान भी पहनता।

आधी दोपहर तक अक्सर परमजीत ने अपनी माँ को कपड़े धोते ही पाया। किसी दिन वह ज्यादा कपड़े धो लेती और बीमार हो जाती। या शायद जिस दिन उसे बीमार होने का चाव आता वह जानबूझकर ज्यादा कपड़े धोती। उसके बीमार पड़ते ही बाप और माँ में लड़ाई हो जाती और परमजीत की छोटी बहन बिम्मा अदरक-तुलसी की चाय बनाकर माँ को पिलाती। बुखार होता तो माँ हरे पत्ते की गोली की माँग करती। बाप बुड़बुड़ाता हुआ उसे एनासिन ला देता। परमजीत को माँ पर गुस्सा आता। उसके बीमार होते ही वह चिढ़ जाता। उसे महसूस होता उसका घर में रहना जरूरी हो गया है। कई बार उसने कपड़े कूटने का डंडा छुपा दिया था पर माँ पड़ोस में से माँग लेती। उस गली में कपड़े धोनेवालों के दो सम्प्रदाय थे। एक कूटकर धोनेवालों का, दूसरा मसलकर धोनेवालों का। परमजीत को कई बार लगा था कि उनका धोबी जरूर उसकी माँ को कोसता रहता होगा। माँ के बीमार पड़ने पर वह छोटी बहन को डाँट देता। छोटी बहन उसे कोई महत्त्व नहीं देती। उसकी बात आधी मुँह में ही होती और बहन उसे छोड़कर रसोई में चली जाती। बहन का सिर जुओं से भरा था और हाथ मसाले की गन्ध से। माँ के बच्चे पालते-पालते वह बुजुर्ग हो चली थी। उसे सभी के दूध का, स्कूल का समय याद रहता और सुबह वह सारे बच्चों के कपड़े ढूँढ़ कर देती थी। यह बात और थी कि वह

पढ़ने में निकम्मी थी। उसका स्कूल जाना अक्सर किसी भी कारण से रुक जाता था, बच्चे के दाँत निकलने से लेकर घर भर के पाजामे सीने की जरूरत तक। पर परमजीत के माँ-बाप ने इस बात की कभी फिक्र नहीं की।

बिम्मा—बिमला की सहेलियाँ भी उस जैसी थीं पर वे परमजीत को बुरी नहीं लगती थीं। बल्कि उसका मन होता कि उसकी सहेलियाँ उसके घर ज्यादा आएँ बजाय उसके कि बिम्मा उनके घर जाए पर कम्बख्त बिम्मा की सहेलियों से लड़ाई जल्दी हो जाया करती थी।

लालचन्द प्राइवेट कॉलेज में तो परमजीत इसलिए पहुँच गया था क्योंकि उसके पड़ोसी ने बताया कि उसे पंजाबी होने के नाते लाला बग्गूमल छात्रवृत्ति आसानी से मिल सकती है। फिर परमजीत कॉलेज को पढ़ाई का पर्याय भी नहीं मानता था। पर वहाँ से आकर वह उदास हो जाता। उसे घर में अपने माँ-बाप पुराने और बेमजा लगने लगते और बहन गलीज। उसे यह भी शर्म आती कि कई लड़कों के बाप उसके बाप की दुकान पर सुबह लस्सी पीने आते थे। उसे पता नहीं था वह क्यों पढ़ रहा है। उसके माँ-बाप को भी नहीं पता था। पर वह कॉलेज चला जाता था क्योंकि उसे और कहीं नहीं जाना होता था। ताज्जुब यह था कि इसके बावजूद परमजीत पास हो जाता था।

आखिर परमजीत के बाप ने अपने एक ग्राहक से कहा था, ''एक बेटा है, पढ़-लिखकर इस धन्धे के लिए बेकार हो गया है।''

ग्राहक ने कई बार सुना था, फिर कहा, ''लड़के को बम्बई भेज दो। हमारे सेठ की कम्पनी का एक आदमी उधर भेजना है। सारा ऑफिस सँभालना होगा। तनखा अभी नहीं मिलेगी, खर्चा-पानी मिलेगा। उसे कहो, टाइपिंग-शाइपिंग सीख ले और अंग्रेजी भी।''

परमजीत के दोस्तों को पता चला कि उसे बम्बई जाना है तो वे ऐसे उत्तेजित हो गए जैसे वह फिल्म में काम करने जा रहा हो। उन्होंने बम्बई फिल्मों में देखी थी और उन्हें लगता था बम्बई में दिल्ली की तरह दूध के लिए लम्बी कतारें नहीं लगतीं, वहाँ अँगीठियों से धुएँ नहीं निकलते, वहाँ सड़कों पर गाएँ गोबर नहीं करतीं और वहाँ शादी-ब्याह पर लाउडस्पीकरों पर गाने परेशान नहीं करते। उनके खयाल में बम्बई का अर्थ था—समुद्र, फिल्म और लड़कियाँ।

परमजीत की टोली के कई लड़कों को दिल्ली के किसी भी कॉलेज में दाखिला नहीं मिला था, वे शाहदरा पढ़ने के लिए जाते थे। शाम को परमजीत और उसके

दोस्त नागिया पार्क में इकट्ठे होते। कभी-कभी उनमें से कोई अपनी जेब में चुपके से ताश ले आता, तब वे पार्क की रोशनी में घंटों खेलते रहते। बाकी समय वे पार्क के एक हिस्से से दूसरे हिस्से में घूमते लड़कियाँ गिनते रहते। लड़कियाँ ज्यादातर अपने छोटे भाई-बहनों को गोद में या उँगली से पकड़ टहलाने लातीं। लड़कों को खुशी थी कि लड़कियों के माँ-बाप परिवार नियोजन नहीं करते। लड़कियों को भी खुशी थी क्योंकि यह उनका घर से निकल सकने का एकमात्र बहाना था। कभी-कभी लड़के लड़कियाँ गिनते-गिनते बहस में पड़ जाते। दर्शन किसी-किसी को बच्ची कहकर रिजेक्ट करना चाहता पर गुरमीत को वह जवान लगती और कभी परमजीत को कोई लड़की औरत लगती तो मोहन को लड़की। कभी-कभी किसी लड़की का घर पता करते वे दूर तक निकल जाते पर सारी ताक-झाँक के बाद अपनी गली में लौट आते।

गली शुरू होते ही डॉक्टर मरवाहा की दुकान आती थी। जिस दिन दुकान बन्द हो चुकती परमजीत को थोड़ा डर लगता, क्योंकि इसका मतलब था डॉक्टर मरवाहा सोने जा चुका और परमजीत का बाप घर पर होगा। परमजीत का बाप अखबार पढ़ने डॉक्टर की दुकान पर आता था। जब डॉक्टर देखता परमजीत का बाप एक ही खबर बार-बार पढ़ रहा है, वह उबासी लेते-लेते दुकान के दरवाजे बन्द करने लगता। वैसे डॉक्टर की दुकान पर अधिकतर वे ही लोग बैठे रहते थे जो मरीज नहीं थे। वे अक्सर फोन करने या समय बिताने आते। डॉक्टर की आमदनी फोन से ज्यादा थी और प्रैक्टिस से कम। वह एक फोन का तीस पैसा लेता। उसकी दुकान गहरे रंग की बोतलों से भरी थी। परमजीत और उसके साथियों का खयाल था ये बोतलें खाली थीं। डॉक्टर की पुत्रवधू इसलिए उसे दुकान खोलने देती थी क्योंकि नहीं तो डॉक्टर घर में टाँग अड़ाता था। फिर दुकान का कोई खर्च नहीं था। डॉक्टर सुबह खुद ही उसमें झाड़ू लगा लेता और नई दवाइयाँ शायद ही कभी खरीदता।

परमजीत और उसके दोस्त नई दिल्ली खास मौकों पर ही जाते, जैसे स्वतंत्रता दिवस पर परेड या दीवाली पर रोशनी देखने। वहाँ जाकर वे असुविधा महसूस करते क्योंकि वहाँ की भीड़ में उनके कपड़े मामूली हो जाते और उनकी चाल-ढाल कस्बाई। वहाँ चाट के ठेले नहीं होते थे और गरम मूँगफली भी नहीं। उन्हें चाँदनी चौक की बेतरतीब भीड़ ज्यादा पसन्द थी जहाँ एक रुपए में भी वे कई चीजें चख सकते थे और मौका मिलने पर गुजरती लड़कियों को कन्धा मारकर बढ़ जाते। नई दिल्ली में लड़कियाँ चुस्त सलवार-कुर्तों में घूमतीं और जब तक वे उनके बारे में कोई निर्णय लेते, लड़कियाँ आगे जा चुकतीं। यहाँ लड़कियाँ अपने छोटे भाई-बहनों की उँगलियाँ पकड़े नहीं होती थीं, वे ज्यादातर अपने जितने ही स्मार्ट लड़कों के साथ घूमतीं। यह बात परमजीत और उसके साथियों को कहीं बहुत

अकेला छोड़ जाती। ऐसी लड़कियों के प्रति मन में उन्हें वैसा ही आक्रोश होता जैसा वैसी लड़की के प्रति जिसके बारे में गली में खबर फैल जाती कि उसकी कुड़माई हो गई है। गली भर को धक्का लगता और फिर वह लड़की बहनजी हो जाती, जिसकी शादी में गली के सब लड़के भंगड़ा डालते और दौड़-दौड़कर शामियाना सजाते।

जब दर्शन, मोहन और परमजीत सुनते कि दिल्ली बहुत आगे बढ़ गई है तो उन्हें यह बात समझ में न आती। उन्हें तो यह पता था कि जैसे औरतें पहले गली में कूड़ा फेंकती थीं वैसे ही अब फेंकती हैं और जैसे बसें पहले देर से आती थीं वैसे ही अब आती हैं। वे लोग अखबार नहीं पढ़ते थे पर उन्होंने सुना था कि अखबार कहता है कि दिल्ली ने तरक्की की है। उन्होंने अपने अध्यापकों से यह भी सुना था कि दिल्ली विदेशी टूरिस्टों की प्रिय जगह है पर उन्होंने अपने गली-बाजार में कभी किसी टूरिस्ट को नहीं देखा था। शायद यह कहना ज्यादा ठीक था कि उन्होंने दिल्ली नहीं देखी थी।

परमजीत के लिए पड़ोस के दर्जी से तीन जोड़ी पैंट और शर्ट बनवा दी गई। माँ और बिम्मा ने मिलकर उसके नाश्ते के लिए पिन्नियाँ बनाकर रख दीं। अपनी पुरानी कब्ज और कच्ची-पक्की अंग्रेजी लिये एक दिन परमजीत बम्बई के लिए रवाना हो गया। सफर के कुछ घंटे वह इस खयाल में बैठा रहा कि अकेला वही बम्बई जा रहा है, पर जल्दी ही उसने पाया कि उसके आस-पास के कई लोग बम्बई जा रहे हैं, बल्कि सारी ट्रेन ही बम्बई जा रही है। उसने अपने को बहुत भोंदू पाया। उसने अपने सहयात्रियों से बात करने की कोशिश की। उसके पास बैठे आदमी ने कहा वह हफ्ते में दो बार बम्बई जाता है, बम्बई जाना उसके लिए ऐसा है जैसे कमलानगर जाना। परमजीत ने पूछा वह क्या करता है। उसने कहा, ''इम्पोर्ट-एक्सपोर्ट।''

परमजीत को यह नहीं पता था कि इम्पोर्ट-एक्सपोर्ट चीजों का किया जाता है। वह इसे एक स्वतंत्र धन्धा समझता था। उसे लगा यह आदमी जरूर महत्त्वपूर्ण है। उसने उसे पिन्नियाँ खिलानी चाहीं पर उस आदमी ने कहा, सफर में वह खाता नहीं है, सिर्फ पीता है। परमजीत ने पैंट की जेब से निकालकर अपने ऑफिस का पता पढ़ा और उस आदमी से पूछा, ''वरली कैसी जगह है?''

सुनकर आदमी ने उसे गौर से देखा फिर बोला, ''वरली में वे लोग रहते हैं जो पैडर रोड और नेपियन-सी रोड अफोर्ड नहीं कर सकते और उपनगर में रहना जिन्हें तौहीन लगती है। वहाँ समुद्र है पर बीच नहीं। वरली और बम्बई के अन्य महँगे इलाकों में सिर्फ एक समानता है कि वह किसी लोकल रेलवे स्टेशन से जुड़ा हुआ

नहीं है और बसें वहाँ उतनी ही दिक्कत से मिलती हैं जितनी नेपियन-सी रोड या कम्बाला हिल पर।''

इन बातों से परमजीत को कुछ भी समझ नहीं आया, सिवाय इसके कि वह आदमी उसे प्रभावित करने की कोशिश कर रहा है। पर उसने यह जान लिया कि यह आदमी उसे बम्बई का भूगोल न सही रसायन तो समझा ही सकता है।

उस आदमी ने कहा, ''वह उसे पीटर कह सकता है।''

'सकने' को लेकर परमजीत को लगा जैसे वह चाय पी सकता है या एक पिन्नी और खा सकता है। उसे इस नाम में कोई अपरिहार्यता नजर नहीं आई जैसी उसे अपने नाम परमजीत डाँग में आती थी। उसे महसूस हुआ पीटर का नाम उतना ही सामयिक है जितना कुत्तों या कमरों का होता है। पर उसे ऐसा भी लगा कि पीटर उससे ज्यादा वयस्क है।

पीटर ने कहा, ''दिन में बम्बई में पटरियों पर जापानी, अमरीकी और जर्मन चीजें बिकने के लिए पड़ी रहती हैं, रात में औरतें। वहाँ भूख के लिए शादी नहीं करनी पड़ती, चार आने में उसलपाव और चार रुपए में औरत मिल जाती है।'' पीटर की दाईं आँख शायद बात करते समय आदतन दब जाती थी।

ये बातें परमजीत को एक तरफ बौखला गईं पर साथ ही वह बम्बई के प्रति अचानक उत्साह से भर गया। अभी तक बम्बई उसने सिर्फ काम से सम्बद्ध की थी। उसे सेठ के सहायक ने समझाया था कि उसे कम्फर्ट रेफ्रिजरेशन कम्पनी का एजेन्ट नियुक्त किया जा रहा है। उसका काम होगा, बम्बई और उसके आस-पास से ऑर्डर प्राप्त करना, कम्पनी को खबर देना, बिलों की वसूली करना, ग्राहकों की शिकायतें दर्ज करना, शील रिपेयर सर्विस से कमीशन बेसिस पर रिपेयर करवाना वगैरह-वगैरह। उसे एक कैम्प कॉट खरीद लेना होगा और रात को ऑफिस में ही सो जाया करेगा। परमजीत ने दिल्ली में पटरियों पर कटपीस कपड़े, मूलियाँ और कुलचे-छोले बिकते देखे थे। पटरियों पर उसने लोगों को दिन में मूतते और रात में सोते देखा था पर औरतों की वह कल्पना नहीं कर पा रहा था। क्या वे अरब की हूरों की तरह बिकती होंगी जैसा उसने एक फिल्म में देखा था? पर चार रुपए में हूर! उसे कुछ भी स्पष्ट नहीं हो पाया पर वह एक वयस्क आकांक्षा से भर गया। वैसे तो घर से हटते ही परमजीत ने अपने को ज्यादा मुक्त और सचेत पाया था। पर अब उसे ऐसा महसूस हुआ कि वह गाड़ी की रफ्तार के साथ-साथ बड़ा हो रहा है। वह जानना चाहता था कि क्या वरली में भी ऐसी पटरियाँ होंगी पर पीटर के सामने नंगा होते उसे संकोच हुआ।

शायद पीटर अब तक ऊब चुका था। वह ऐसे सो गया जैसे ट्रेन में लोग सोते हैं, जब तब चौंककर एक चौकस नजर सामान पर डालते हुए। पीटर की तुलना में परमजीत ने अपने को स्वस्थ और सुन्दर पाया। पीटर को देखकर लगता था उसके

शरीर में या तो ज्यादा हड्डियाँ लग गई हैं या वे गलत जगह पर लग गई हैं। टेरिलीन की कमीज से झाँकती उसके कॉलर और कन्धे की हड्डियाँ खासा हवाई जहाज बना रही थीं।

जिस अहाते में कम्फर्ट रेफ्रिजरेशन कम्पनी का ऑफिस था उसमें एक बड़ी इमारत थी। चालीस परिवार इसके संयुक्त मालिक थे। पीछे की ओर तीन मोटर गैरेज थीं जिनमें से एक में भी मोटर नहीं थी। सभी मोटरें अहाते के तीन तरफ खड़ी रहती थीं। हाउजिंग सोसायटी ने झमेला न खड़ा होने की गरज से तीनों गैरेजें किराए पर उठाई हुई थीं। दो में रेडियो रिपेयर व धोबी की दुकानें और तीसरे में कम्फर्ट का दफ्तर था। गैरेज में काम करने व रहने का परमजीत का यह पहला अनुभव था। दिल्ली में गैरेज में सिर्फ पाकिस्तान से आए शरणार्थी रहते थे और परमजीत के बाप जैसे दिल्ली के खास रहनेवाले उनसे कोई सम्पर्क नहीं रखते थे। गैरेज, म्यानी या बरसाती में से किसी में भी रहना दिल्ली में स्तरीय नहीं समझा जाता था और उनसे बिल्डिंग के दूसरे लोग मिलते-जुलते नहीं थे। वैसे आपस के मकानों में पड़ोसीपन काफी चलता था जिसके अन्तर्गत आटा, साबुन, पकी सब्जियाँ, दही का जामन के अलावा गहने, जूते और कुर्सियाँ भी दी-ली जाती थीं। बल्कि वहाँ औरतें अपने घरों की अपेक्षा पड़ोस के घरों के बारे में ज्यादा जानती थीं। इसलिए यह स्वाभाविक था कि परमजीत को आसपास लोग देखकर अच्छा लगा। पर उन लोगों ने कोई ध्यान नहीं दिया, पहचान करने का इरादा भी नहीं दिखाया।

धूल और कॉक्रोच भरी गैरेज में दफ्तर का टाइपराइटर, टेलीफोन, स्याहीचूस और ट्रे ऐसे पड़े थे जैसे बरसों से काम बन्द पड़ा हो। दरअसल कम्फर्ट का मालिक इस दफ्तर पर तब तक और कुछ खर्च नहीं करना चाहता था जब तक यह दफ्तर एक मोटी रकम कमाकर न दे दे। टेलीफोन की जगह टट्टी होती तो कितना अच्छा होता, परमजीत ने स्थिति पर सोचा। परमजीत को हाउजिंग सोसायटी के सचिव ने बताया कि यह दफ्तर उसकी कम्पनी ने एक एस्टेट एजेन्ट द्वारा ज्यों का त्यों खरीद लिया है।

परमजीत ने दफ्तर हमेशा चपरासियों से सम्बद्ध किया था। उसे लगता था चपरासी के बिना दफ्तर लस्सी की दुकान होता है। उसे स्पष्ट हो गया कि बिना किसी अनुभव के भी उसे क्यों रख लिया गया है। यहाँ अनुभव की नहीं, थोड़े भोंदूपन की जरूरत थी। यह बात उसने सफाई करते समय महसूस की, फिर वह नई नौकरी के जोश में जोर-जोर से मेज-कुर्सी झाड़ने लगा। दूसरे दिन सुबह परमजीत को हालात पर काफी हँसी आई। यह ऐसा दफ्तर था जहाँ सुबह दस बजे कोई हाजिरी का रजिस्टर उसका इन्तजार नहीं कर रहा था। अगर माँ-बाप को पता

चले तो नए कपड़ों पर लगाए पैसे उन्हें बुरे अखरें। उसने तय किया वह कुछ ही दिनों में कम्पनी से चपरासी माँगेगा।

बाहर एक पाखाना था जिसके आगे ऐसे क्यू लगा हुआ था जैसे सिनेमा हॉल की खिड़की पर लगता है। परमजीत ने जानना चाहा कि क्या वहाँ फ्लश है। उसके आगे खड़ी लड़की ने कहा, "है तो पन बिगड़ेला है। तुमको मँगता है तो जमेदार को दस पैसा देकर अपने लिए साफ करा लो।"

लड़की के चेहरे पर कई मुँहासे थे और उसने लाँगवाली धोती पहन रखी थी। वह थोड़ी देर एक पैर पर खड़ी रहती, फिर बोझ बदलकर दूसरे पर खड़ी हो जाती। धोती की लाँग उसके कूल्हों को विभाजित कर रही थी। उसकी पिंडलियों के ऊपर टाँगों पर घने बाल थे। कितना रोचक हो अगर वह लड़की के साथ-साथ पाखाने चला जाए, परमजीत ने उसके कूल्हे देखते हुए सोचा, फिर उसके मुँहासों के बारे में खयाल कर यह कल्पना दिमाग से धकेल दी।

धोबी परिवार ने कहा कि एक कपड़े की सादा धुलाई का दर चालीस और स्पेशल धुलाई का साठ पैसे होगा। परमजीत ने दरें दोहराते हुए चाहा कि उसे विश्वास हो जाए पर वह सफल नहीं हुआ। धोबी का छोटा बेटा उसकी तरफ ऐसी शान से देख रहा था जैसे उसके बाप ने अभी अखाड़े में परमजीत को पटकी लगाई हो। वह सारा घर हफ्ते में दो दिन कपड़ों के गट्ठर टैक्सी में लेकर निकलता था और महालक्ष्मी पर पाटा नम्बर दो सौ आठ पर पहुँच जाता। धोबी और उसका बेटा कपड़े पछाड़ते, धोबी की बीवी उन्हें हौज में खँगाल-खँगालकर निचोड़ती और उसकी बेटी कंजी लगाकर सुखाने डाल देती। हर धोबी को कपड़े सुखाने की जल्दी होती क्योंकि इतने कपड़े वे घर में नहीं सुखा सकते थे और सूखने से पहले कपड़े बाँध लेने में उनमें बू आने लगती।

परमजीत ने इस गरज से धोबी से उसका नाम पूछा कि शायद जान-पहचान का असर धुलाई की दरों पर पड़े। पर धोबी ने उसे कोई 'लिफ्ट' नहीं दी। यह तो परमजीत को काफी बाद में पता चला कि धोबी के नाम का कोई महत्त्व नहीं है उसी तरह जिस तरह दर्जी के नाम का। इस शहर में धोबी को लोग धोबी ही कहते थे, मोची को मोची और भंगी को भंगी। सिर्फ दूध वाले को लोग भइया और मजदूरों को घाटी कहते। उसके अगल-बगल के गैरेजों में से किसी ने भी उसका नाम जानने की जिज्ञासा नहीं की। किसी ने यह भी नहीं पूछा कि वह कहाँ से और क्यों आया है और खाना कहाँ खाएगा। शुरू में परमजीत को इतना अपरिचय कायम रखने में दिक्कत हुई, फिर वह भी अपने पड़ोसियों को धोबी और मैकेनिक कहने लगा जिस तरह वे उसे पंजाबी कहने लगे थे।

शहर का मिजाज इतना रूखा होगा, परमजीत ने नहीं सोचा था। उसके सामने यह समस्या कभी पहले आई ही नहीं कि अगर शहर उसे मंजूर न करे तो क्या

होगा। अपने शहर में वह अपने को इस कदर घरू पाता था कि उसे कभी कुछ अनजाना नहीं लगा। फिर वहाँ जो चीजें अनजानी थीं उनसे वह भिड़ता भी नहीं था। पर यह शहर उसके लिए नितान्त अपरिचित था, उसके घरेलूपन व बेफिक्र आरामपसन्दी के लिए चुनौती।

परमजीत की माँ ने उसे चिट्ठी में लिखा कि गरमी बहुत बढ़ गई है, वह बेड़े या छत पर छिड़काव करके खाट बिछा लिया करे। शक्तिनगर में रहते-रहते उसकी माँ बगैर बेड़े और छत के मकान की कल्पना भी नहीं कर सकती थी। गरमियों में वे सब बारी-बारी से छत पर पानी छिड़कते और बिस्तर लगाते। और तब परमजीत देर तक मुँडेर पर से अपने से नीची छतों पर सोते लोग देखता रहता और उन्हें दिन में पहचानने की कोशिश किया करता। उसकी माँ देर तक इस चिन्ता में बार-बार चौंकती कि बिम्बा चादर पाँवों से हटने न दे, फिर वह सबसे छोटे बच्चे के मुँह में अपना दूध पकड़ाकर सो जाती।

परमजीत ने अपनी माँ को कभी बाप के पास सोते नहीं देखा, न ही कभी एक-दूसरे को छूते या छेड़ते। पर यह तय था कि इसका कोई समय था सही, क्योंकि उसकी माँ ज्यादातर गर्भवती ही रहती और बंसलोचन खाती रहती।

परमजीत ने माँ को लिखा कि छत का रास्ता अभी उसे मालूम नहीं हुआ है और फिर दफ्तर में पंखा भी है, उसे रोज दो-चार जगह क्लायंटेल समझने जाना पड़ता है, उसके पास टेलीफोन भी है, नम्बर है 375487, अगर माँ चाहे तो किसी समय डॉ. मरवाहा के यहाँ से उससे ट्रंककॉल पर बात कर सकती है।

उसने यह सब सिर्फ रोब जमाने के लिए लिखा था। उसे यह अच्छी तरह पता था कि उसका बाप उसके बारे में कभी इतना व्यग्र नहीं होगा और उसकी माँ ने कभी टेलीफोन करना तो दूर, हाथ में पकड़ा भी नहीं। वह चिट्ठियाँ पढ़कर आले में रख देती और फिर उसके छोटे भाई आँख बचाकर उन चिट्ठियों की नावें बना लेते।

परमजीत के सभी ग्राहक धड़ल्ले से अंग्रेजी बोलते थे। उनकी शिकायतें दर्ज करते समय परमजीत का हाथ काँपता। उसके स्पेलिंग कमजोर थे। पर उसने आजमाकर पाया कि अंग्रेजी बोलना साइकिल चलाने जैसा है अभ्यास के बाद मुँह से अपने आप निकलती जाती है।

शील रिपेयर कम्पनी का एजेन्ट डैंडी किस्म की चीज थी। उसे देखकर बम्बई का और बम्बई को देखकर उसका सही अन्दाजा हो सकता था। दफ्तर में उसने अपने लिए एक खूबसूरत केबिन बनवाई हुई थी। बाहर फटी बनियान में घूमते मजदूर या सस्ता पर्स और कोल्हापुरी साड़ी पहने टाइपिस्ट का प्रभाव केबिन के अन्दर जाते ही दूर हो जाता था। मेज पर सिल्वर ग्रे रंग का फारमाइका और खीरा की रिवॉल्विंग कुर्सी के साथ-साथ टेलीफोन में लेटेस्ट पुशबैक स्प्रिंग लगी थी। कागजात रखने के लिए ट्रिपिल डैकर स्टैंड था हालाँकि परमजीत ने कभी उसे भरा

नहीं देखा। एजेन्ट सुधाकर शिन्दे को अक्सर उसने टेलीफोन करते ही पाया था। वह बहुत तेज रफ्तार से धीमी आवाज में अंग्रेजी बोलता, जिससे शुरू में परमजीत चौंका था। उसे लगता था जैसे आवाज कहीं और से आई है, अप्रत्याशित। उसे बहुत कॉन्सेंट्रेट करना पड़ता और वह सोचता कि शिन्दे कोई महत्त्वपूर्ण बात करनेवाला है। पर शिन्दे उसी लहजे में तम्बाकू की खूबियों पर बोलता जिस लहजे में वह उसे कम्फर्ट के सेठ के चरित्र के बारे में बताता। फिर वह पाइप सुलगाने में व्यस्त हो जाता। उसके पास कई तरह के पाइप थे। उसने दुनिया के हर कोने से पाइप मँगवाए हुए थे। बल्कि परमजीत को महसूस होता कि शिन्दे पाइप भी इतना ही कम दोहराता है जितनी कम कमीजें। होता यह था कि जिन कपड़ों के विज्ञापन परमजीत पिछले हफ्ते अखबार में देखता, अगले हफ्ते वे शिन्दे के शरीर पर होते। मुँह के एक कोने में पाइप दबाए वह बोलता तो लगता पाइप गिरने ही वाला है।

परमजीत ने शिन्दे से कहा कि मिसेज मेहता का फिर फोन आया था कि मैकेनिक क्यों नहीं भेजा गया। वे रात भर सो नहीं सकी हैं, एयरकंडिशनर काम नहीं कर रहा।

शिन्दे ने कहा, ''मैकेनिक कई बार जाकर चेक कर आया है। एयरकंडिशनर में कोई खराबी नहीं है। शक का रिपेयर हमारे यहाँ नहीं होता।''

''हेडक्वार्टर में अगर शिकायत हो गई तो ?'' परमजीत बोला।

''उसकी ऐसी की तैसी। मिसेज मेहता के शरीर में जहाँ गरमी घुसी हुई है वहाँ एयरकंडिशनर नहीं पहुँच सकता।''

दफ्तर बन्द होने वाला था। फाइलें सँभालते हुए शिन्दे ने पूछा क्या परमजीत बाम्बेली चलना चाहेगा। चलना चाहकर भी परमजीत ने मना कर दिया। शिन्दे के संग वह अपने को पिछड़ा हुआ पाता था। वह शिन्दे से प्रभावित होता, फिर दूर हट जाता। बल्कि कभी-कभी उसे लगता कि शील सर्विस कम्फर्ट पर नहीं, कम्फर्ट शील पर आश्रित है।

पर शिन्दे परमजीत को पसन्द करता था। जिस ध्यान से परमजीत उसे सुनता, उसे एहसास होता जैसे उसकी बातें टेप हो रही हैं। दरअसल बातें करना शिन्दे की हॉबी थी। तकलीफ यह थी कि कुछ देर बाद उसके पास विषय खत्म हो जाते। उसने लोगों को राजनीति पर घंटों बोलते देखा था पर राजनीति उसे हमेशा पेचीदा लगी। इसलिए उसे कई बार चुप रहना पड़ता और चुप होते ही वह ऊबने लगता। कुछ न कुछ करते रहने की गरज से ही उसने पाइप पीना शुरू किया था। पाइप साफ करने, तम्बाकू भरने, पाइप सुलगाने में काफी समय लगाया जा सकता था; बात न रहने पर वह पाइप में व्यस्तता दिखाने लगता था।

आजकल शिन्दे समय के उस टुकड़े में पड़ा था जब उसे शादी की जरूरत महसूस होने लगी थी। उसके माँ-बाप ने पूना में कई लड़कियाँ देखी थीं। पर वह

इस नतीजे पर पहुँचा था कि जो लड़कियाँ उसके माँ-बाप को पसन्द थीं, वे उसे नहीं। उन लड़कियों के अगर दाँत बाहर निकले हुए नहीं होते तो छाती अन्दर दबी होती और अगर छाती अन्दर दबी नहीं होती तो ब्लाउज पर पसीने के छापे होते। अगर इन तीनों में से कोई भी नुक्स न होता तो उनकी आवाज गीदड़ों जैसी होती। उसके माँ-बाप ने तंग आकर कह दिया, "तुम जरूर किसी सिन्धी पोरगी के चक्कर में पड़े हो और हमसे कहलवाना चाहते हो कि हमें एतराज नहीं। पर हम हल्दी-कुंकुम की रस्म नहीं होने देंगे, तुम्हारी आई अनशन कर देगी।"

पहले शिन्दे हर शनिवार को पूना जाता था पर जब से हर प्रवास की परिणति यही बहस रही तो उसने महीने में एक बार जाना शुरू कर दिया और कह दिया कि अभी उसे शादी करनी ही नहीं। दरअसल वह ऐसी लड़की चाहता था जैसी अखबार के विज्ञापन-चित्रों में होती थी। उसका खयाल था, लोग उसकी पत्नी के बारे में ऐसी राय रखें जैसी फिल्म-अभिनेत्रियों के बारे में रखते हैं। ऐसी लड़की का रफ़प्रूफ उसने बाम्बेली और गेलार्ड जैसी जगहों में देखा था, स्कूटर के अगले पहिए जितना बड़ा जूड़ा, ब्लीच किए हुए रोम और मस्कैरा से काली पलकें लिये। शिन्दे के दिमाग पर विज्ञापनों का बहुत असर था। वह मन ही मन ऐसी लड़कियों की एक संश्लिष्ट तस्वीर बनाता रहता। उसकी पत्नी मेडनफार्म ब्रा और सेनारिटा नाइटी पहनेगी, वह माडैस नैपकिंज और ऐनफ्रेंच हेयर रिमूवर इस्तेमाल करेगी, उसकी कलाइयों से एक्सटैंजे परफ्यूम की महक उड़ेगी और उसे लिपस्टिकों में बैजैज रंग सूट करेंगे।

परमजीत शिन्दे दफ्तर से लौटते समय न्यू लोटस कैफे एंड स्टोर में चाय पीने बैठ गया।

जिस समय बैरा ऑर्डर लेने आया, वह टिमटाम ठंडे पेय के लेबल पढ़ रहा था। उसने अनुभव से जाना था कि ईरानी रेस्तराँ में स्पेशल चाय मँगाना जायका खराब करना है क्योंकि वह गाढ़ी और कड़वी होती है। उससे पूछकर बैरे ने आवाज लगाई—'एक सादा मारो'। परमजीत चारों तरफ अलमारियों में रखी चीजें देख रहा था और उसे सिनेमा का सा मजा आ रहा था। पहले पहल यहाँ चाय पीने में उसे असुविधा हुई थी। दुकान और रेस्तराँ का संयुक्तीकरण उसने दिल्ली में नहीं देखा था। वहाँ खोखे होते थे जहाँ केतली में चाय हमेशा उबलती रहती थी और काँच के मर्तबानों में सस्ते बिस्कुट रखे होते थे। इन खोखों पर परमजीत और उसके दोस्तों का उधार चलता रहता और कई बार उधार ज्यादा चढ़ जाने पर वे सड़क बदल लेते। इस रफ्तार से हर खोखे का पैसा चुकाने का नम्बर चार-पाँच महीने बाद ही आता। पर यहाँ ईरानी रेस्तराँ में सब कुछ सुनियोजित था। और हालाँकि वहाँ चार दरवाजे

थे, खिसकना आसान नहीं था। बैरे निरन्तर आवाज लगाते रहते, 'टोपीवाला एक रुपया', 'जाड़ा साहब अस्सी पैसे', 'धोतीवाला चार आना...।' काउंटर पर बैठा ईरानी कम्प्यूटर की सी तेजी से पैसे लेता-देता। वह साथ ही साथ उन लोगों को भी सँभालता जो दुकान पर डबलरोटी, अंडे, साबुन, डाक टिकट और निरोध खरीदने आते। परमजीत इस नतीजे पर पहुँच चुका था कि ईरानी रेस्तराँ बम्बई में एक संस्था है। इस मनोरंजन की अब उसे ऐसी आदत पड़ गई थी कि और कहीं चाय पीते समय उसे लगता यह आस-पास रखी रोचक अलमारियाँ मिस कर रहा है।

इस शहर में सड़क कब खत्म हो जाती है और समुद्र कब शुरू, यह परमजीत कभी तय नहीं कर पाया। अक्सर समुद्र और सड़क समानान्तर चलते और उनके बीच सिर्फ मुँडेर भर फासला होता जैसा कस्बों में एक घर और दूसरे घर की छत में होता है। परमजीत को लगता जैसे किसी भी समय समुद्र मुँडेर फलाँगकर सड़क पर आ जाएगा या सड़क मुड़कर समुद्र में चली जाएगी। जहाँ-जहाँ तक समुद्र फैला था वहाँ तक मुँडेर थी जिस पर शाम के वक्त लोग बैठे रहते। लोग लम्बी दूरियाँ तय करके आते और मुँडेर पर बैठ जाते, सींगदाना खाते लोग, नारियल पीते लोग, भेलपूरी खाते लोग, प्रेम करते लोग। परमजीत ने एक मिनट को चिन्दियों की तरह बिखरे लोगों को देखा, फिर उन्हीं में मिल गया। अक्सर आते रहने से वह कई लोगों को शक्ल से पहचानने लगा था। कुछ लोग लगातार आते थे और अपनी नियत जगह पर बैठते। कुछ बूढ़े पारसी कार में अपने लिए कुर्सियाँ रखकर लाते और समुद्र किनारे कुर्सियों पर बैठे रहते। कई बार जिन लोगों के बारे में परमजीत ने सोचा था कि वे पिछले हफ्ते ही चल बसे होंगे, उनको देखकर वह चकित हो जाता। कुछ स्थूल पति-पत्नी प्लेटफॉर्म पर तेज चाल से घूमते रहते। इस समय परमजीत के एक तरफ एक लड़का और लड़की टूटी-फूटी अंग्रेजी में प्रेम कर रहे थे। क्या इनके पास और कोई भाषा नहीं है, परमजीत ने सोचा। अचानक परमजीत का मन हुआ कि किसी को पंजाबी के दो शब्द बोलते सुन ले। उसने स्वयं इतने दिनों से एक भी शब्द पंजाबी नहीं बोली थी। बल्कि उसे लगता था उसकी हिन्दी भी बिगड़ती जा रही है। यह सिर्फ धोबी के पड़ोस की वजह से नहीं था। उसके तथाकथित सम्भ्रान्त ग्राहक भी बिगड़ी हिन्दी बोलते। इस शहर की कोई भाषा नहीं थी। इस शहर का कोई व्याकरण नहीं था। इस शहर में कोई दोस्त नहीं था। यहाँ तक कि माँ भी नहीं।

परमजीत को हँसी आई। माँ के बारे में उसने घर में रहते कभी नहीं सोचा, उसी तरह जिस तरह कभी उसने कमीज के बटन के बारे में नहीं सोचा। बगैर दुपट्टे के सलवार-कमीज में माँ सारे दिन कुछ न कुछ करती रहती। जब कोई काम न होता तो एड़ियाँ ही साफ करने लग जाती या बच्चे को दूध पिलाने या कोयले तोड़ने। शाम को सारे बच्चे माँ के इर्द-गिर्द आँगन में बैठ जाते, अपनी-

अपनी तश्तरी और कटोरा लिये। माँ हथेली पर पटक-पटककर गीले पानी के हाथों से रोटियाँ तन्दूर में लगाती जाती। तन्दूर के पास लोहे की एक छड़ पड़ी रहती जिसके सिरे पर उसकी बहन ने दो घुँघरू बाँध दिए थे। माँ छड़ के मुड़े हुए कोने से रोटियाँ निकाल-निकालकर तश्तरियों में पटकती जाती। परमजीत को घर की कई तस्वीरें याद आती रहीं, कपड़े सीती हुई बहन, लस्सी बिलोता हुआ बाप, झगड़ते छोटे भाई और गली के दोस्त। फिर उसने अपने आपको झटक दिया। याद करते समय वह अपने को बहुत असहाय पाता और असहाय होना वह पसन्द नहीं करता था। फिर उसे यह भी लगता था कि वयस्कता एक जिम्मेदारी होती है जो ढोते ही जाना है।

इस साल उसे बहुत से ऑर्डर मिल गए थे। पिछले महीने उसने पचास एयरकंडिशनर और एक सौ कूलर का ऑर्डर दिल्ली भिजवाया था। अब लगभग इतने ही उसे और मँगवाने थे, साथ में चालीस फ्रिज भी। रात में उसने अपने मैनेजिंग डायरेक्टर को ट्रंककॉल की। मैनेजिंग डायरेक्टर ने शाबाशी देते हुए कहा वह दफ्तर एक्सपैंड कर सकता है। किसी बेहतर जगह शिफ्ट करके और अगर दो साल तक बिजनेस ऐसे ही बढ़ता रहा तो कम्पनी वहाँ वर्कशॉप खोलना चाहेगी। अखबारों में उसके दिए गए विज्ञापन पसन्द किए जा रहे हैं। जल्दी ही उसे एक सुखद आश्चर्य के लिए तैयार रहना चाहिए।

परमजीत का मन हुआ वह फोन को गुब्बारे-सा उछाल दे, कुर्सी को फिरकनी-सा नचा दे और टाइपराइटर पर पियानो बजा डाले। वह काफी हद तक अनुमान लगा सका था कि वह सुखद आश्चर्य क्या होगा। पर यह इतनी जल्दी आ सकेगा, यह उसने नहीं सोचा था। इसी खुशी में वह ताला लगाकर चल दिया, मुहम्मदअली स्ट्रीट पर कीमे वाले पराँठे खाने। पिछले दिनों उसने दफ्तर में काफी मेहनत की थी। प्रचार का कॉन्ट्रेक्ट वैसे तो वालिया एडवरटाइजिंग एजेन्सी के पास था पर उसने स्वयं कई लेआउट्स तैयार करके सुझाव दिए थे कि किन बातों पर कम्पनी जोर देना चाहती है। जैसे उसे पता था कि एयरकूलर का इस शहर में बिकना उतना आसान नहीं जितना एयरकंडिशनर का, क्योंकि बम्बई की आबोहवा में नमी थी जो एयरकूलर का असर रोकती थी। जहाँ दूसरे सूखी जलवायु वाले शहरों में एयरकूलर पचहत्तर प्रतिशत ठंडक पहुँचाता था, यहाँ सिर्फ छत्तीस प्रतिशत पहुँचा सकता था। पर परमजीत को मालूम था कि मध्यवर्गीय परिवार एयरकंडिशनर अफोर्ड नहीं कर सकते, फिर भी घर में कूलिंग गैजेट का होना सुविधा से ज्यादा स्टेटस सिम्बल है। उसने इसी कमजोरी पर नजर रखते हुए कई विज्ञापन सुझाए थे। कम्पनी खुश थी कि कम लोकप्रिय चीजों को उनका एजेन्ट अधिक लोकप्रिय बना सका था। परमजीत खाली समय में सेल्समैनशिप पर किताबें पढ़ता रहता।

परमजीत घर वापस जाना नहीं चाहता था। पर वह चाहता था घर जैसा कोई कोना इस शहर में एकाएक बन जाए। घर का जरूरीपन उसने वहाँ रहकर कभी नहीं जाना था। यह उसे यहाँ आकर ही पता चला कि उदासी का ताल्लुक अकेलेपन से होता है। दरअसल वह दोस्त चाहता था। उसे इस शहर ने कोई जिगरी दोस्त नहीं दिया। उसके सम्पर्क में या बहुत सफल या निरे असफल लोग शुमार थे। प्रचार के सिलसिले में वह वालिया एडवरटाइजिंग एजेन्सी के मालिक से कई बार मिला था। लेमिंग्टन रोड के चीखते माहौल में एक पुरानी इमारत में उसका दफ्तर था। दफ्तर भी पुराना ही लगता अगर उसने इतने नए ढंग के पर्दे और केबिन में वैनेशियन ब्लाइंड्स और बनावटी छत न लगवाई हुई होती। मालिक की कुर्सी पर अक्सर पत्नीनुमा एक लड़की बैठी रहती थी और मालिक अक्सर फिल्म-सेंटर गया हुआ होता। आस-पास के लोगों का कहना था कि यह लड़की न तो मालिक की बीवी थी, न टाइपिस्ट। उसका सरनेम केलकर और मालिक का वालिया था। पर वह वालिया को डार्लिंग कहती और वालिया उसे माय लव। विजया केलकर को दफ्तर की हर फाइल का ज्ञान था और इसके पहले कि सेक्रेटरी केबिनेट में खखोरती, वह नम्बर और जगह बता देती। शाम को वे एक टैक्सी में घर जाते।

वालिया ने परमजीत से सिर्फ इसलिए दोस्ती करनी चाही थी कि वह उसका हमवतनी था। एक दिन उसे वरली ड्रॉप करने का सुझाव देकर वे लोग उसे शिवाजी पार्क ले गए, जहाँ वालिया रहता था। उसका मकान एक पारसी इमारत का हिस्सा था जिसके एक बड़े हॉल को उसने प्लाइवुड के पतले पार्टीशन से कमरों में बाँटा हुआ था।

विजया ने घर पहुँचकर ड्रैसिंगगाउन पहन लिया और स्लीपरें। उसने कहा, "वह दफ्तर से आते ही मुँह-हाथ धोती है, क्या वह भी धोएगा।"

परमजीत ने मना कर दिया। वह इस निस्संकोच से चकित था। चकित वह पहले भी हुआ था जब एक बार उसने सांकेतिक तरीके से यह जताना चाहा था कि इतनी महँगी साड़ियाँ पहनने के लिए उसे तनखा भी सानुपातिक मिलती होगी। तब विजया ने कहा था, "वली पेज मी ऑफ इन किसेज।"

नौकर ने मेज पर गिलास रख दिए थे और बर्फ की बाल्टी। विजया ने उससे कहा कि वह मछली तल ले और वेफर्ज ला दे।

परमजीत चाय जैसी किसी चीज के लिए तैयार था। उसे इस ढंग से शाम शुरू करना काफी सनसनीखेज लगा।

वालिया नहाकर आया था और उसने अभी चश्मा नहीं पहना था। उसने विजया के पास आकर कहा, "डार्लिंग, शेव ठीक बनी है?"

विजया ने अपना चेहरा ऊँचा कर उसके गाल से रगड़ा और कहा, "ठीक है।"

परमजीत को लगा उसे उठकर चले जाना चाहिए, गुसलखाने में।

पर वालिया तब तक उसी दीवान पर बैठ चुका था और कह रहा था, ''यार, कोई होर गल सुना जोरदार।''

परमजीत ने व्हिस्की का पहला पैग धीरे-धीरे पिया पर उसे नसों में कुछ महसूस नहीं हुआ। उसने सुना हुआ था कि पहली बार शराब खून में खलबली मचा देती है, नसें सनसनाने लगती हैं पर उसमें कोई फर्क नहीं आया। बस वह वालिया को वह किस्सा सुनाने लगा जब वह फाउंटेन से कोलाबा जा रहा था और एक आदमी ने उससे कहा था, ''साब, बिल्कुल जापानी है, चलेगा।'' उसने सोचा था यह कमीज बेच रहा है। उसे अपनी कमीज का मामूलीपन याद आया था और उसने जापानी माल देखने की ख्वाहिश जाहिर की। वह आदमी उसे एक बैंक की इमारत की आखिरी मंजिल पर ले गया जहाँ सीढ़ियाँ चढ़ते हुए उसने आश्चर्य प्रकट करना चाहा था कि यहाँ दुकान कैसे चलती होगी पर हर बार उस आदमी ने उसे शु: कहकर चुप कर दिया था और हाँफते-हाँफते कई सीढ़ियाँ चढ़ने के बाद उसने पाया वह छोटी-सी फ्रॉक पहने एक लड़की के आगे खड़ा है। तब उसे अचानक अपनी स्थिति समझ में आई। इससे पहले कि वह कुछ कह सकता, उस आदमी ने लड़की से कहा था, ''नॉन सैटल्ड, बार्गेन।'' लड़की ने न्यायाधीश की सी मुद्रा में, जो उसे बिल्कुल सूट नहीं कर रही थी, कहा, ''चालीस रुपए।''

इतनी जल्दी चीजें तय करना परमजीत का स्वभाव नहीं था और इसके पहले कि वह कुछ सोच पाता उसके मुँह से निकल पड़ा, ''मैं थका हुआ हूँ, मुझे जाने दो।''

उसे लानेवाला आदमी पहले ही जा चुका था। वह टटोलते-टटोलते, अँधेरे में सीढ़ियाँ उतरने लगा। वह सीढ़ियाँ उतरने-चढ़ने का आदी नहीं था, उसने पाया उसकी साँस फूल रही थी।

वालिया ने उसके कन्धे पर हाथ मारते हुए कहा, ''ओय! बड़ा भोलू है तू। मैं तेरी जगह होता तो पहले मजा लेता, फिर मोलभाव करता। ऐसी शैतानियाँ मैंने कई दफा की हैं। विजया, मैंने तुम्हें बताया था न वह फ्रेंच लड़की जिसकी क्रॉस टंग किस लेते समय उसका डैन्चर हिल गया था और उसने बहाना बनाकर मुँह घुटनों में छिपा लिया था कि होंठ कट गया है।''

विजया हँसने लगी और परमजीत एक बार फिर चकित हो गया।

तभी विजया की बहन आ गई। उसने परमजीत को नमस्ते की और बहन से बोलने लगी। लड़कियों को एक अपरिचित भाषा में आत्मीय होते देखना उसे अजीब लगा। उसे अपना यहाँ होना भी अजीब लग रहा था, विजया का भी। उसका मनोरंजन हो रहा था पर वह सुविधाजनक महसूस नहीं कर रहा था।

बहन ने कहा, ''आई ने आज थाली पीठ बनाया है, चल।''

विजया उस समय तली हुई मछली काँटे बचा-बचाकर चबा रही थी। उसने कहा, "आई से कहना, आटा यहाँ ही भेज दे, मैं गरम बनवा लूँगी।"

इस घर में शायद आश्चर्य इतने थे कि परमजीत अब चकित भी नहीं हो रहा था। बहन की बातों का मतलब यह निकलता था कि घर पर सबको पता है कि विजया वालिया के साथ रहती है। अगर विजया सुन्दर होती तो जरूर परमजीत को वालिया से ईर्ष्या होती।

विजया केलकर की बहन विजया से भी सामान्य शक्ल की थी। इससे पहले परमजीत ने इतना बुझा हुआ रंग नहीं देखा था। उसके आगे के चार दाँत थोड़े-थोड़े टूटे हुए थे जैसे फर्श से सीमेंट उखड़ गई हो। अलका ने शायद विजया का साड़ी-ब्लाउज पहना हुआ था। यह बात भी उसे वालिया और अलका की बातचीत से पता चली और यह भी कि अलका नौकरी करना चाहती है पर उसे मनपसन्द नौकरी मिल नहीं रही है। विजया ने उठकर फ्रिज खोला और बहन से पूछने लगी कि वह क्या लेगी, कोक, गोल्ड कॉयन या सनसिप? उसकी सेहत देखकर लगता था उसे तीनों चीजों की जरूरत है।

वालिया ने कहा, "विजू, जो निकालना है जल्दी से निकालकर फ्रिज बन्द कर दो, ऐसे ही खराब हो जाता है।"

विजया पर कोई असर नहीं हुआ। वह चिलर में से कुछ बटोरने लगी। अंगूर और कोक खत्म करते ही अलका उठ खड़ी हुई। विजया ने कहा वह उसे नीचे तक छोड़कर आती है।

परमजीत भी तभी उठ खड़ा हुआ पर वालिया ने उसे बैठा लिया। दोनों लड़कियों के कमरा छोड़ते ही वह परमजीत को यह बताने लगा कि विजया घाटी क्लास की पढ़ी-लिखी लड़की है और शुरू में यह टाइपिस्ट की हैसियत से उसके दफ्तर में आई थी। विजया टाइपिस्ट होने के लिए ज्यादा समझदार है और पत्नी होने के लिए कुछ कम सुन्दर। उसने कहा अगर परमजीत चाहे तो उसकी छोटी बहन को काम दे सकता है, हेड ऑफिस में सिर्फ इतना लिख दे कि काम के बढ़ते जाने की वजह से उसे सेक्रेटरी की जरूरत महसूस हो रही है। परमजीत सोचने की सी मुद्रा बनाए-बनाए उठ खड़ा हुआ।

ऐसी जरूरत वह कई सन्दर्भों में महसूस कर रहा था, पर यह निश्चित था कि विजया की बहन उसकी पात्र नहीं थी। वह बहुत देर तक अपने आपसे जानना चाहता रहा कि यह अरुचि प्रादेशिक है या व्यक्तिगत। दरअसल उसने लड़की हमेशा गुदकारेपन और मुलायमियत से सम्बद्ध की थी। पता नहीं कब से उसने सोचा हुआ था कि लड़की लड़के से गोरी ही होती है, फिर उसे यह भी डर था कि अगर वह किसी लड़की को छू भर देगा तो उससे प्रेम करने लगेगा।

परमजीत ने दफ्तर चर्च गेट पर शिफ्ट कर लिया। एरॉस सिनेमा के ऊपर कई मंजिलों की इमारत थी जिन्हें सिर्फ लिफ्ट ही नाप सकती थी। यह शहर का व्यस्त इलाका था, सामने लोकल स्टेशन और साइड में आलीशान रेस्तराँ व होटल। यहाँ बेशुमार ट्रैफिक सिग्नल थे और कारों व टैक्सियों की लम्बी कतारें। शुरू-शुरू में परमजीत को यह बात काफी गुदगुदा देती थी कि जिस दफ्तर में बैठा काम कर रहा है उसके नीचे ही काटनकिंग चन्दूशाह का केबिन है और उसके नीचे इस वक्त सिनेमा चल रहा है। बहुत दिनों के गणित के बाद वह समझ पाया कि इस इमारत में पचास दफ्तर थे और सुबह-शाम करीब पाँच सौ क्लर्क और टाइपिस्ट इन दफ्तरों में घुसते-निकलते थे। कम्फर्ट कम्पनी का छोटा-सा शोरूम भी खोला गया था। शोरूम को कमरे की शक्ल दी गई और डबलबेड के बीचोबीच एक डमी गहरी नींद में सो रही थी। परमजीत को अब चीफ एजेन्ट का पद मिल गया। उसके अलावा दफ्तर में उसका एक सहयोगी, तीन क्लर्क, एक टाइपिस्ट और एक चपरासी था। वह अपने को बड़ा आरामदेह पाता था। उसे दफ्तर से लगाव होने लगा। कम्पनी ने उसे ऑफर किया कि वह किसी परिवार में पेइंग गेस्ट हो जाए। यों तो वालिया ने कई बार उसे कहा था वह उसी के पास रहे पर परमजीत कभी हाँ नहीं कर पाया जबकि उसे पता था कि बम्बई शहर में ऐसा कोई और आदमी नहीं है जिसे वह वालिया से अधिक निकट पाता हो। स्वतंत्र रूप से वालिया उसे दिलचस्प और दोस्ताना लगता था पर वह सोचता था कि उसकी आधुनिकता उससे झिलेगी नहीं। उसकी मौजूदगी में जब वालिया विजया को बाँहों में उठाकर हवा में उछाल देता, वह पसीना-पसीना हो जाता। ऐसे मौकों पर वह देर तक विजया से बात करने के काबिल न रहता।

उसने अखबार में विज्ञापन दे दिया। एक ही सप्ताह के अन्दर उसके पास पाँच उत्तर आ गए। उसने सभी मकान देखने के बाद कैडल रोड पर केकी अंक्लेसरिया के यहाँ शिफ्ट कर लिया। एक बड़े से अहाते में काफी पुराना कॉटेज था—'रुस्तमविला', जहाँ पीछे के बरामदे से देखने पर लगता था कि समुद्र इतना पास है कि कभी भी विजिटर की तरह घर में आ जाएगा। गहरे दोस्तों के अभाव में परमजीत समुद्र के काफी पास आ गया था। फिर यहाँ से बस और रेल दोनों से दफ्तर आया-जाया जा सकता था। ये बातें केकी अंक्लेसरिया ने खुद बताई थीं और यह भी कि इन सहूलियतों को देखते हुए ढाई सौ रुपए बिल्कुल वाजिब हैं। वह तो अब तक परमजीत को बम्बई के अर्थशास्त्र की आदत पड़ चुकी थी नहीं तो वह एक बार फिर चौंकता। जिन दूसरी जगहों को वह देखने गया था वहाँ सिर्फ नाश्ते समेत कमरे का चार सौ और कहीं-कहीं पाँच सौ माँगा गया था। फर्क सिर्फ यह था कि वे सभी मकान मरीन ड्राइव पर थे।

होंठों के कोनों से थूक पोंछते हुए केकी ने कहा था, ''मैं यहाँ सालों से रहती

हूँ, यहाँ कभी कोई चोरी नहीं हुई, एक जाँघिए तक की नहीं। क्या बम्बई जैसे शहर में तुम इससे ज्यादा कुछ चाहोगे?''

उसे हँसी आई थी पर अपने को रोक उसने कहा, ''मैंने कभी इस दुर्घटना के बारे में सोचा नहीं था। पर मेरा यहाँ आना मेरे सौभाग्य के अलावा और क्या हो सकता है?''

रुस्तमविला में कमरे ही कमरे थे और कुत्ते। हालाँकि कुत्ते दो ही थे, पर थे इतने बड़े और पुष्ट कि घर कुत्तों से भरा हुआ लगता था। दो बूढ़े नौकर थे जो खाँसते-हाँफते हुए उदासीन भंगिमा में कमरों के दरवाजे खोलते और फर्नीचर साफ करते।

पहले परमजीत समझ नहीं पाया था कि जो कच्चा ताजा गोश्त घर में मँगाया जाता है वह किनके लिए है। पहले हफ्ते में अक्सर जब वह मटनकरी की आशा करता उसके आगे मछली का झोल आ जाता। इस सत्य का उसे इतवार को ही पता लगा कि वह गोश्त कुत्तों के लिए था जिसे अलग-अलग चिलमचियों में डालकर ब्रैंडी और विस्की के आगे रख दिया जाता। केकी सामने बैठकर उन्हें खिलाती। गोश्त खत्म होने के बाद भी चिलमचियाँ उठाई नहीं जातीं, वे वहीं पड़ी रहतीं, पीछे वाले बरामदे में और दोपहर को बेहराम उनमें कुछ हड्डियाँ और बिस्किट डाल देता। शुरू में परमजीत को लगा जैसे इस घर में कुत्तों की देखभाल आदमियों से ज्यादा होती है पर फिर उसने पाया केकी अपने बारे में भी उतनी ही फैस्टिडियस है। साढ़े सात बजे उसे चाय और टोस्ट चाहिए थे। फिर वह बिल्ली की सी एकाग्रता से टोस्ट पर मक्खन लगाती और खा चुकने के बाद छुरी का मक्खन भी चाट जाती। यह बात उसने पहले ही स्पष्ट कर दी कि वह नाश्ता वगैरह अकेले करना ही पसन्द करती है, फिर कहीं परमजीत को टेबल पर आने में देर हो जाए तो लड़ाई की सम्भावना बन जाएगी।

सुनकर परमजीत सहम गया। उसे लड़ाई का खयाल भी अस्त-व्यस्त कर गया। फिर इस औरत से तो वह कभी जीत ही नहीं सकेगा, उसने सोचा। अगर केकी इतनी मोटी और पकी हुई न लगती तो उसे एक महिला के साथ रहना असुरक्षित लगता। पर शायद केकी को ये सब डर नहीं थे। वह एक कमरे से दूसरे कमरे में मुआयना करती घूमती, फिर बेहराम या तैयबजी पर उबल पड़ती। सफाई के प्रति उसका आग्रह देखकर लगता जैसे शाम को ही घर में पार्टी हो। बल्कि छुट्टी के दिन उसे तब तक असुविधा होती रहती जब तक परमजीत शेव न बना लेता।

परमजीत केकी अंक्लेसरिया के बारे में किसी नतीजे पर नहीं पहुँच पाया था। उसे आश्चर्य था कि केकी सिर्फ बत्तीस सालों की थी। उसके माथे के ऊपर सफेद बालों की एक नहर थी जो इन्दिरा गांधी की याद कराती थी। जो चश्मा वह लगाती थी, उसका फ्रेम शायद अरसे से बदला नहीं गया था। वह पुराना और फीका पड़

गया था। वह आश्चर्यजनक रूप में ठिगनी थी और मोटी। परमजीत कहना चाहता था कि उसे अपनी स्थूलता का खयाल करते हुए फ्रॉक हरगिज नहीं पहननी चाहिए पर वह अब तक यह जान गया था कि आकस्मिक सुझावों पर केकी बियर की सी तेजी से उफनती है। उसकी किचकिचाहट भरी भंगिमा पहले ही बातचीत पर गीला कपड़ा डाल चुकी थी। अपनी तरफ से बात शुरू करने में परमजीत को खतरा लगता इसलिए वह अक्सर तभी बोलता जब केकी स्वयं उससे बोलती।

इस शहर में परमजीत ने लड़कियों के हुजूम के हुजूम देखे थे। कभी-कभी उसे लगता जैसे सारे हिन्दुस्तान की खूबसूरत लड़कियाँ यहीं इकट्ठी हो गई हैं। हर लिबास में हर रंग की लड़कियाँ। लड़कियों पर फैशन सवार था, अचानक देखने में आता सभी लड़कियों ने चूड़ीदार पायजामे और कुर्ते पहने हैं और अचानक देखते कि उसकी जगह मिनी स्कर्ट ने ले ली है, अचानक लड़कियाँ गहरे रंग की लिपस्टिकें लगाने लगतीं और अचानक ही शोख लिपस्टिकें आउट ऑफ डेट हो जातीं और उनकी जगह त्वचा के रंग की लिपस्टिक चल पड़ती। अचानक लड़कियाँ आँखों में काजल डालतीं और अचानक ही बन्द कर देतीं। परमजीत को लगता जैसे सभी लड़कियों के बीच एक गुपचुप मंत्रणा चल रही है।

दफ्तर की टाइपिस्ट सामान्य रूप से आकर्षक होते हुए भी परमजीत को कभी रोचक नहीं लगी। बल्कि उसे वह लड़की अधिक भायी जो चश्मा लगाए-लगाए रेल के उस फर्स्ट क्लास डिब्बे में सो जाती थी जिसमें अक्सर परमजीत भी सफर करता। परमजीत को उसकी सजगता पसन्द थी। जैसे ही कोई उसकी तरफ अतिरिक्त रुचि या ध्यान से देखता, वह आँखें खोलकर वापस उसकी ओर देखती, फिर कोई पत्रिका पढ़ने लगती और कुछ देर बाद फिर आँखें बन्द कर लेती। उत्सुकतावश परमजीत ने चाहा था कि किसी दिन वह माहिम से आगे जाकर देखे कि वह कहाँ उतरती है पर अपना स्टेशन आने पर वह एक अनिवार्यता से भर जाता। फिर डिब्बे में खड़े होनेवालों को शायद इंट्यूटिवली पता चल जाता था कि कौन कहाँ उतरने वाला है क्योंकि वे उसकी सीट पर अपनी लालची निगाहें चिपका देते।

शनिवार को केकी अंक्लेसरिया ने कहा, "आज बेहराम की तबीयत खराब है। तुम खाना बाहर खा लेना, हो सके तो शाम का भी।"

खाने के घंटे में परमजीत कुछ देर शोरूम के आगे भटकता रहा। शो विंडोज को देखते ही शॉपिंग की इच्छा होती थी। उनके अन्दर रखी डमीज इतनी जानदार लगती थीं कि महसूस होता था वे अभी चलने लगेंगी। दो चक्कर लगा लेने के बाद परमजीत बैरीज में चला गया। जूक बॉक्स पर 'लिपस्टिक ऑन योर कॉलर' गाना चल रहा था और छोटी-सी स्क्रीन पर सिंगापुर की सुन्दरियाँ नृत्य करती दिख रही

थीं। हॉल पूरा भरा हुआ था, स्वतंत्र रूप से कोई टेबल खाली नहीं थी। परमजीत कन्फेक्शनरी वाले कोने में खड़ा इन्तजार करने लगा। वहाँ कई लोग रंग-बिरंगे कागजों में लिपटे गिफ्ट पार्सल खरीद रहे थे। एक बच्ची शोकेस के शीशे पर नाक टिकाए चॉकलेट गिन रही थी। तभी परमजीत ने दरवाजे की ओर देखा और हलके से चौंक गया। वही चश्मेवाली लड़की काँच का रंगीन दरवाजा पुश कर अन्दर आई थी। उसने हॉल में चारों तरफ नजर डाली। जगह न देखकर वह उलझन में पड़ गई। फिर वह धीमे चलकर कन्फेक्शनरी वाले कोने में आकर खड़ी हो गई जहाँ उसी की तरह और भी कई लोग इन्तजार कर रहे थे। उसके हाथ में फेमिना थी, उसने पढ़ना शुरू कर दिया। परमजीत उसे देखे जा रहा था। लड़की को शायद पता था। पन्ना पलटते समय उसने परमजीत की तरफ सहयात्रियों की सी परिचित आँख से देखा।

"हैलो!" परमजीत बोला और एक बार फिर मेजों पर ध्यान देने लगा।

बाद दिन के टुकड़े में परमजीत को हँसी आती रही। ऐसे संयोग रेस्तराँ, रेल और सिनेमा हॉल में ही होते होंगे। बैरीज में मेज खाली हुई थी पर एक ही। परमजीत वहाँ एक ही कदम में पहुँच गया। चश्मेवाली लड़की ने आकर कहा था, "अगर आपको बुरा न लगे तो हम मेज बाँट लें, मेरा लंच का समय खत्म होनेवाला होगा।"

परमजीत ने खुशी जाहिर नहीं होने दी थी। महिला क्लायंट्स से बात करते-करते वह इस नतीजे पर पहुँच चुका था कि महिलाएँ अटेंशन का आश्वासन पाकर सामनेवाले का महत्त्व कम करने पर उतर आती हैं।

लड़की ने चश्मा उतारकर चेहरे से इन्तजार पोंछ दिया और मेनू पढ़ने लगी। उसका झुका हुआ चेहरा लावण्यपूर्ण लग रहा था। यह चेहरा प्रसाधनहीन होने पर भी आधुनिक लड़की का था, एक अलग किस्म की आधुनिक लड़की जो अक्सर कलादीर्घाओं या पत्र-पत्रिकाओं के दफ्तरों में दिख जाती है। उसकी नाक पर चश्मे के दबाव से निशान पड़ गया था जैसे किसी ने चुटकी से दबा दिया हो।

परमजीत ने बिना मेनू पढ़े मटन कटलेट और स्लाइसेज का ऑर्डर दे दिया। लड़की देर तक मेनू, पत्रिका की तरह पढ़ती रही। उसने अन्तिम निर्णय की मुद्रा में जब सिर उठाया वेटर इन्तजार करके जा चुका था। उसने कहा, "इतने बड़े रेस्तराँ में भी सर्विस कितनी धीमी है।"

परमजीत ने चुप रहने का इरादा रखते हुए भी कहा, "वेटर आकर चला गया।"

लड़की ने कुछ भी जवाब नहीं दिया, वह आसपास घूमते और वेटरों की तरफ देखने लगी।

परमजीत बोला, "अगर मैं उत्सुक नहीं हूँ तो क्या आप कहीं पढ़ती हैं?"

लड़की ने कहा, ''वह पढ़ चुकी है, बैंक में काम करती है।'' जवाब देते वक्त उसने हल्की आँख से परमजीत की ओर देखा और फिर भीड़ में अपना वेटर पहचानने की कोशिश करने लगी।

परमजीत ने सोचा इसके फौरन बाद नाम तो नहीं ही पूछा जा सकता, उसका या बैंक का।

वेटर मटन कटलेट ले आया। लड़की ने अपना ऑर्डर दिया और कहा, ''जल्दी लाना, मैं जल्दी में हूँ।''

परमजीत कटलेट्स पर एकाग्र हो गया।

इस बार जब उनकी नजर टकराई तो लड़की परमजीत को देख रही थी।

परमजीत ने कुछ देर मन में वाक्य बनाया और पूछा, ''क्योंकि हम एक मेज पर बैठे हैं, हम एक-दूसरे का नाम जान सकते हैं ? मेरा नाम है परमजीत डाँग।''

''संजीवनी भरूचा।'' लड़की ने कहा।

''पर मैं निश्चित कह सकता हूँ आप पारसी नहीं।'' परमजीत ने कहा।

''मैं भी। पर भड़ोंच की हूँ न इसलिए भरूचा।''

परमजीत शायद एक साथ बहुत-कुछ जान लेना चाहता था पर उसने अपने को रोका। अब तो उसकी पहली जिज्ञासा थी कि यह विवाहिता है या अविवाहिता, कौन-से बैंक में काम करती है, क्या यहाँ रोज लंच के लिए आती है, ऑफिस चर्च गेट से कितनी दूर है। फिर उसे अपने आपसे संकोच हुआ। आखिर वह यह सब क्यों जानना चाहता है ? आसपास की मेजों पर और लड़कियाँ बैठी थीं। उसे लगा, इस चश्मेवाली लड़की के अतिरिक्त कोई और लड़की यहाँ बैठी होती तो बातचीत ज्यादा आसान होती। यह लड़की कहीं गहरे तक मौनप्रिय और गम्भीर लगती थी। उससे प्रश्न पूछते समय परमजीत को लगा था जैसे वह उसे डिस्टर्ब कर रहा हो।

तभी लड़की ने कहा, ''आप अक्सर माहिम पर उतरते हैं न ?''

परमजीत को खुशी हुई, काफी खुशी। यह सोचना तो बहुत आकस्मिक होता कि यह बात लड़की की उसमें रुचि दिखाती थी पर यह जरूर लगा कि लड़की उसके अस्तित्व के प्रति सचेत रही है। परमजीत ने बताया, ''वह माहिम में एक पारसी परिवार में पेइंग गेस्ट है और चर्च गेट पर काम करता है।'' इसके फौरन बाद उसने कहा, ''आप अब कॉफी लेना पसन्द करेंगी या पुडिंग ?''

लड़की ने कहा, ''लंच का समय तो खत्म हो गया है पर आज वह कॉफी पीकर ही जाएगी। उसके सभी सहकर्मी रोज लंच के बाद देर से आते हैं, एक वही वहाँ बैठी रहती है, अपनी सैनविचेज खत्म करके।''

''मैं आज जिद में यहाँ आ गई। मैंने कल ही निश्चय कर लिया था। बैठे रहने पर चपरासी सारे कागज मेरी ही ट्रे में डाल देता है। बताइए क्या आप तीन सौ रुपयों में इतना काम करना चाहेंगे ?''

परमजीत ने कहा, ''वह तीन सौ रुपयों में इतना काम नहीं करना चाहेगा पर उसे रोज सैनविचेज नहीं खाने चाहिए, डबलरोटी में उतनी फूडवैल्यू नहीं होती।''

''आप डॉक्टर हैं?'' संजीवनी ने पूछा।

''नहीं, मैं औसत बुद्धि वाला चीफ एजेन्ट हूँ,'' और परमजीत ने जेब से अपना विजिटिंग कार्ड निकाल मेज पर रख दिया।

वे कॉफी पी रहे थे और महसूस कर रहे थे कि दोनों को देर हो रही है। पर वे दोनों दैनिकता के मारे थे। समय को वे लोग कॉफी के साथ धीमे-धीमे सिप कर रहे थे।

संजीवनी ने कहा, ''क्या आपने इस हफ्ते के वीकली में डूडल्ज़ पढ़े?''

परमजीत ने कहा, ''वह वीकली नहीं खरीदता वह लाइफ पढ़ता है और प्लेब्वॉय।'' दरअसल वह ये भी नहीं पढ़ता था, सिर्फ रेलवे स्टॉल पर पन्ने पलट लेता था। वह फाइलों के अतिरिक्त कुछ नहीं पढ़ता था। पढ़ना उसे कभी पौरुषमय शौक नहीं लगा। उसने इस बात पर घमंड ही किया था।

संजीवनी ने कहा, ''एरास में लगी फिल्में तो आप सभी देख लेते होंगे?''

बात को परमजीत ने गेंद की तरह पकड़ लिया। उसने कहा, ''सभी तो नहीं पर अच्छी फिल्म और अच्छा साथ होने पर जरूर देख लेता हूँ। अगले हफ्ते से अन्तर्राष्ट्रीय फिल्म समारोह शुरू हो रहा है। आपको रुचि होगी?''

संजीवनी शायद तैयार नहीं थी। चौंकते-चौंकते उसके मुँह से ही निकल गया पर तभी सँभलकर उसने कहा, ''फिल्में तो वह देखती ही रहती है, उसकी सभी सहेलियों को शौक है। जब से उसने काम करना शुरू किया है तब से फिल्म देखना कुछ कम हो गया है। शाम का शो देखने में देर हो जाती है और बिले-पार्ले पहुँचने में एक घंटा आसानी से और लग जाता है।''

परमजीत ने कहा, ''वह तो छह बजे से पहले का शो देखना पसन्द ही नहीं करता है, पता नहीं लोग मॉर्निंग शो देखने कैसे चले जाते हैं, उसे तो लगता है जैसे वह बाल कटवाने जा रहा हो।''

संजीवनी मुस्कुराई।

परमजीत ने बात पकड़े रहने की गरज से कहा, ''पर विदेशी फिल्में तो छोटी होती हैं, फिल्म समारोह रोज नहीं होते।''

''मिस तो मैं भी नहीं करना चाहती पर... ?'' संजीवनी वाक्य पूरा नहीं कर पाई।

परमजीत ने कहा, ''अगर आप बुरा न मानें और अन्यथा न लें तो क्या मैं आपके लिए भी सीट बुक कर सकता हूँ?''

संजीवनी ने पर्स से कुछ रुपए निकालते हुए कहा, ''अच्छा आप ला दीजिएगा, नहीं तो मैं किसी सहेली को दे दूँगी।''

परमजीत ने कहा, "उसका मतलब था वे साथ देख सकते थे।"

संजीवनी ने कहा, "शुड वी ?" और उठने की कोशिश करने लगी।

"शुडंट वी ?" परमजीत हँसा।

अचानक कांशस होकर संजीवनी बोली, "ओह! ढाई बज गए, अगर अब नहीं पहुँची तो आधी कैजुअल लग जाएगी। क्या आपका बॉस बहुत अच्छा है!"

"नहीं, पर मेरा बॉस दिल्ली में है।" परमजीत ने कहा और उठ खड़ा हुआ।

वह दो इमारतों को छोड़ तीसरी इमारत के ग्राउंड फ्लोर पर स्थित बैंक ऑफ बड़ौदा में घुस गई।

परमजीत दफ्तर आया। वहाँ शिन्दे बैठा था और टेलीफोन कर रहा था।

शिन्दे ने फोन रखते हुए कहा उसके दफ्तर में फोन खराब हो गया है और वह फोन के बिना बहुत असुविधा महसूस कर रहा है।

"शायद वैसी जैसी घड़ी या पाइप के बिना।" परमजीत बोला।

शिन्दे ने कहा, "उसने आज अपने एक दोस्त को बुलाया है और यहाँ का पता दे दिया है।" "तुम्हें पता है, मेरे दफ्तर का एक्सटीरियर जरा ऐसा ही है।" उसने कहा।

जिस दिन से कम्फर्ट दफ्तर चर्चगेट शिफ्ट हुआ शिन्दे परमजीत को सीनियर मानने लगा था।

परमजीत ने फाइलें निपटाईं और अगले दिन के काम डायरी में लिखने लगा। उसे यह सोचकर अच्छा लग रहा था कि इस शहर में एक और परिचय बढ़ा है और वह भी किसी ऐसे-वैसे व्यक्ति से नहीं वरन् एक ऐसी लड़की से जो उसे काफी दिनों से अपील करती रही थी। उसे अचानक आज की दोपहर, जिन्दगी रोचक लगी थी और वह इस समय दफ्तर में ऐसी स्फूर्ति के साथ बैठा था जैसे अभी-अभी लम्बे आराम के बाद आया हो। वह शिन्दे के साथ यह जोश बाँट लेता पर उसने पाया बाँट लेने जितनी बात है ही नहीं।

तभी शिन्दे का दोस्त आ गया। परमजीत ने देखा शिन्दे ने अपना सबसे बनावटी लहजा अपना लिया और कह रहा था, "इनसे मिलो प्रेम, परमजीत डाँग, कम्फर्ट रेफ्रिजरेशन कम्पनी, और परमजीत, यह हैं प्रेम आर्य।"

प्रेम आर्य ने लाल रंग के रेशमी टाट की बैगी लुकिंग बुश्शर्ट पहनी हुई थी। क्या एक प्रौढ़ आदमी जिसके बाल पीछे से छँटने लगें, ऐसे रंग पहन सकता है, परमजीत ने सोचा। उसने अपने आगे आँकड़ों की एक फाइल खोल ली।

अभी तक भी हाउ आर यू का सिलसिला खत्म नहीं हुआ था। अब शिन्दे पूछ रहा था, "हाउ इज डार्लिंग!"

"टचवुड शी इज फाइन।"

"एंड वाट अबाउट प्रिन्स ?"

"ओ ही इज फाइन टू।"

"क्या कल चारों दौड़ेंगे?"

"हाँ, कल चारों दौड़ेंगे।"

"बेटा कैसा है?"

"टचवुड बेटा मजे में है।"

बाद की उनकी बातचीत से परमजीत को पता चला कि बेटे के अलावा और सभी नाम घोड़ों के थे और घोड़ों में प्रेम आर्य को इतनी दिलचस्पी थी कि वह रात को ठीक से सो भी नहीं पाता था। उसके अपने चार घोड़े थे जिनकी फिक्र में वह हफ्ते में दो बार टर्फ क्लब के अधिकारियों को जरूर एंटरटेन करता। घोड़ों को लेकर वह उतना ही दकियानूस था जितना अपने बेटे को लेकर। उनकी बातें करते समय वह आसपास की कोई भी लकड़ी की चीज पर चश्मेबद्दूर के खयाल से हाथ रख देता और जब कोई लकड़ी की चीज पास न होती तो अपने इनेगिने बालों को छू देता। वैसे बालों और लकड़ी में क्या साम्य था, यह समझना मुश्किल था। शिन्दे का कहना था कि उसकी पत्नी उसे घोड़ों की ही वजह से छोड़कर चली गई। वह घोड़े स्टडी करता रह गया और उसकी खूबसूरत बीवी स्वामी परमेश्वरानन्द के साथ भाग गई। अफवाहों के अनुसार स्वामी परमेश्वरानन्द ने अब दिल्ली में मुर्गी पालन केन्द्र खोल लिया है और प्रेम आर्य की बीवी हनुमान रोड पर सौन्दर्य निकेतन चलाती है।

इस समय वह शिन्दे से इसलिए मिलने आया था क्योंकि अगले दिन उसे रेस के लिए पूना जाना था और शिन्दे ने कहा था वह भी चलना चाहेगा।

"देखो," उसने ट्राउजर की जेब से कोल (रेस पत्रिका) निकालकर खोली। "इस बार मैंने बड़ा अध्ययन किया है। मैं तो यास्मिन पर लगाऊँगा। उसका बड़ा सुनहरा इतिहास रहा है। उसकी माँ अरबी और बाप साइबेरियन है। माँ और बाप दोनों डर्बी रेस में दौड़ चुके हैं। यास्मिन भी अब तक हजारों मील दौड़ चुकी है। उसके घुटने उभरे हुए हैं, तेज दौड़ने के लिए माकूल।"

शिन्दे की रेस में दिलचस्पी नहीं थी। वह कभी-कभी पूना का प्यारा-सा छोटापन मिस करता था। कभी उसे इंडस का तहोंवाला पराँठा याद आ जाता है और कभी बन्द कैफे में आता पानी का शोर। उसने विद्यार्थी जीवन के कई साल वहाँ बिताए थे।

बन्द गार्डन रोड उसकी प्रिय सड़क थी जिसके आखिरी मुहाने पर एक स्वप्नमयी कॉटेज थी। फिर वह उस लड़की को भी देख लेना चाहता था जो उसके माँ-बाप के अनुसार कॉन्वेंट की पढ़ी हुई थी कॉन्वेंट शिन्दे की कमजोरी थी। जिन दिनों वह विद्यार्थी था उन दिनों भी जब किसी लड़की को उधार लिए गए लहजे में तेज-तेज अंग्रेजी बोलते सुनता तो उसके प्रति उसे खिंचाव होता।

वे तीनों दफ्तर से बाहर निकले। परमजीत चर्चगेट स्टेशन में दाखिल हो गया। बम्बई उसके लिए अब आठ महीने पुरानी थी, फिर भी अक्सर यह शहर उसे चकित करता था। ये रोज के ऐसे आश्चर्य थे, जिनके बारे में पता होने पर भी ये आकर्षक थे, ऑटोमेटिक इंडिकेटर, सॉफ्टी आइसक्रीम का स्टॉल, मोबाइल बुकिंग क्लार्क्स, अंडर ग्राउंड प्लेटफॉर्म और क्रमबद्ध भीड़।

अँधेरी जानेवाली धीमी लोकल में आज भीड़ नहीं थी, आज शनिवार था। डिब्बे में कुछ लोग अखबार मुँह पर ढाँप कर सो रहे थे। उनके बदन के ढीले हिस्से उनसे अलग हिले जा रहे थे। कुछ और लोग ताश खेल रहे थे। आज डिब्बे में एक भी लड़की नहीं थी जैसे लड़कियाँ हड़ताल पर हों, सिर्फ एक प्रौढ़ पति-पत्नी एक किनारे पर चुप बैठे थे, उनकी बातें युगों पहले ही खत्म हो गई थीं।

उसके पास काफी रुपए थे और वह आसानी से घर तक के लिए टैक्सी ले सकता था पर वह माहिम से घर पैदल चल दिया, दुकानों की तरफ देखते।

दूर से दिखता हुआ 'रुस्तम विला' निर्जन लग रहा था। आगे के कमरों की कुछ खिड़कियाँ खुली थीं पर उनमें कोई नहीं खड़ा था। परमजीत को ताज्जुब हुआ कि यहाँ चमगादड़ों ने डेरे क्यों नहीं बनाए? पर बम्बई में उसने चमगादड़ नहीं देखे थे। तिलचट्टे देखे थे जो रसोई में प्याज की टोकरी में घूमते रहते या बन्द छतरियों में दुबके रहते।

घर के सब लोग इस समय गुसलखाने में थे। तैयबजी के हाथ में नायलॉन का ब्रश था और वह ब्रैंडी और विस्की को नहला रहा था। केकी तौलिया ऐसे पकड़कर खड़ी थी जैसे वह कबूतर पकड़ने जा रही हो। फिर वह पूरी संलग्नता से कुत्तों को पोंछने लगी। कुत्ते शान्त थे, बस वे बार-बार कान झटकार रहे थे।

परमजीत ने इससे पहले कभी कुत्तों पर ध्यान देना जरूरी नहीं समझा था। उसे केकी और कुत्तों के बीच एक तन्मयता दिखाई दी। केकी अपनी शान्ततम मुद्रा में थी, उसने कुत्तों को उनकी नाक और आँख के बीच की जगह में चुम्बनों से भर दिया। तैयबजी कुत्तों को पकड़कर पीछे वाले बरामदे में ले गया, दूध से भरी चिलमचियों के पास।

केकी ने कहा, "तैयबजी सिर्फ चाय दे सकेगा, ज्यादा से ज्यादा टोस्ट।"

परमजीत ने कहा, "उसे बिल्कुल भूख नहीं है पर चाय वह पीना चाहेगा।"

"आपका घर में बैठे-बैठे दिल उकता जाता होगा।" उसने कहा।

"बैठने का मुझे समय कहाँ है, देख रहे हो। आखिर इतना बड़ा घर सँभालना खेल तो नहीं है ना और जैसे कि यह काफी नहीं है, ऊपर से बेहराम बीमार पड़ गया है।"

"आपने आज क्या खाया, आपके लिए बाहर से कुछ ला दूँ?"

"हम सबने डबलरोटी खाई थी। वैसे मुझे चावल और अंडे उबालने आते हैं

पर मैं रसोई में जाना नहीं चाहती थी। मैंने देखा है तुम्हारी औरतों को रसोई में रहने का बड़ा शौक होता है, वे मुँह–अँधेरे से आधी रात तक रसोई में ही रहती हैं। पकते खाने की गन्ध से उन्हें उबकाई नहीं आती?''

परमजीत ने कहा, ''आमतौर पर औरतें रसोई में रहना पसन्द करती हैं और पकते खाने की गन्ध उसे भी अच्छी लगती है। उसे घरेलू स्तर पर ऐसी बातें अच्छी लगती हैं।''

वह जान रहा था कि केकी इस समय अपने को विदेशी मानकर बात कर रही है। यह शायद हर पारसी की खासियत थी कि वे सुविधानुसार हिन्दुस्तानी और विदेशी होते रहते थे। केकी अपने बारे में थोड़े ऊँचेपन से सोचती थी। शायद इसी ऊँचेपन की वजह से वह फ्रॉक पहनती और जिस दिन साड़ी पहनती भी तो उसमें जगह–जगह पर दर्जनों पिन लगाकर। फिर लटपटाती हुई चाल से चलती हुई वह पूछती, ''माय गॉड, इतने गज कपड़ा पहनकर तुम्हारी औरतें रोज रहती हैं?''

परमजीत कहता कि अधिकांश औरतें इतने गज कपड़ा पहनकर सोती भी हैं।

जिस तरह केकी 'तुम्हारी औरतें' कहती उससे ऐसा लगता जैसे हिन्दुस्तान की सारी औरतें परमजीत के हरम में पड़ी हैं।

इस समय परमजीत को संजीवनी का खयाल आ रहा था। उसका साड़ी पहनने का तरीका चुस्त था जिसे देखकर लगता था जैसे पहनने के बाद साड़ी पर इस्तरी की गई है। ब्लाउज की बाँहें तीन–चौथाई लम्बाई की थीं और उसे देखने के बाद ही परमजीत ने सोचा था कि बिना उखाड़े भी बाँहें इन्वाइटिंग लग सकती हैं। भूरे रंग की लड़की का अपना आकर्षण होता है, परमजीत ने सोचा। दरअसल उसे संजीवनी के इर्द–गिर्द का अकेलापन आकर्षित कर गया था जो कहीं उसके अकेलेपन से टकरा गया था। बम्बई की विशाल व्यस्तता में वह एक उदास विसंगति थी, उसी की तरह। वह शहर के एक और उपनगर के प्रति सचेत हो रहा था और इस समय उसे यह अच्छा लग रहा था कि संजीवनी भी उपनगर में रहती है और विले पार्ले भी माहिम की तरह पश्चिम रेलवे पर ही आता है। उसने अपना करेंट अकाउंट वगैरह ट्रांसफर करने जैसी बचकानी बातें भी सोचीं, फिर खुद ही खुद पर हँसने लगा।

केकी वहीं बड़े हॉल में पास बैठी डॉ. जॉनसन के निबन्ध पढ़ रही थी। उसने तेजी से पूछा, ''तुम मुझ पर हँस रहे हो! क्या मैं इतनी विचित्र हूँ।''

परमजीत ने कहा, ''वह उस पर नहीं हँस रहा, वह जरा भी विचित्र नहीं है।''

''मैं इतनी रोचक नहीं, तुम यह कहना चाह रहे हो!'' केकी तैश में आ रही थी।

परमजीत ने कहा, ''वह कुछ भी कहना नहीं चाह रहा है, वह दिन में हुई किसी घटना पर हँस रहा था।''

''तुमने मुझे चौंका दिया। तुम्हें पता है मेरे दिल के लिए चौंकना नुकसानदेह है।'' केकी ने किताब में अपनी पंक्ति पकड़ते हुए कहा।

परमजीत को अफसोस हुआ कि केकी बुरा मान गई और आश्चर्य कि दिन-रात डॉ. जॉनसन पढ़ने के बाद उसमें इतनी सी सेंस ऑफ ह्यूमर भी नहीं है। केकी को सिर्फ धर्मग्रन्थ पढ़ने चाहिए, उसने सोचा। पर केकी अक्सर कोई ऐसी किताब पढ़ती थी जो उसकी समझ में नहीं आती। फिर वह सारे घर से चिढ़ी-चिढ़ी घूमती रहती। उस समय अगर बेहराम के हाथ से प्लेट जरा भी बज जाती तो वह चिल्लाना शुरू कर देती कि बेहराम चाहता है कि उसे कुछ समझ न आए। उसे शक था कि उसे दिल का रोग है। जैसे ही उसे लगता उसकी धड़कन तेज हो रही है वह शोर मचाने लगती कि उसे दिल का दौरा पड़ रहा है। बोल चुकने के बाद अगर छाती में दर्द शुरू हो जाता तो वह सहमकर पलंग पर लेट जाती और तैयबजी को डॉक्टर के पास भेजती। डॉक्टर के आने तक वह अपने चारों तरफ तौलिए, दवाइयाँ और गरम ठंडी बोतलों का इतना हुजूम जोड़ लेती कि कुछ देर के लिए डॉक्टर भी भौचक्का हो जाता। इसी दौरान पिछले दिनों उसने एक डॉक्टर को गेट आउट कह दिया था क्योंकि उसने कहा था कि उसे कुछ नहीं हुआ है। मौजूदा डॉक्टर उसे एक घंटे तक जाँचता और फिर जो दवाइयाँ वह लिखता उनमें अधिकतर ट्रेंक्विलाइजर्स ही होतीं।

केकी का ध्यान किताब से उचट चुका था। वह माथे पर त्योरियाँ चढ़ाए-चढ़ाए बोली, ''मेरा बाप मुझे यह बीमारी दे गया।''

''मेरा खयाल है यह रोग हेरेडिटरी नहीं।''

''तुम्हें नहीं पता, मेरे बाप की कोशिश रहती थी कि हर अच्छी चीज मिट्ठू को मिले और हर बुरी चीज मुझे। तुम्हें पता है, उसने ग्रांट रोड का पारसी कॉलोनी वाला मकान उसके नाम कर दिया ताकि मैं अकेली इस वाहियात जगह पर सड़ूँ और वह अपने बच्चों को लेकर ठाठ से वहाँ रहे।'' केकी ने शिकायत की।

''पर वहाँ आपको यह आलीशान समुद्र दिखाई नहीं देता और न ही प्राइवेसी होती।''

''मुझे समुद्र से नफरत है, भला यह मेरे क्या काम आ सकता है! ऊपर से रात में चीखकर मुझे डिस्टर्ब करता है। इसकी सीली हवा के मारे घर भर की चिटखनियों में जंग लग जाती है, सिलाई मशीन जाम पड़ी है और रात को शरीर का जो हिस्सा कम्बल से बाहर रह जाए, उसी में दर्द बैठ जाता है। मुझे तो यह दुश्मन लगता है। इस बिल्डिंग के साथ लगी हुई दीवार है न जो, वहाँ आकर लोग कैसी-कैसी बेशर्मियाँ करते हैं मैं जानती हूँ। ग्रांट रोड में सड़क इतनी बहती हुई है। कॉलोनी के अन्दर कुआँ भी है। मेरी तरह नल का पानी पीकर वह दोजख में थोड़े ही जाएगी।'' केकी गुस्से में आ गई थी।

अधिकांश पारसी कुछ खास कुओं का पानी ही पीते थे जो बड़े-बड़े डोल में बैलगाड़ी पर ढोया जाता था।

परमजीत ने केकी की बहन के बारे में पहले नहीं सुना हुआ था। उसे आश्चर्य हुआ, फिर खुशी। अपनी तरफ से एक शालीन बात कहने की गरज से उसने सुझाया कि वह कभी-कभी बहन के घर जा सकती है।

"मैं उसके घर कभी नहीं जाऊँगी, कभी नहीं। वह क्या सोचती है मेरा अपमान करना आसान है। सोचो तो, वह एक-एक करके अपने सभी बच्चे ड्राइंग रूम में ले आती है और उसका पति अपनी फाउल हँसी से कहता है, बच्चो, यह तुम्हारी बिग आंटी है।" केकी बुरा-सा मुँह बनाकर बैठ गई।

परमजीत ने खुद को कोई राय देने के काबिल नहीं पाया। यह केकी का निजी मामला था। और फिर हर राय के विरोध में उसके पास उत्तर हाजिर था।

आज वह किसी कड़वे विवाद के लिए प्रस्तुत नहीं था।

जब वह सीजन टिकट ले चुका, ग्यारह बज चुके थे। उसने इरादा किया कि वह एक टिकट संजीवनी को दे आए। वह बैंक ऑफ बड़ौदा वाली इमारत की तरफ चल दिया। यह पहला मौका था जब वह बैंक बैंकिंग के लिए नहीं जा रहा था।

उसने चपरासी से कहा, "उसे संजीवनी भरूचा से मिलना है।"

"मिस भरूचा?" चपरासी ने कहा और उसे अन्दर ले गया। चपरासी को पता नहीं चला कि उसके शब्दों ने परमजीत को कितनी बड़ी सूचना दे दी थी। संजीवनी एकाग्रता से झुकी हुई लेजर में से देख-देखकर पासबुक में कुछ उतार रही थी। नजर पड़ने पर वह विस्मित भाव से देखती ही रह गई और परमजीत अपराधी की तरह खड़ा रहा।

फिर उसने सँभलते हुए मुस्कराकर कहा, "बैठिए।"

बहुत नए परिचय के संकोच में वे दोनों चुप बैठे रहे। तभी चपरासी ने आकर कहा, "पासबुक नम्बर 2283 क्लियर हुआ?"

संजीवनी अतिरिक्त सजगता से पासबुक पूरी करने में व्यस्त हो गई।

पासबुक देने तक शायद वह अपने पर काबू पा चुकी थी, बोली, "सॉरी, यहाँ काम ही कुछ ऐसा है कि टाला नहीं जा सकता।"

"आजकल आप कौन सा विभाग देख रही हैं?"

"सेविंग्ज," उसने कहा और हँस पड़ी, "इससे अधिक अनुपयुक्त बात क्या हो सकती है?"

परमजीत ने कहा, "वह फेस्टिवल के टिकट ले आया है।"

''मेरा जाना तो मुश्किल ही है पर मैं आपसे टिकट खरीद लूँगी।''

परमजीत ने कहा, ''इस बारे में शायद वे पहले ही तय कर चुके थे।''

वह हँसी। उसके दाँत चश्मे के काले फ्रेम के कॉन्ट्रास्ट में सफेद लगे, उसकी साड़ी और भी सफेद।

परमजीत ने कहा, ''बृहस्पतिवार को पोलांसकी की मशहूर फिल्म का प्रदर्शन है—नाइफ इन द वाटर। ऐसी सूचनाएँ फैशन के तौर पर उसे वालिया और शिन्दे से मिल जाती थीं।''

संजीवनी ने सीधे उसकी ओर देखा, ''क्या साथ-साथ सिनेमा देखने के लिए हम लोग बहुत अपरिचित नहीं ?''

''बिल्कुल नहीं, बल्कि हमारा परिचय बहुत पहले हो जाना चाहिए था। आपने शायद सुना हो सहयात्री बहुत जल्दी निकट आने के लिए क्षम्य होते हैं।''

उसे संजीवनी का संकोच भला लगा। उसे यह जिम्मेदारी महसूस हो रही थी कि संजीवनी आश्वस्त हो सके। उसने कहा, ''वह सिर्फ परिचित होने के नाते उसका साथ चाहता है।''

संजीवनी बोली, ''मैं बुधवार को फोन करूँगी।''

जबकि लंच का समय हो रहा था परमजीत ने जानबूझकर संजीवनी को बाहर चलने के लिए आमंत्रित नहीं किया। वह उसे जल्दबाजी में खोना नहीं चाहता था।

परमजीत ने बड़ी तत्परता से लंच के पहले काम समेटा, दो-तीन फोन किए। लंच के बाद बहुत अरसे के बाद उसने अपने माँ-बाप को खत लिखा। उसने लिखा उसे बम्बई अच्छी लगने लगी है और वे लोग इधर कब आएँगे। पिछले महीने उसने जो पैसे भेजे थे वे मिल गए होंगे, अगर उन्हें और जरूरत हो तो लिखें। बिम्मा बड़ी हो रही है, उसके लिए लड़का ढूँढ़ना शुरू कर दें, वह छुट्टी लेकर आ जाएगा।

न जाने क्यों परमजीत खत में और कुछ लिखना चाहता था, संजीवनी के बारे में। पर वह जानता था उसके माँ-बाप उसका खत समझ नहीं पाएँगे।

उसकी तबीयत हो रही थी कि बियर पी जाए। उसे पता नहीं था कि केकी उसका बियर पीना किस तरह लेगी। वह अचानक दिल्ली के प्रति नॉस्टैल्जिक हो उठा। उसे याद है, उसका एक ममेरा भाई रीगल से बियर खरीद लेता था और हनुमान रोड के मोड़ पर किसी अँधेरे कोने में खड़ा होकर जल्दी से पी जाता। एक बार ऐसी ही जल्दबाजी में उसके मुँह से सारी बियर उसी रफ्तार से बाहर निकल आई थी जिस रफ्तार से अन्दर गई।

दफ्तर बन्द होने पर वह छह बोतलें बियर लेकर वालिया के घर चला गया। वालिया घर में था। वह दोनों पैर सोफे पर चढ़ाए लुंगी पहने बैठा था। उसे देखते ही बोला, ''आ भापे, कित्थे चला गया सी तूँ ?'' फिर वह बियर की बोतलें ऊँची

उठाकर नाचने लगा। उसने बोतलें फ्रिज में रख दीं और नौकर को कहा दो सब्जी और बना ले।

विजया केलकर पलंग पर बैठी हेयर ड्रायर से बाल सुखा रही थी। उसने ड्रेसिंग गाउन पहना हुआ था और शायद अभी बाँहों के नीचे के बाल भी साफ किए थे।

वालिया ने कहा, ''विजय जल्दी से तैयार होकर छुट्टी करो। एक घंटे से बालों में लगी हो। ड्रायर से बाल सुखाने में मुश्किल से दस मिनट लगते हैं, बी क्विक।''

विजया ने ड्रायर का पंखे वाला सिरा उसकी तरफ कर दिया, ''कूल डाउन डार्लिंग, आय एम फीलिंग ऑन टॉप ऑफ द वर्ल्ड।''

वे लोग ढोल की शक्लों वाले गिलासों में बियर पी रहे थे।

परमजीत ने कहा, ''उसके साथ पिछले दिनों एक विशेष बात हुई।''

वालिया और विजया एक साथ बोले, ''प्रमोशन!''

''नहीं,'' परमजीत ने कहा। न समझे जाने पर उसे हल्की-सी निराशा हुई। उसने कहा, ''आय फाउंड अ गर्ल।''

''ओ ग्रेट, तुसी ग्रेट,'' वालिया चिल्लाने लगा।

''मुबारक हो,'' विजया बोली और इसके फौरन बाद पूछा, ''क्या वह मराठी है?''

''नहीं गुजराती,'' परमजीत ने कहा। उसे जिज्ञासा हुई कि क्या विजया में भी प्रान्तीय संस्कार हैं।

''अभी इब्तिदा ही है या मामला आगे पहुँच गया है?''

''अभी इब्तिदा भी नहीं है। यार, लड़की जरा मुश्किल सी है, मेरा मतलब आम लड़कियों जैसी नहीं।''

वालिया ने कहा, ''वह जरूर किसी अच्छे परिवार से होगी वरना लड़की तो हाथों पर उठाकर लाई जा सकती है।''

परमजीत उत्तेजित हो रहा था। उसने बियर की खाली बोतल कालीन पर लुढ़का दी। बोतल दीवान के नीचे रखी किसी चीज से टकराई। उसने कहा, ''आज वह सिर्फ संजीवनी से हुआ परिचय सेलेब्रेट कर रहा है।''

वालिया ने शरारत से कहा, ''तब तो जरूर कई सेलेब्रेशन्ज यहाँ होंगे।''

परमजीत ने कहा, ''वह एक भूरी लड़की है। उसके बाल अस्त-व्यस्त रहते हैं, फिर भी वह शालीन लगती है। वह चश्मा लगाती है, फिर भी ध्यान आकर्षित करती है। वह मेकअप नहीं करती, फिर भी आधुनिक लगती है। उसे देखकर सीटी बजाने की नहीं टाई का नॉट ठीक करने की इच्छा होती है।''

विजया उसके बारे में बहुत कुछ जानना चाह रही थी, उम्र, शिक्षा और परिवार। परमजीत ने कहा यह सब वह धीरे-धीरे पता लगाएगा।

रेडियो से कोई नाजुक संगीत शुरू हुआ ही था।

वालिया ने विजया को कमरे से उठा लिया और वे नाचने लगे। उस कमरे में जगह कम थी। वहाँ दीवान और काउच-चेयर्ज के अलावा कई मोढ़े भी थे जिनके ऊपर बादामी रंग का चमड़ा मढ़ा हुआ था। दीवार की तरफ कम्फर्ट कूलर रखा था। ड्रिंक्स के गिलास टेकने के लिए जगह-जगह पीतल की छोटी तिपाइयाँ थीं। कमरे में कई ऐशट्रेज थीं, अधिकांश, शराब कम्पनियों की ओर से भेंट। वे दोनों अपनी-अपनी सिगरेटें अधपियी छोड़कर उठ गए थे और नाचते-नाचते पैर से कभी कोई चीज सरका देते और कभी रुककर फिर कदम शुरू करते।

परमजीत काफी देर में घर पहुँचा। पिछले बरामदे में सोए ब्रैंडी और विस्की उठकर भौंकने लगे। कमरे में आकर भी परमजीत सो नहीं पाया। पर उसे जागे हुए भी महसूस हो रहा था वह सो रहा है। बियर के भारीपन में खयाल आ-आकर डूब रहे थे। उसने अपने को बहुत अकेला पाया। उसे लगा चढ़े हुए समुद्र की आवाज उसे और अकेला कर रही है और यह रुस्तमविला भी जिसमें रात में कहीं भी रोशनी नहीं होती और जिसका बौडम आकार वह कुछ देर पहले अँधेरे में देख चुका था। उसने अँधेरे में कमरे को पहचानने की कोशिश की, काफी देर तक देखते रहने के बाद वह मेज पर सिर्फ ट्रांजिस्टर और घड़ी पहचान पाया। उसे अपने अकेलेपन पर झुँझलाहट हुई और अचानक उसने अपने को तनाव में पाया। उसे लगा वह कोई चीज पीस देना चाहता है और थकान से लथपथ होकर सोना चाहता है।

जिस समय संजीवनी का फोन आया, वह केबिन में अकेला नहीं था, दो लोग सामने बैठे थे और कुछ बाहर लाउंज में इन्तजार कर रहे थे। संजीवनी ने कहा, वह मिस्टर डाँग से बात करना चाहेगी।

उसने कहा, वह डाँग ही बोल रहा है।

उसका खयाल था कि कोई ग्राहक बोल रहा होगा।

''मैं संजीवनी भरूचा बोल रही हूँ।''

परमजीत काफी असन्तुलित हो गया, ''मैं सुबह से प्रतीक्षा कर रहा था, अब मैं निराश होने लगा था। आप आ सकेंगी न! देखिए, मैं आपका इन्तजार कर रहा हूँ प्लीज।''

संजीवनी ने कहा, ''आज तो वह आ जाएगी पर सभी फिल्में देखनी उसके लिए असम्भव है।''

"यह हम मिलने पर सोचेंगे, आप दफ्तर से सीधी एरास आ जाइएगा।"

"अच्छा, सी यू," उधर से फोन बन्द हो गया।

कुछ देर फोन पकड़े मोहित-सा वह बैठा रह गया। फिर उसने अपने को समेटा। वह सामने बैठे लोगों को ऑफ सीजन में खरीदी चीजों के फायदे समझाने लगा। किस्तों पर एयरकंडिशनर आदि वे ऑफ सीजन में ही देंगे। सीजन में तो बिक्री अपने आप हो जाती है, उस समय तो दाम बढ़ जाने पर भी खरीदनेवाले खरीदते ही हैं।

बाकी समय परमजीत काम करता रहा और समय सरकता रहा। उसे खुशी थी कि घड़ियाँ पीछे नहीं आगे भागती हैं और दोपहर के बाद सुबह नहीं शाम होती है।

वह साढ़े पाँच बजे जब एरास पहुँचा, संजीवनी नहीं आई थी। वह सीढ़ियों के पास ही मोड़ से हटकर खड़ा हो गया। सामने स्टेशन में लोगों के जुलूस अन्दर घुस रहे थे। ये सब इतनी जल्दी घर जाकर क्या करते हैं, परमजीत ने सोचा। लोग इतने सटकर चौराहे लाँघ रहे थे कि लग रहा था ये सब एक ही जगह से चलकर एक ही जगह उतर जाएँगे। सबके चेहरों पर हल्का-सा ढीलापन था, दफ्तर उतार देने का। लड़कियों के चेहरों पर पुराने पाउडर के कुछ एक धब्बे थे। भीड़ धड़ाधड़ शाम का अखबार खरीद रही थी और रेलें पकड़ रही थी।

तभी उसे संजीवनी आती दिखाई दी। उसके साथ दो लड़कियाँ थीं। वे दोनों कसी हुई स्कर्ट पहने हुई थीं। फिर भी वे संजीवनी की अपेक्षा कम स्मार्ट लग रही थीं। दूर से भी उनके चेहरों की आभाहीनता पता चल रही थी। शायद ये कई साल से काम कर रही हैं, परमजीत ने सोचा। गोरडन के आगे से वे दोनों सड़क लाँघने के लिए खड़ी हो गईं और संजीवनी आगे बढ़ आई।

"आप," संजीवनी ने उसे देखा और घबराई हुई सी हँस दी।

"मैं काफी देर से खड़ा हूँ शायद मेरी घड़ी ही तेज थी।"

"नहीं पर हमारी बैंक छह बजे बन्द होती है, मैं आपसे कहना भूल गई। भीड़ की वजह से हमारा टाइम भी स्टैगर किया गया है, साढ़े दस से छह।"

वे लोग चलते हुए पोर्च में आ गए थे।

"इससे पहले कभी आपने पोलांसकी की फिल्म देखी है?" परमजीत ने पूछा।

"नहीं, क्या वह बहुत प्रसिद्ध है?"

"हाँ।"

वे लोग पोस्टर देखने लगे।

"आप कॉफी पीना पसन्द करेंगी," परमजीत ने कहा और जैसे उत्तर स्वीकारात्मक ही होगा वहाँ से चलने लगा।

"चलिए, वैसे हम पोस्टर्स देखकर भी समय बिता सकते थे।"

"आपके आने के पहले मैंने इसी तरह समय बिताया है। यहाँ कौन-सी जगह आपको प्रिय है?"

"पर्शियन डेरी," उसने कहा।

वे लोग पर्शियन डेरी के उस कोने में बैठ गए जहाँ से समुद्र दिखता था। संजीवनी ने कहा, "मैं अभी आई," और वह टॉयलेट में चली गई।

परमजीत थोड़ी देर उस दिशा में देखता रहा, फिर उसने वेटर को ऑर्डर दिया। उसे अपने पर आश्चर्य हो रहा था। उसने कल्पना नहीं की थी कि वह किसी लड़की के साथ इतनी शिष्टता से पेश आ सकेगा। इसके पहले उसने हमेशा सोचा था कि लड़की मिलते ही वह उसे शेर की तरह फाड़कर खा जाएगा, उसकी चिन्दी-चिन्दी उड़ा देगा। पर उसने पाया वह अतिरिक्त संयत हो रहा है। सोचने पर उसे लगा जैसे वह अकेला ही पर्शियन डेरी आ गया था और अब बैठा-बैठा दिवास्वप्न देख रहा है कि उसके साथ एक प्यारी-सी लड़की भी आई है।

संजीवनी को टॉयलेट से आते देखकर उसे विश्वास हुआ कि यह स्वप्न नहीं है और कुछ सत्य कितने आकर्षक होते हैं! उसको अपनी तरफ चलते हुए देखकर भी परमजीत को कोई अश्लील आकांक्षा ने नहीं दबोचा, उसका साथ ही उसको सन्तोष देने के लिए काफी था।

उसकी तरफ देखकर संजीवनी हँसी, "कांटेम्पलेटिंग?"

"नो, मेडिटेटिंग," उसने संजीवनी की तरफ देखा और कुछ क्षण देखता ही रह गया। मात्र धो लेने से चेहरा इतना ताजा और मात्र चश्मा पहन लेने से मुख इतना प्रसाधन-युक्त लग सकता है, यह उसने पहले अनुभव नहीं किया था। संजीवनी इस समय समुद्र से अभी-अभी उठाकर लाया गया उजला सीप लग रही थी। भूरे रंग का उजलापन, परमजीत ने सोचा और मुस्कुरा दिया।

संजीवनी समुद्र देख रही थी, "कितना अच्छा हो अगर दफ्तर इस जगह हो!"

इस जगह पर तो मैं घर चाहूँगा, परमजीत ने सोचा और चुप रहा।

कॉफी आ गई थी। झागों के ऊपर चॉकलेट का चूरा पड़ा था। संजीवनी ने दोनों प्यालों में चीनी के दो-दो क्यूब डाल दिए। वह ऊपर की चॉकलेट डिस्टर्ब नहीं करना चाहती थी। उसने चम्मच से कॉफी हिलाई नहीं, क्यूब्ज घुलने का इन्तजार करती रही।

"मैंने बिना पूछे ऑर्डर दे दिया। आपको चाय तो नहीं चाहिए थी?"

"मैं कॉफी ही पीती हूँ, थैंक्स। चाय का स्वाद होश सँभालने के बाद से मैंने जाना ही नहीं।"

"बिना चाय के सुबह नींद खुल जाती है?" परमजीत ने पूछा।

"हाँ। सुबह मैं कुछ नहीं लेती। ग्यारह बजे पहली कॉफी लेती हूँ।"

''मेरे लिए चाय जिन्दगी की उन गिनी-चुनी चीजों में से है जो जिन्दगी को अर्थ देती है। चाय उतनी ही जरूरी है जितनी जरूरी शादी और बच्चे।''

संजीवनी हँस पड़ी, ''आप तो टी बोर्ड के अधिकारी मालूम होते हैं। या अतिशयोक्तियों में आपको बोलना पसन्द है। चाय तो मुझे बनाते समय उतनी तकलीफ होती है जितनी अंडा बनाते समय। घर पर सभी को पता है इसलिए मुझसे चाय नहीं बनवाते हैं। किस कदर गन्ध आती है!''

''कॉफी से कम!''

''पर कॉफी की गन्ध ताजा कर देती है,'' तभी उसने घड़ी की तरफ देखा और हड़बड़ा गई, ''हमें देर हो रही है। पिक्चर शुरू हो चुकी होगी।''

परमजीत ने ध्यान दिलाया कि शीर्षक फिल्म तो मध्यान्तर के बाद ही शुरू होगी।

''पर जब सिनेमा देखना है तो मैं सब कुछ देखना चाहती हूँ, विज्ञापन, समाचार, चित्र, ट्रेलर, यहाँ तक कि पर्दे का उठना और गिरना भी।'' संजीवनी अपनी जल्दबाजी में बिल्कुल बच्ची हो रही थी। वह फुटपाथ पर तेज कदमों से चलने लगी। परमजीत को वह बहुत छोटी, नहीं यौवनपूर्ण लगी। गहरे उन्नाबी रंग की आर्गेंडी की साड़ी में उसकी मिडरिफ नजर आ रही थी, वह तनी हुई थी, सपाट। आज भी वह तीन-चौथाई बाँहों का ब्लाउज पहने हुए थी। ब्लाउज का गला काफी चौड़ा था जैसे दर्जी ने गलती से ज्यादा कतर दिया हो। फिर भी इसकी ब्रा की तनियाँ झाँक नहीं रहीं, परमजीत ने सोचा, यह लड़की कितनी सुरुचिपूर्ण है।

यह तो परमजीत को बहुत बाद में पता चला कि ब्लाउज में कन्धों पर भी टिचबटन लगे होते हैं जिसकी वजह से ब्रा की तनियाँ जगह पर रहती हैं, और यह उससे भी बाद में कि संजीवनी साड़ी में पिन लगाती है, पीतल के दो छोटे पिन, एक पटली में कुछ ऊँचाई पर और एक कन्धे पर, साड़ी और ब्लाउज को नीचे की ओर से कसते।

उस दिन तो उसे सिर्फ इतना याद रह गया कि वह अपनी सीट पर बहुत सँभलकर बैठा था, यह जिम्मेदारी महसूस करते कि संजीवनी बिल्कुल अलग किस्म की लड़की है और किसी भी हालत में उसे परमजीत का साथ अनुचित न लगे। संजीवनी ने फिल्म बहुत ध्यान से देखी। बल्कि कई बार परमजीत को यह लगा कि वह उसकी मौजूदगी बिल्कुल भूल चुकी है। वह हल्की-सी आगे की ओर झुक गई थी जैसा कि ज्यादा ध्यान देते समय अक्सर होता है। इस दौरान परमजीत ने अपनी सीट पर पीछे हटकर देखा था उसने बालों को बैककोम्ब करके ऊँचा किया हुआ था और काफी बॉबपिन्ज लगाए हुए थे। उसके और परमजीत के बीच सिर्फ साड़ी का जब तक का स्पर्श था और फिल्म देखने के बाद वह परमजीत के प्रति बहुत कृतज्ञ थी कि उसने इतनी अच्छी फिल्म उसे दिखाई। परमजीत ने

यह फिल्म पहली बार वालिया के साथ देखी थी और सच तो यह था कि अब दूसरी बार उसने फिल्म पर जरा भी ध्यान नहीं दिया था फिर भी उसने पहली वार से ज्यादा आज एंज्वाय किया था। अचानक उसे लगा था वह अकेला नहीं है, बम्बई बड़ी और अजनबी नहीं है और यहाँ के लोग रूखे नहीं हैं। शहर अब उसका व्यक्तिगत मित्र हो गया था। उसने बहुत जिद की थी कि अगली फिल्म देखने वह दूसरे रोज जरूर आए पर संजीवनी ने मना किया। परमजीत ने बहुत जोर दिया। वह उसके साथ-साथ स्टेशन तक आ गया था। उसने पूछा, "आखिर अड़चन क्या है?"

संजीवनी ने अपनी खूबसूरत आँखों से उसे देखा और चुप रही। वे एक ही डिब्बे में घर लौट रहे थे और दोनों को ही बैठने की जगह नहीं मिली। संजीवनी डिब्बे की दीवार से लगकर खड़ी हो गई और परमजीत दीवार पर हाथ टेककर, जैसे रास्ता रोकना चाहता हो। वह अगले दिन के बारे में अनुरोध कर रहा था बिना यह पहचाने कि उनकी पहचान कितनी नई थी। थोड़ी देर बाद उसने पाया संजीवनी की स्थिति अजीब हो उठी है, आस-पास के लोग उसके संकोच को पढ़ रहे हैं और वह बेहद उदास अपने पर्स के कवर पर बने चौकोन गिन रही है। जिद ही जिद में वह पार्ले तक आ गया, इस बात का अहसास उसे पार्ले बिस्कुट फैक्टरी से आती बिस्किटों की गन्ध से हुआ। उसने हारकर कहा, "आखिर मैं होता भी कौन हूँ इतना इन्सिस्ट करनेवाला।"

यह वाक्य संजीवनी को छू गया था। स्टेशन पर धीमी होती गाड़ी से उतरने की जल्दी में उसने कह दिया, "मैं छह बजे आने की कोशिश करूँगी पर सिनेमा के लिए नहीं।"

वह खुश हो गया था, बेहद खुश और उसे पता ही नहीं चला कब गाड़ी चल दी और वह अँधेरी पर ही उतर पाया।

पश्चिम अँधेरी से उसने तिरासी नम्बर बस ले ली और वह बस की दूसरी मंजिल पर बैठा खिड़की से बाहर अँधेरे में मुस्कुराता रहा। कंडक्टर ने उसे कन्धे पर थपथपाया था तब उसे खयाल आया कि टिकट लेना है। उसे अँधेरा खूबसूरत लगा था, बान्द्रा में कलानगर की ओर जाती सड़क पर लगी घुमावदार बत्तियाँ सुन्दर लगी थीं और उसने बस से उतरकर एक भिखारी को पचास पैसे दे दिए। इन कुछ क्षणों में जिन्दगी उसे गजब की रोचक लगी थी। वह रात भर इस अहसास से लिपटा रहा कि संजीवनी दुनिया की सबसे प्यारी लड़की है।

अगले दिन वे मिले थे और फिर पर्शियन डेरी गए थे। संजीवनी ने अनुरोध किया वह अपनी टिकट नष्ट न करे पर वह सिनेमा नहीं गया। संजीवनी के तीसरी-चौथी बार कहने पर उसने जेब से टिकटें निकाली थीं और दो टुकड़े कर ऐश ट्रे में डाल दीं।

संजीवनी देखती रह गई थी परमजीत को और फिर सिहर गई, "मुझे तुमसे डर लगने लगा है।"

"क्यों?"

"तुम मुझे जगाए जा रहो हो, दिस इस ट्रेचरस ऑन योर पार्ट।"

"आय हैव नेवर सीन अ मोर लवेबल गर्ल," कहकर परमजीत ने संजीवनी के हाथ में थमा गिलास अपने गिलास से टकरा दिया।

उसे लगा संजीवनी काँप गई है और अब उसके अलावा हर चीज ध्यान से ताक रही है। झुका हुआ चेहरा सलोना लग रहा था, तपा हुआ।

परमजीत ने महसूस किया था वे बहुत पास हैं, एक-दूसरे की प्यास की पहुँच में। इस लड़की के लिए वह कुछ भी कर सकता था और कुछ भी सह सकता था। वह इसके बारे में नहीं के बराबर जानता था फिर भी वह अपने को अन्तरंग पा रहा था।

"संजी," परमजीत ने कहा।

वह बुरी तरह चौंक गई थी, "क्या हमें इतना पास आना चाहिए?"

"इसमें कुछ भी गलत नहीं है। मैं तुम्हें सिर्फ इतना बताना चाहता हूँ कि इससे पहले अचानक कोई मेरे लिए इतना महत्त्वपूर्ण नहीं हुआ और इससे पहले मैंने कभी अपने को इतना खुश नहीं पाया और इससे पहले मैंने कभी नहीं जाना कि लड़कियाँ इतनी अच्छी होती हैं!"

संजीवनी ने सिगरेट के पैकेट से उसके होंठ दबा दिए थे, "चुप, डोंट मेक मी अनईजी।"

बहुत देर बाद उन्हें पता चला कि पिक्चर जितनी देर तो उन्होंने बैठे-बैठे ही कर दी है। संजीवनी डर गई, "मैंने माँ से कहा था जल्दी आ जाऊँगी। वे बहुत फिक्र करेंगी।"

"टैक्सी ले लेते हैं," परमजीत ने कहा और वेटर को जल्दी से टिप कर टैक्सी ढूँढ़ने लगा।

"नहीं, मैं रेल से चली जाऊँगी, प्लीज।"

परमजीत ने बहुत जल्द टैक्सी रोक ली और कहा, "बैठो, आगे से मैं वक्त का खयाल रखूँगा।"

संजीवनी शरमा गई और सिमटकर बैठ गई थी।

"माँ से बहुत लगाव है?" परमजीत ने पूछा।

"हूँ," संजीवनी देर तक के लिए चुप हो गई, फिर बोली, "माँ बहुत अकेली हैं।"

"बिल्कुल अकेली?"

"नहीं, पिताजी, भाई-भाभी हैं।"

परमजीत को लगा उसने उसके परिवार का कोई बहुत नाजुक बिन्दु छू दिया है। उसने चाहा वह बात को कहीं और ले जाए, किसी हल्की तर्ज पर लेकिन जिस तरह संजीवनी अन्तर्मुखी हो गई थी, उसमें इसकी गुंजाइश नहीं थी।

संजीवनी बोली, ''माँ बोल नहीं सकतीं, सुन भी नहीं। बहुत अकेली हैं माँ।''

परमजीत को डर लगा। उसने नहीं सोचा था दुख संजीवनी के इतने आस-पास होगा। हँसती आँखोंवाली इस लड़की को गम्भीर देखकर उसे तकलीफ हो रही थी।

''माँ सारा दिन तख्त पर बैठी सड़क देखती रहती हैं। अभी भी वे जरूर गेट पर खड़ी होंगी।''

''बहुत फिक्र करती हो!''

''सबके हिस्से की। भाभी का बस चले तो उन्हें पकड़कर बाहर कर दे। इसीलिए मैंने नौकरी शुरू की।''

''पिताजी कुछ नहीं कहते?''

''पप्पा खुद माँ के सामने पड़ने से बचते हैं। बीच में उनका बिजनेस हल्का होने लगा था इसी से उन्होंने भाई की पढ़ाई छुड़वाकर उसे इसमें लगा दिया। अब अच्छा चल निकला है तो भाई अपने आगे पप्पा को भी कुछ नहीं गिनता।''

''क्या बिजनेस है?''

''ज्वेलरी। पिछले दिनों स्वर्ण नियंत्रण लगा था इसलिए बिजनेस बहुत डाउन चला गया था। चौदह कैरट के जेवर कोई नहीं खरीदता और पप्पा नियम के खिलाफ कुछ करते नहीं। कुछ जौहरियों ने तो बिजनेस छोड़ नौकरियाँ कर ली थीं। अभी भी पप्पा और नानू भाई की बहुत लड़ाई होती है पर नानू भाई कमा लेता है न, इसी से अकड़ता है।''

''माँ के लिए हियरिंग एड ले लेनी चाहिए।'' परमजीत ने कहा।

''माँ को आदत नहीं है न, एकदम बौखला जाती है। फिर उन्हें झंझट लगता है। दस मिनट में उतारकर रख देती हैं। अब उन्हें लिप-लैंग्वेज सिखाई है।''

''कैसे?''

''जैसे, पप्पा बाहर गए हैं,'' संजीवनी ने होंठों को दबाते-खोलते मूक अभिनय किया।

''ऊपरवालों को दिक्कत होती होगी।''

''उनका क्या है! वे तो सारा दिन एक-दूसरे से बोल लेते हैं पर माँ तो बस देख-देखकर बेचैन होती जाती है। कभी पप्पा और नानू भाई में लड़ाई होती है तो वह बीच में आकर बार-बार दोनों को इशारा करती हैं, कोई उन्हें कुछ नहीं समझता। रोती हैं तो सब उस कमरे से उठकर चले जाते हैं।''

''तब तो तुम्हें ज्यादा समय घर पर ही रहना चाहिए। मुझे अफसोस है तुम्हें आज देर हो गई। मेरे खयाल में तुम्हें नौकरी भी नहीं करनी चाहिए।''

''नौकरी करती हूँ इसी से तो भाभी कुछ बोल नहीं सकतीं। जब से भाई ने बिजनेस में हाथ लगाया है, भाभी का दिमाग आसमान पर चढ़ गया है; सोचती हैं सारा घर उनका है। पैसे-वैसे की बातें सुनना मुझे पसन्द नहीं। पिछले साल तक तो मैं घर पर थी। पर भाभी माँ की दवाइयों का बिल देखकर मुँह बनाती थीं तो मुझे बर्दाश्त नहीं हुआ।''

संजीवनी बहुत गम्भीर और जिम्मेदार लग रही थी। उसकी आँखों में गहरे तक दर्द था और उदासी। उसने सड़क की ओर ध्यान से देखा, ''देर वाकई बहुत हो गई है। प्रभादेवी पर भीड़ भी कितनी है।''

''भीड़ ज्यादा नहीं है पर प्रभादेवी सँकरी है।'' परमजीत ने कहा।

''आपका घर कहाँ है?''

''टैक्सी में।'' परमजीत बोला। वह चाहता था संजीवनी अचानक हँस पड़े और उसकी आँखें एक बार फिर चमकने लगें।

संजीवनी चौंक गई फिर बोली, ''आपका मतलब है आप जहाँ बैठ जाएँ वहीं आपका घर है।''

''घर के लोग दिल्ली में हैं, चालीस बटे पन्द्रह शक्तिनगर में। कभी दिल्ली गई हो?''

''हाँ, यूथ फेस्टिवल में गई थी दो साल पहले।''

''कौन से आयटम में?''

''गरबा।''

परमजीत को आश्चर्य नहीं हुआ। संजीवनी की चाल में इतनी लय थी कि वह नृत्य का आभास देती थी।

''अच्छा लगा शहर?'' उसने पूछा।

''शहर देखा ही कहाँ, ठंड इतनी थी हमारा कंटिंजेंट तो बस गरम कपड़े ही खरीदता रहा। एक दिन बस में गए थे ऐतिहासिक जगहें देखने!''

''मिला इतिहास। मरा हुआ इतिहास। दिल्ली का मौजूदा इतिहास उसके मुहल्लों, साइकिलों, धुएँ और धूल में है।''

''इनमें से एक भी चीज मुझे वहाँ नहीं मिली।''

''तुमने टूरिस्टों की तरह दूरबीन लगाकर कुतुब और लालकिला देख लिया होगा। दरअसल जामा मस्जिद के पीछे की बस्ती से दिल्ली का सही अन्दाज होता है। एक तरफ चोरी का माल बिकता है, दूसरी तरफ मोटर-स्कूटर मरम्मत की खुली वर्कशॉप्स हैं। वहाँ कबाड़ी हैं, कबाबवाले हैं और कसाई।'' दिल्ली के बारे में बोलते हुए परमजीत की रगों में कुछ दौड़ने लगता था, याद जैसा कोई सम्मोहन। उसने पाया वह संजीवनी को हाथ पकड़कर सारी दिल्ली दिखाना चाहता है, एक-एक गली और चौराहा जहाँ उसने अपना लड़कपन बिताया था।

वे लोग इस समय पार्ले के पास आ गए थे।

''सुनो, मैं स्टेशन पर उतर जाऊँगी।'' संजीवनी बोली।

''नहीं घर तक।''

''घर स्टेशन के बहुत करीब है, सच।''

संजीवनी को स्टेशन पर छोड़ वह वापस चल दिया। टैक्सी उसने सांताक्रुज पर छोड़ दी और बस का इन्तजार करने लगा। उसे हल्का-सा बोझ महसूस हो रहा था। उसे लग रहा था संजीवनी की एक अपनी उदास दुनिया है जिसे वह बेध नहीं सकता। इतनी कम उम्र में इतनी उदास उसने दूसरी कोई लड़की नहीं देखी। इस उदासी को बाँट सकना उसे सहज नहीं लग रहा था। परिचय इतना छोटा होने की वजह से वह इस उदासी में अतिरिक्त रुचि भी नहीं दिखा सकता था, न कोई कमेंट दे सकता था। फिर भी उसे सन्तोष था कि संजीवनी ने उससे इतना निस्संकोच तो बरता कि उसे अपनी दुनिया के बारे में बताया। उन्होंने अगली मुलाकात का कोई वादा नहीं किया था पर दोनों को ही अन्तर्मन से पता चल गया कि वे जरूर मिलेंगे। चाहे संजीवनी कितनी ही संयत और गम्भीर बनी हुई रही, चाहे परमजीत कितना ही दूर बैठा रहा, एक सूक्ष्म उपलब्धि का अहसास दोनों को हो चुका था।

जब वह घर पहुँचा केकी जागी हुई थी। उसी ने दरवाजा खोला।

''कल से मैं जल्दी आ जाया करूँगा, मुझे पता नहीं था आपको जागते रहना पड़ेगा।'' परमजीत ने कहा।

''कोई बात नहीं, बेहराम और तैयबजी सर्कस देखने चले गए थे। मैं पानी के लिए उठी हुई थी।''

माहिम में पीने का पानी रात ग्यारह से तीन बजे तक आता था।

उसने कहा, ''पानी मैं भर लूँगा, आप सो जाइए।''

''नहीं, पानी भरने में कोई तकलीफ नहीं। नली से सारे बर्तन भर देने हैं।'' परमजीत जल्दी से कपड़े बदल आया और वे लोग साथ-साथ पानी का इन्तजार करने लगे।

''तुम लोगों में क्या किसी भी नल का पानी पी लिया जाता है?'' केकी ने पूछा। उसका पूरा दृढ़ विश्वास था कि हर जाति के पानी का रंग और उसका उद्‌गम अलग-अलग होता है।

''हाँ, वास्तव में पानी सब ठीक होता है बशर्ते उसमें कीड़े और केंचुएँ न हों।''

''मैं तो इसलिए पानी हमेशा छानकर भरती हूँ। कितने ही नौकरों को मैंने इसलिए निकाल दिया क्योंकि वे पानी छानते नहीं थे। आप सोचिए, बम्बई जैसे शहर में मौत होना कितना आसान है!''

जब परमजीत डबल फास्ट गाड़ियों, डबलडेकर बसें ओर बेतहाशा मोटरें दौड़ते देखता था उसे भी लगता कि बम्बई में मौत बहुत आसान है, वह किसी भी

सड़क पर उसे चंगुल में दबोच सकती है पर उसने पानी को कभी खतरनाक नहीं माना था।

केकी के पास ऐसे कई वहम थे। वह सारी सब्जियाँ पोटाश के पानी में धोकर रखती और घर का फर्श फिनाइल से पुँछवाती। अलमारी से किताब निकालने के बाद वह हाथ धोती। जब वह बाहर जाती तो उसके पर्स में करीब-करीब आधा दर्जन रूमाल होते। जिस रूमाल से वह नाक साफ करती उससे पसीना नहीं पोंछती और जिससे पसीना पोंछती उससे मुँह तो कतई साफ नहीं करती। इसी तरह बाल काढ़ने के बाद वह कंघा वॉश बेसिन में रोज धोने के लिए डाल देती। सिर्फ कुत्तों के बारे में उसका हायजीन कमजोर था। उन्हें वह गले से लगाती, चुमकारती और घंटों सहलाती रहती। बल्कि अगर वे अनुपात में छोटे होते तो शायद वह उन्हें गोद में रखती।

केकी अंक्लेसरिया ने चुन्नटोंवाला स्कर्ट पहन रखा था और वह रोज की अपेक्षा ज्यादा मोटी लग रही थी। वह अस्थिर कदमों से रसोई में गई, ''अब तक पानी आ जाना चाहिए, ग्यारह बजकर दस मिनट हो गए हैं।''

परमजीत उसके पीछे-पीछे चला गया।

केकी ने नल खोला। उसमें पानी नहीं था। उसने नल को थोड़ी देर हाथ से ठोंका फिर बोली, ''मैं कल म्युनिसिपैलिटी को शिकायत लिखूँगी, यह तो सरासर धाँधली है! क्या मेरा समय सिर्फ पानी भरने में जाएगा? वे लोग समझते हैं, मैं फालतू हूँ। दिस इज नॉनसेंस।''

वह गुस्से-गुस्से में बर्तनों का निरीक्षण करने लगी। उसने दो चम्मचें यह कहकर जूठे बर्तनों में डाल दीं कि पीछे से इनकी खोंच में से मैल नहीं निकली। रसोई में अलमारी में मसाले छोटी-छोटी काँच की शीशियों में भरे रखे थे। उसने सारी शीशियाँ उतारकर जमीन पर रख दीं।

''आने दो बेहराम को, आज मैं उसे निकाल बाहर करूँगी। भला देखो, शीशियों के ढक्कनों पर कितनी धूल जमी है। क्या उसने कभी पोंछने की सोची है?''

परमजीत ने कहा वह उत्तेजित न हो, ढक्कन वह स्वयं पोंछ देगा।

उसने कहा, ''नहीं, जिसका काम है उसे करना ही होगा। मैं गैर-जिम्मेदारी बर्दाश्त नहीं करूँगी। अभी उस दिन उसने चिलमची में बिना धोए दूध डाल दिया था, ब्रैंडी और विस्की ने बिल्कुल नहीं पिया। तैयबजी भी है, अपना सब काम पूरा करता है। बाजार से सामान ला देता है, घर झाड़ता है, कपड़े धोता है, ब्रैंडी और विस्की को घुमाने ले जाता है। बेहराम समझता है यह घर नहीं सुअरों की माँद है।''

तभी पानी आ गया। केकी के चेहरे का तनाव कुछ ढीला हुआ पर उसने

घड़ी की तरफ देखकर कहा, ''आज बीस मिनट देर से आया है, कल मैं शिकायत जरूर लिखूँगी।''

परमजीत ने नली से मटके और बालटियाँ भर दीं, केकी तोड़-तोड़कर फिटकरी डालती गई। फिर उन्होंने नली ड्रम में छोड़ दी।

केकी ने पूछा, ''क्या तुम कॉफी पीना पसन्द करोगे?''

''जरूर, बशर्ते मैं बनाऊँ।'' परमजीत ने कहा।

''तुम सोचते होगे कि मैं दूध ज्यादा डाल दूँगी या पाउडर कम। पर मैं कॉफी एकदम ठीक बना सकती हूँ।''

परमजीत ने कहा, ''वह इनमें से एक भी बात नहीं सोच रहा था, वह उसकी सुविधा सोच रहा था।''

''तुम होते कौन हो मेरी सुविधा का खयाल करनेवाले? कल को तुम्हारा तबादला हो जाएगा, तुम किसी और शहर में चले जाओगे और तुम्हें पता भी नहीं चलेगा कि मैं किस सन् में मरी।'' केकी ने गैस पर पानी रखते हुए कहा।

परमजीत असुविधा महसूस करने लगा। मौत उनके लिए हमेशा तकलीफदेह विषय रही थी और असम्भव। जब तक हम जिन्दा हैं मौत के बारे में हम क्या कह सकते हैं, वह सोचता। उसने कहा, ''आप असम्भव बातें सोचकर क्यों परेशान होती हैं?''

''तुम मूर्खों की तरह सोचते हो, मौत क्या असम्भव होती है?''

''जब तक नहीं आती, असम्भव ही लगती है, कम से कम एक जीते-जागते इनसान को।''

''तुम्हारा मतलब है मैं जिन्दा नहीं हूँ, तो क्या मैं चुड़ैल हूँ।''

परमजीत इस तेजी से घबरा गया। उसने कहा, ''नहीं-नहीं, मैं तो अपनी सीमाओं के अन्दर सोच रहा था। आप पर यह कोई कमेंट नहीं था।''

उसे लगा अगर केकी ने तमककर उसे नया घर तलाश करने को कह दिया तो वह बेघर हो जाएगा। इतने लम्बे-चौड़े शहर में वह कहाँ जाएगा।

केकी ने कुछ नरम पड़कर कहा, ''पर मैं ऐसे कमजोर खयालों में नहीं रहना चाहती। मुझे पता है, ऐसे ही धड़कनें बढ़ते-बढ़ते एक दिन पहला दौरा पड़ेगा, फिर दूसरा और फिर आखिरी। या हो सकता है मन्दिर जाते, सड़क लाँघते समय मैं मोटर के नीचे आ जाऊँ। बम्बई के मकान मालिक भी कैसे लुच्चे होते हैं, खिड़कियों में सीखचे नहीं लगाते। रात को मैं ब्रैंडी-विस्की को देखने आती हूँ, सोचो भला, मैं खिड़की से फिसलकर समुद्र में गिर जाऊँ तो!''

परमजीत कहना चाहता था कि ये सब खयाल हैं, कि उसे ऐसे नहीं सोचना चाहिए पर उसने नहीं कहा। इसी विषय पर बोलते रहना मुसीबत को बुलावा देना था। उसे बेहराम ने एक अन्तरंग क्षण में बताया था कि जिस दिन केकी नौकरों पर

नाराज होती है उस दिन उसे शक रहता है कि वे कहीं उसके खाने में जहर न मिला दें। इसलिए उस दिन वह सबसे बाद में खाना खाती है, बेहराम और तैयबजी के भी बाद। न सिर्फ यह वह गला खराब होने पर भी कभी गले में दवाई नहीं लगवाती क्योंकि मैंडल्जपेंट और टिंचर आयडिन का रंग मिलता-जुलता है।

परमजीत ने सहानुभूति के लहजे में कहा, ''वास्तव में आप सारा दिन अकेले रहकर घबरा जाती होंगी, कोई संग-साथ भी तो नहीं है यहाँ!''

''तुम सोचते हो मैं संग-साथ की परवाह करती हूँ। घर में इससे ज्यादा भीड़ मेरे दिल के लिए घातक होगी। मैं बिल्कुल अकेली नहीं हूँ। मेरी समझ में नहीं आता कि लोग सारा दिन साथ रहकर क्या ऊब नहीं जाते! वह मेरी बहन ही है जो अपने पीछे नाक बहते बच्चे को सारा दिन लटकाए रहती है। मुझे कोई इतना सताए तो मैं उसका गला दबा दूँ!'' केकी ने उँगलियों को फैलाकर गला दाबने की मुद्रा बनाई।

परमजीत को यह औरत एक साथ खौफनाक और दयनीय लगी। उसने ऐसी औरत कभी नहीं देखी थी, रिश्तेदारों में भी नहीं।

वे लोग ड्राइंग रूम में आ गए थे, अपने-अपने अधपिए प्याले उठाए। तभी बेहराम और तैयबजी लौट आए।

केकी ने कहा, ''अब बिना शोर किए फौरन सो जाओ, नहीं तो ब्रैंडी-विस्की उठ जाएँगे। और देखो बेहराम, अलमारी में घड़ी रखी होने पर तुम अलार्म सुन नहीं पाते हो, रोज उठने में देर करते हो। घड़ी बिस्तर के पास रखकर सोना।''

बेहराम और तैयबजी सिर हिलाते हुए चले गए।

''मैंने कॉफी पीकर रात भर की नींद खराब कर ली,'' केकी बोली।

परमजीत अपने कमरे में जाने के लिए मुड़ रहा था, ''फिर क्या करेंगी?''

''कुछ नहीं, पढ़ती रहूँगी।''

संजीवनी उसे कोलाबा में मिलने वाली थी। उसे शॉपिंग करनी थी। उसने जब फोन पर यह कहकर उस दिन की मोहलत चाही थी तो परमजीत ने कहा वह उसे बिल्कुल डिस्टर्व नहीं करेगा, साथ-साथ घूमता रहेगा। संजीवनी ने कहा था, ''बोर होना हो तो आ जाना साढ़े छह बजे रीगल पर।''

ऑफिस से निकलने के बाद परमजीत की समझ में नहीं आया कि बीच के इस डेढ़ घंटे का क्या किया जाए। चाय वह संजीवनी के साथ ही पीना चाहता था, अकेले नहीं और समुद्र पर भी उसने अकेले जाना बन्द कर दिया था। अब वह दफ्तर के अतिरिक्त कहीं अकेलापन बर्दाश्त नहीं कर पाता था। वह कोलाबा पहुँचकर बस स्टॉप पर पहले से ही खड़ा हो गया। बस आने पर वह एक तरफ हट जाता और फिर ऐसे खड़ा हो जाता जैसे सचमुच उसे कहीं जाना है।

आखिर संजीवनी न जाने किस दिशा से प्रकट होकर बोली, "चलो।" तो वह चौंक गया।

"लगता है, शॉपिंग तुम्हें करनी है," संजीवनी उसकी ओर कौतुक से देखकर मुस्कुराई।

"मुझे इन्तजार करना है सिर्फ।"

"किसका ?"

"तुम्हारे साथ किसी कोने में सटकर बैठने का।"

"ऐसी बातें मत करो।"

वह सहकारी भंडार में चली गई। वहीं साड़ियों का डिस्काउंट सेल चल रहा था। काउंटर पर भीड़ थी। वह कुछ देर अनिश्चय में खड़ी रही फिर बोली, "तुम यहाँ रुको, मैं दवाइयों वाले विभाग से अभी लौटकर आई।"

परमजीत साथ ही चलने लगा पर उसने मुस्कराकर रोक दिया, "प्लीज।"

वह काउंटरों पर भटकता रहा। फिर वह साड़ियाँ चुनने लगा। उसने मोरपंखी नीली और मस्टर्ड रंग की दो वायल्ज पसन्द कर अलग रख दीं। यह पहली बार था जब वह औरतों के कपड़े खरीदे जाने में दिलचस्पी ले रहा था। लड़कपन में औरतों के काम आनेवाली चीजों की दुकान का इरादा याद करके वह मुस्कुरा दिया।

उसे हल्का-सा घमंड और खुशी हुई, अधूरापन ऐसे समय छँट जाता था।

काउंटर पर कुछ महिलाएँ चुनाव नहीं कर पा रही थीं। वे कभी एक साड़ी पकड़तीं कभी दूसरी। ये सभी तहें बिगाड़कर चैन लेंगी, परमजीत ने सोचा। कई महिलाएँ गलत रंग चुन रही थीं, उन्हें अपनी सीमाओं का अहसास नहीं था। यह तय है कि ये साड़ियाँ इनके शरीर पर झंडों की तरह लगेंगी या कफन की तरह, परमजीत को लगा।

तभी संजीवनी आ गई। उसके हाथ में दो बड़े पैकेट थे।

"लाओ मुझे दो," परमजीत ने कहा और डिब्बे उठा लिये, "अरे, ये इतने हल्के हैं, देखकर लगता था तुम बोझ से दब जाओगी।"

संजीवनी संकोच में खड़ी रही। परमजीत की जिज्ञासा का वह क्या करे जो सब कुछ जानना चाहता था। वह बोली, "मुझे अभी साड़ियाँ भी लेनी हैं; तुम ऊब जाओगे।"

"नहीं, पर मैंने ये रंग तुम्हारे लिए चुने हैं," कहकर परमजीत ने उन दो साड़ियों की ओर इशारा किया।

"वाह ! ऐसे रंग तो वायल्ज में पहली बार देखे हैं," संजीवनी का चेहरा खिल उठा, "पर एक तो मैं सफेद लूँगी," उसने कहा।

"तुम्हें अभी से सफेद नहीं पहनना चाहिए। हम लोगों में लड़कियाँ सफेद बिल्कुल नहीं पहनतीं।"

“अपने लिए नहीं, माँ के लिए लेनी है। सफेद मुझे भी पसन्द नहीं, वह तो कभी-कभी माँ की साड़ी पहन आती हूँ!” संजीवनी ने कहा।

वे लोग जब बाहर निकले तो शाम पूरी तरह घिर आई थी।

“अब तुम कोसोगे क्योंकि मेरी खरीदारी अभी खत्म नहीं हुई है और फिर मुझे घर जाना है।”

“घर तो रोज जाती हो, न जाओ एक दिन।” परमजीत ने जानबूझकर कहा। उसे घबराती हुई संजीवनी प्यारी लगती थी।

“विकेड कहीं के।”

“पहले कॉफी पी लें।”

“नहीं, साढ़े सात बजे दुकानें बन्द हो जाएँगी, जल्दी-जल्दी में कॉफी भी एंज्जॉय नहीं करेंगे।”

“सच,” परमजीत ने सुखद आश्चर्य से संजीवनी की ओर देखा तो वह शरमा गई।

“तुम देर ही इतनी लगा देते हो कि जल्दी करने का भी कोई फर्क नहीं पड़ता।”

क्वालिटी में बहुत भीड़ थी। वे लोग अन्दर घुसते ही लौट पड़े। आगे चलकर वैन्डैटा रेस्तराँ आता था पर वह हमेशा ही भरा रहता था, इसलिए वे वहाँ नहीं गए।

“आखिर इतने एकान्त का हम करेंगे क्या,” संजीवनी ने संकोच दिखाया।

“बताऊँ,” परमजीत ने कहा और हँस दिया, “जब मैं तुम्हें देखूँ, कोई और न देखे।”

“चलो, समोवार चलें,” संजीवनी को एक अच्छी जगह सूझ गई।

वे लोग कई चौराहे लाँघकर जहाँगीर कलादीर्घा पहुँचे। दो बड़े हॉल थे जिनमें हमेशा कोई न कोई प्रदर्शनी चलती रहती थी। परमजीत को कला-प्रदर्शनियों में रुचि नहीं थी, समोवार में थी। इस समय भी वहाँ कोई उद्‌घाटन चल रहा था, हॉल में लोग कॉफी के प्याले हाथ में लिये चित्र देख रहे थे।

“तस्वीरें देखें।” संजीवनी ने कहा।

“ऐसे बोलती हो जैसे तुम्हें कोई जल्दी न हो। फिर मैं एक भी गाड़ी मिस करने को कहूँगा तो तुम माँ का हवाला दोगी।”

उसे नाराज करने का संजीवनी का कोई इरादा नहीं था, वह तो जब अतिरिक्त कांशस हो जाती, तो कैजुअल बातें करती थी।

वे लोग समोवार के बरामदे में आ गए। इस लम्बे बरामदे में केन की कुर्सियाँ दोनों तरफ ऐसे लगीं थीं कि वहाँ जब तक अन्तरंगता न हो, बैठना नामुमकिन लगता था। वहीं की सजावट से ज्यादा वहाँ का वातावरण आकर्षक था जिसमें सितार,

अँधेरा और महकते फूल शामिल थे। इस शहर में इतने सही मूल्य पर इतनी खूबसूरती कम मिलती थी।

परमजीत ने दीवार वाली तरफ की सीट पर बैठते हुए वेटर को इशारा किया।

संजीवनी ने सारे लिफाफे वगैरह मेज पर रख दिए। वह थोड़ी सुस्त लग रही थी।

''नाराज हो गईं। सच, मैं चाहता हूँ छह बजे के बाद शहर की सारी घड़ियाँ रुक जाएँ, बसों की हड़ताल हो जाए, गाड़ियों के पुर्जे बिगड़ जाएँ।''

संजीवनी अवश सम्मोहन में उसकी ओर झुक आई, ''मैं बहुत कमजोर हूँ जीत।''

परमजीत ने उसे कन्धे से भींच लिया, ''मैं सारे दिन इस समय का इन्तजार किया करता हूँ संजी। इस शहर में अब मुझे तुम्हारे सिवा कुछ अच्छा नहीं लगता, समुद्र भी नहीं। कभी-कभी मैं सिगरेट भी नहीं पी पाता। जब कभी रात में आँख खुल जाती है तो तुम मुझे अचानक बहुत करीब या दूर लगने लगती हो, तुम बताओ, ऐसे में मैं क्या कर सकता हूँ ?''

वेटर आ गया था। संजीवनी ने सँभलते हुए कहा, ''मैं कॉफी लूँगी, ठंडी, तुम क्या लोगे ?''

''प्रॉन फ्राय और चाय,'' परमजीत ने वेटर से कहा, ''और ठंडी कॉफी।''

''मुझे तुमसे डर लगता रहता है, तुम्हारी आँखों में लिखे आग्रह देखती हूँ तो लगता है मैं डूबने ही वाली हूँ।''

समोवार में सितार शुरू हो गया। काफी अँधेरा था पर बत्तियाँ अभी नहीं जलाई गई थीं। वहाँ किसी को भी बत्तियों की जल्दी नहीं होती थी। दीवार में जड़े हुए जहाँ-तहाँ जीरो के बल्ब थे जो जलने के बाद भी रुकावट नहीं बनते थे। इतने अँधेरे में वेटर कैसे सर्व करते थे, आश्चर्य था। बिल दिखाने के लिए वे जेब में छोटी पेंसिल टॉर्च रखते।

परमजीत ने संजीवनी के मुँह में प्रॉन डाला।

''तुमने तो मेरा धर्म भी बिगाड़ कर रख दिया,'' संजीवनी मुँह बनाते हुए बोली।

''धर्म-वर्म की बातों के लिए अभी तुम बहुत छोटी हो,'' परमजीत ने कहा, ''क्या मेरा धर्म बुरा लगता है।''

''कौन सा ?''

''यही, तुम पर मर मिटने का।''

''उँहू जिन्दा रहने का। मैं तो सच जी गई हूँ। मैंने कभी नहीं सोचा था मुझे तुम मिल जाओगे और यों !''

''बाद में हम इस इकतीस जनवरी को हमेशा मनाया करेंगे, बैरीज में ही जाकर।''

"उफ! हमारी पहचान कितनी नई है। हमें इतना पास नहीं आना चाहिए।"

"अब क्या हो सकता है, अब तो आ गए," परमजीत ने उसे सहलाते हुए कहा, "पहचान को भी क्या रोका जा सकता है।"

संजीवनी के पास इन बातों का कोई जवाब नहीं था।

"दफ्तर में क्या करती रहती हो? मैं सारा दिन तुम्हें फोन करने की सोचता हूँ। पर तुम्हारा अकाउंटेंट इतनी ठंडी आवाज में बोलता है कि मेरा मन नहीं होता।"

"पता है, मेरी सहेलियों को शक होने लगा है। उस दिन फोन किया था न तुम्हें, तब बैप्सी भी वहाँ खड़ी थी।"

"पर तुम तो फोन पर हाँ, ना, शायद के सिवा कुछ बोलती ही नहीं हो।"

"इसीलिए तो।" मैंने कहा घर से फोन आया था तो वह बोली, "चेहरा तो इन्द्रधनुष हो रहा है और बोल रही हो घर से फोन आया है। उसने लंच टाइम में सबको बता दिया। सब तुम्हारा नाम पूछ रही थीं।"

"मैंने कहा मुझे मालूम नहीं।"

"और उन्होंने विश्वास कर लिया।"

"नहीं, वे चुप हो गईं।"

"तुमने क्यों नहीं बताया?"

"फिर वे पूछतीं तुम कैसे लगते हो, क्या कद है, कैसा रंग है, कहाँ काम करते हो?"

"तो?"

"तो क्या! कितनी शर्म आती है बताते। वे तो हर समय का मजाक बना लेतीं।"

"अच्छा कैसा लगता हूँ, मुझे बता दो।"

संजीवनी ने मेज पर रखे उसके हाथ पर अपना हाथ रख दिया, "सच बोलूँगी तो बहुत गर्व करने लगोगे।"

संजीवनी चाव से उसकी ओर देख रही थी। परमजीत खूबसूरत था और गोरा। ऐसी खूबसूरती सिर्फ पंजाबी लड़कों में होती है, जिनमें कद, डीलडौल, रंग और नक्शा सभी एक-दूसरे से होड़ लेते हैं। परमजीत से मिलने के बाद संजीवनी को अपनी जाति के लड़कों से चिढ़ होने लगी थी। वे अजीब पिद्दी से होते, धँसी छाती और मरियल बदन वाले। गुजराती लड़कों में एक और दकियानूस आदत संजीवनी को अरुचिकर थी, वह थी उनके गले में सोने की चेन व हाथ में अँगूठी पहनना। घर पर उसके भाई के जो दोस्त आते थे, वे अधिकतर भाई की तरह बिजनेसमैन ही थे। युवक होने के बावजूद उनमें एक निश्चिन्त ढीलापन और बेपरवाही थी जो व्यवसाय जमते ही व्यवसायी में आ जाती है। उनमें परमजीत की सी चुस्ती नाम की नहीं थी। परमजीत हर समय तरोताजा और अलर्ट दिखता था, अक्सर उसके बदन

पर बम्बई की आधुनिकतम बुश्शर्ट होती। संजीवनी को जो चीज उसमें सबसे अधिक पसन्द थी वह थी उसका हँसता हुआ चेहरा जो खुशी से चमकने लगता था आँखों समेत। उसके दाँत इतने खूबसूरत थे कि कई बार संजीवनी का मन हुआ कि वह उसे दाँतों पर चूम ले।

परमजीत ने इससे पहले अधिक सुन्दर लड़कियाँ देखी थीं पर उन्हें देखकर कभी वह इस तरह लालायित नहीं हुआ था। इससे पहले कभी कोई लड़की उसे इतने तीखेपन से अकेलेपन का बोध नहीं दे गई। परमजीत शायद हमेशा ही अपनी मनपसन्द लड़की में सुन्दरता से अधिक प्रियता चाहता रहा था और संजीवनी को देखते ही उसे लगा यह उसमें है। यह लड़की उसे ऐसी नहीं लगी जिसके साथ मरीनड्राइव पर दस एक शामें गुजारने के बाद उसे भूल जाए या जिसके साथ बैठे उसे बार-बार घड़ी देखने की जरूरत महसूस हो। इस लड़की को उसने बहुत स्वाभाविक पाया। उसे लगा संजीवनी को तो उसके घर में होना चाहिए। उसे देर तक यह सोचना अच्छा लगता रहा कि भविष्य में जो लड़की गुसलखाने से नहाकर निकलेगी वह संजीवनी होगी, जो रसोई से कॉफी के प्याले लेकर आएगी वह संजीवनी होगी और जो रात में उसके कम्बल के अन्दर होगी वह संजीवनी होगी।

परमजीत की उँगलियाँ उसकी उँगलियों में फँस गई थीं। दोनों ने पाया कि हथेलियों में कुछ सनसना रहा है एक सा। परमजीत का मन हुआ वह संजीवनी को गोद में गिरा ले। उसकी मिडरिफ पर हाथ फेरते समय उसे लगा जैसे सेमल की रुई पर से उसका हाथ फिसल रहा हो। बहुत धीमे से एक उँगली उसकी साड़ी में अटकाते हुए उसने कहा, ''बहुत कसकर बाँधती हो।''

संजीवनी ने घबराई आँखों से उसे दूर हटा दिया, ''तुम्हें संकोच नहीं होता यह बोलने में। रात में ये सब बातें कानों में गूँजती हैं तो मन होता है फाटक उलाँककर सड़क पर दौड़ जाऊँ।''

परमजीत को इस घबराई संजीवनी पर बहुत प्यार आया, ''सच! ऐसा लगता है? तुमने कभी नहीं बताया। तुम अपने चुप होंठों से पता नहीं लगने देतीं कि तुम्हें क्या होता है।''

''आसान होता है क्या?'' संजीवनी धीमे से बोली।

परमजीत को असुविधा महसूस होने लगी, ''दरअसल हम लोग बिल्कुल गलत जगह बैठे हैं! हमें इतना पास बैठना चाहिए कि मैं तुम्हें गोद में डाल तुम्हारे ऊपर हाथ फेर सकूँ, कहीं भी।''

संजीवनी सहम गई। उसे जितना डर परमजीत से लगता उतना ही अपने आप से भी। ऐसे क्षणों में वह बड़ी मुश्किल से अपने को परमजीत की ओर गिर जाने से रोकती। उसे लगता किसी दिन बातों ही बातों के सम्मोहन में वह बेहोश हो जाएगी। परमजीत के आग्रह का तरीका इतना दिलकश था कि उसे लगता वह

किसी भी तरह उसे नहीं न कह सकेगी! उसने अपना आप चुराते हुए कहा, "देर हो रही है, चलना नहीं है?"

जब वे बाहर निकले, बारिश शुरू हो गई थी।

परमजीत अपने को बहुत उत्तेजित पा रहा था। संजीवनी टैक्सी के लिए इधर-उधर देखने लगी और परमजीत ने चाहा कि टैक्सी न मिले और जहाँगीर गैलरी के बन्द होने का समय हो जाए, फिर उसकी अँधेरी सीढ़ियों पर वे लोग देर तक बैठे रहें यह भूलकर कि समय उनका दुश्मन है।

पर टैक्सी मिल ही गई और संजीवनी बारिश में जल्द कदमों से उस तरफ बढ़ गई।

बाँहों पर पड़ी बूँदों को पोंछते हुए संजीवनी बोली, "बारिश का कुछ पता नहीं चलता, सुबह कितनी धूप थी।"

परमजीत चुप बैठा रहा।

"घर स्टेशन के पास है न इसलिए बरसाती लाने का कतई मन नहीं होता।"

परमजीत फिर भी चुप रहा।

"क्यों बातें खत्म हो गईं?" संजीवनी ने शरारत से पूछा।

वास्तव में वह भी उतनी ही विचलित थी पर टैक्सी ड्राइवर की मौजूदगी का खयाल कर वह सामान्य होने की कोशिश कर रही थी। वैसे भी उसे ऐसा परमजीत बहुत मुश्किल लगता था, चुप, तनावपूर्ण और गम्भीर। उसने डरकर उसकी ओर देखा।

"संजी, क्या तुम सोचती हो कि इस हालत से मैं जल्दी निकल सकता हूँ। तुम्हें शायद नहीं पता, आदमी के लिए खुद को रोक पाना कितना मुश्किल होता है। मुझे लगता है, मैं किसी दिन तुम्हारे सामने फट पड़ूँगा, गुब्बारे की तरह!" उसने संजीवनी को जबरन अपनी तरफ खींचकर चूम लिया।

संजीवनी जल्दी से खिसककर बिल्कुल दूसरे कोने पर चली गई।

"तुम्हारा सन्तुलन देखकर मुझे जलन होती है। या तुम्हारे अन्दर धीरज बहुत है या मेरे अन्दर ही कोई कमी है तुम्हें उतना बाँध न पाने की।" परमजीत ने कहा।

"यों ही गलत बातें किए जाओगे, बिना सोचे कि मुझे बुरा लग रहा है। अपने को कोसो न।"

"अश्शा।"

"जब ऐसे अच्छा कहते हो तो कभी नहीं मानते। मुझे बहलाते रहते हो।"

स्टेशन आकर वे लोग अँधेरी की धीमी गाड़ी में बैठ गए। भीड़ काफी थी पर उन्हें खिड़की के पास वाली सीट मिल गई। पहले उन दोनों में बहस हुई, दोनों खिड़की से सटकर बैठना चाहते थे।

परमजीत ने कहा, "फिर तुम सारे रास्ते बाहर देखती रहोगी, बोलोगी नहीं। सच, जब तुम चुप होती हो तो मुझे लगता है तुम्हें कोई बात उदास कर रही है।"

संजीवनी ने हाथ के लिफाफे ऊपर की बर्थ पर रख दिए, "इतना ध्यान देते हो, बाद में नहीं दोगे तो बड़ी तकलीफ होगी।"

वास्तव में संजीवनी की निर्भेद्य उदासी पहेली सी थी। बहुत खुशी के फौरन बाद उसके चेहरे पर भाप जैसी कोई चीज आ जाती और वह देर तक एकटक एक ही जगह देखती रहती, बिना कहीं भी नजर केन्द्रित किए। ऐसे समय परमजीत का मन होता वह क्या न कर दे कि संजीवनी की आँखें फिर चमकने लगें। पर ऐसे मौकों पर जैसे अब, जब संजीवनी बाद के दिनों का सन्दर्भ ढूँढ़ती तो उसे बहुत प्रिय लगता। परमजीत ने अभी तक पद्धतिबद्ध ढंग से संजीवनी के आगे शादी का प्रस्ताव नहीं रखा था पर उन दोनों को ही महसूस हो गया था कि वे एक-दूसरे के लिए हैं। इस पहचान के प्रति गम्भीरता और जिम्मेदारी उसे महसूस होने लगी थी। जब आनेवाले दिनों की वह कल्पना करता, उनमें संजीवनी के अलावा और कोई तस्वीर न बन पाती, खिलखिलाती हुई, उसके ऊपर झुक आती हुई, उसकी बगल में सोती हुई संजी।

"तुम्हें दफ्तर से छुट्टी मिल सकती है?"

"क्यों!"

"कहीं चलेंगे।"

"घर पर क्या कहूँगी?"

"न बताना, जैसे अभी तो बताती ही हो।"

संजीवनी ने घर पर वास्तव में कुछ नहीं बताया था। उसके भाई को फुर्सत नहीं थी और भाभी को रुचि। भाभी अधिकतर रसोई में घुसी रहती या बच्चों को सुलाने में घिर जाती। पिता संजीवनी पर ध्यान देने से बचते। वे बैठे-बैठे अक्सर हिसाब किया करते। वे संजीवनी की जिम्मेदारी नानू भाई पर समझते और अपने को मुक्त पाते। नानू भाई उसकी जिम्मेदारी माँ-बाप पर समझता और अपने को मुक्त पाता। वह दुकान और पत्नी में पर्याप्त व्यस्त था। घर में संजीवनी को लेकर जैसे कोई ठंडा समझौता था।

इस बात का अहसास अब से पहले संजीवनी को नहीं हुआ था। बल्कि उसे अच्छा लगा था कि जहाँ बी.ए. के बाद और लड़कियों को माँ-बाप के ढूँढ़े सही-गलत लड़कों से शादी करनी पड़ी थी, वह अपनी इच्छा से फूलविन्यास की कक्षा में दाखिल हो गई थी। शाम को वह माँ को घुमाने जुहू तट पर ले जाती। उसने असिस्टेंट अकाउंटेंट की नौकरी भी उसी साल हासिल कर ली। उसे अपनी जिन्दगी से खास शिकायतें नहीं रहीं। इससे अधिक तापमान उसने देखा ही न था। वह जब पढ़ती थी, उसे स्वयं पर कोई खास प्रतिबन्ध नहीं मिले। वह खुद ही माँ का खयाल

कर घर पर रहती थी। अपने सहपाठियों से उसकी दोस्ती थी, कुछ से घनिष्ठ तो कुछ से कम घनिष्ठ। माँ के प्रति वह सदा जिम्मेदार महसूस करती आई थी। होता यह था कि अगर वह कभी ज्यादा देर से घर लौटती तो पाती भाभी ने माँ के बाल भी नहीं बनाए हैं। कुछ बातों के लिए माँ बीमार न होते हुए भी दूसरों पर आश्रित थी। पिछले कुछ सालों में जैसे-जैसे उसके सुनने की शक्ति क्षीण होती गई थी वैसे-वैसे उसकी रुचि अपने प्रति कम होती गई। वह बड़े हारे हुए भाव से सबके मुँह ताकती रहती। पहले घर के लोग ऊँची आवाज में उनसे बातें कर लेते थे पर वे ऐसा जताते जैसे यह भी काम का ही हिस्सा है। जो बातें वे खुद विस्तार में करते माँ को एक वाक्य में बताकर टाल देते और माँ अनबूझी, हकबकाई और असन्तुष्ट सी उन लोगों की ओर देखती जैसे वे उसे बेवकूफ बना रहे हों। माँ की रुचियाँ मरती जा रही थीं, उनमें अब जिज्ञासा और उत्साह भी लगभग खत्म थे, फिर भी उनकी महज मौजूदगी में घर असुविधा महसूस करता जैसे वे ज्यादा देर तक रुका हुआ मेहमान हों।

संजीवनी ने विरोध किया था, शुरू से ही किया था पर भाभी ने कहा, ''साथ-साथ कॉलेज ले जाया करो, हम तो मारे डालते हैं उन्हें।''

पढ़ाई में से वक्त निकाल संजीवनी ने वे सब काम करने शुरू कर दिए जो शादी के पहले साल भाभी ने सास के चाव-चाव में नौकरानी निकालकर खुद किए थे। वह सुबह गुसलखाना धोकर माँ को नहाने भेज देती और धुले कपड़े अलमारी से निकालकर देती। नाश्ता गरम करके देना, गठिया की दवाई डॉक्टर से लाना, बाल करने और सिर दाबना संजीवनी के काम हो गए थे।

माँ को लेकर संजीवनी बहुत टची थी और उसकी वजह से दिन में एक से ज्यादा बार भाभी से उसकी झड़प हो जाती। भाभी का कहना था कि घर में लिप लैंग्वेज की वजह से बच्चों का बोलने का ढंग अस्वाभाविक हो रहा है। संजीवनी भाभी की शिकायतों से परेशान हो आती। पर घर से बाहर उसकी कोशिश होती कि अपरिचितों को इस बात की खबर न हो। कॉलेज में उसने किसी को नहीं बताया था, विपिन को भी नहीं जिसके साथ वह एम.जी. कैफे के केबिन में अक्सर चाय पीने जाती थी। विपिन उसके संग पढ़ता था और अक्सर लेक्चर के समय वे एक ही बेंच पर साथ-साथ बैठते। विपिन उसी की तरह गुजराती था, एक बड़े व्यवसायी का लड़का। पहचान बढ़ने पर सबसे पहले उसने संजीवनी के चश्मे का फ्रेम बदलवाया। एम.जी. कैफे के अतिरिक्त विपिन ने उसे समुद्र से सटी दीवार के अँधेरे कोने दिखाए थे, नोट्स दिये-लिये थे और लाइब्रेरी में इकट्ठे पढ़ाई की थी। पर विपिन बी.ए. के बाद मॉरिशस चला गया था जहाँ उसके बाप का होटल और बार था और जहाँ लड़कियाँ कुकुरमुत्तों की तरह आसान थीं। इस प्रसंग के बाद संजीवनी परेशान के साथ-साथ उदास भी हो गई थी और वह परिवार के सन्दर्भ में अपने को

अपराधी पाती। नौकरी उसकी उन्हीं दिनों की निराशा की परिणति थी। कभी-कभी रेल में सफर करते समय उसे लगता कि अब कभी कोई उसकी जिन्दगी में नहीं आएगा, कोई उसके नजदीक आकर नहीं बैठेगा, कोई उसे वरसोवा में औंधी पड़ी नावों के पीछे नहीं ले जाएगा और कोई हाथ उसके ब्लाउज के बटनों से नहीं खेलेगा। वह अपने अकेलेपन में सिमटती जा रही थी। उसे देखकर महसूस होता था जैसे उदासी ही उसकी नियति हो। उसकी लगभग सभी सहेलियों के ब्याह हो गए थे और उनमें से कई शहर छोड़ चुकी थीं।

परमजीत को पाकर उसे पहले लगा जैसे उसके विपिन के साथ बीते इतिहास के अधूरे परिच्छेद की ही पुनरावृत्ति हो रही है। इसीलिए शुरू में वह उसके साथ बहुत चुप और गम्भीर रही थी। पर परमजीत के समूचे व्यक्तित्व में इतना आग्रह, इतना खिंचाव था कि जल्दी ही वह समझ गई कि विपिन और उसमें कोई साम्य नहीं। फिर भी ऐसे क्षण आते थे जब उसके दिमाग में ये दोनों बुरी तरह टकरा जाते और वह अपने आप से ही सिहर जाती। परमजीत के मुँह से 'संजी' सुनकर वह हिल उठती, उसे लगता वह विपिन के साथ बैठी है। पर जिस तरह परमजीत उसे समुद्र के अँधेरेपन में भी सिर्फ आँखों से पीता रहता, बिना उसकी मर्जी के उसे छुए बगैर वह यह फर्क समझती गई थी। हुक्म की तर्ज पर कहे गए विपिन के अनुरोध अब उसे नहीं मानने थे। परमजीत की आँखों में उसे इतना आश्वासन मिला कि वह एक बार फिर ऊपर से नीचे तक लड़की बन गई, एक अनछुई लड़की, जिसका ब्लाउज रातों में कसने लगा था और गुसलखाने में जो अपने बदन पर जहाँ-तहाँ तिल ढूँढ़कर सकुचाने लगी थी। उसे परमजीत बहुत पौरुषमय लगा था और संवेदनशील। उसने उसमें अदम्य लालसा जगा दी थी। वह बहुत मुश्किल से अपने को रोके हुए थी। इसलिए जब परमजीत उसे सन्तुलित और धीरजशील कहता तो वह अपने को झूठी पाती। उसका मन होता वह विरोध में चुप्पी फाड़कर उससे लिपट जाए और उसके गालों पर अपने गाल रगड़कर लहूलुहान कर ले। पर अगले ही क्षण उसे संकोच हो उठता और उसे लगता उसी में कोई खराबी है जो पाँवों के ऊपर का उसका जिस्म जब-तब दहकने लगता है और रात में उसे बिस्तर बहुत चौड़ा और अधूरा लगता है।

जब परमजीत ने कहा कि वे साथ-साथ सारे दिन के लिए घूमें, उसे महसूस हुआ यह उसके अन्दर की ही आवाज है।

उसने कहा, "पर जाएँगे कहाँ?"

"तुम्हारे में," परमजीत कहना चाहता था पर उसने अपने को रोका। वह संजीवनी को नर्वस नहीं करना चाहता था। उसका अनछुआपन उसे कई बातें कहने

से रोक देता था। उसने आवाज दबाकर कहा, ''अकेले में तुम्हारे तलुवे सहलाकर, तुम्हारे बाल खोलकर, तुम्हारा ब्लाउज मसलकर तुम्हें एक ही पल में लड़की से औरत बना दूँगा संजी!''

संजीवनी सिर से पैर तक काँप गई। सिहरते हुए उसने खिड़की से बाहर देखा। बाहर बारिश थी और अँधेरा, जो उतने ही रहस्यमय और आकर्षक थे जितना परमजीत। उसे लगता था, उसे परमजीत को मना करना चाहिए कि वह उससे इतनी उघड़ी बातें न करे पर वह उसके आगे परास्त हो गई थी। वह इन बातों से इतनी सम्मोहित थी कि उसका मन हुआ वह परमजीत का हाथ पकड़े इस भीगे अँधेरे को चीर भागती चली जाए। परमजीत ने अपनी बातें अन्दर तक पहुँचा दी थीं।

उसका एक हाथ खिड़की पर टिका था। संजीवनी ने देखा उसके अँगूठे का नाखून फटा हुआ था, बल्कि फटा हुआ ही उग रहा था।

''कैसे?''

''याद नहीं, किसान के हाथ हैं, रूखे और मजबूत।''

''मैनली,'' संजीवनी ने कहा और उसे ठेलने लगी, ''जाओ, माहिम आ रहा है।''

उतरने के बाद परमजीत खिड़की के पास आकर संजीवनी को देख लेना चाहता था पर रेल तब तक चल दी और वह खड़ा-खड़ा कुछ देर तेजी से जाती हुई गाड़ी देखता रहा।

उसे लगने लगा कि उसे अपने माँ-बाप को लिख देना चाहिए। गैर प्रान्त की लड़की वे कैसे मंजूर करेंगे, वह नहीं जानता था। ऐसी आकस्मिकताओं के वे आदी नहीं थे। परमजीत चाहता, तो पहले शादी कर बाद में उन्हें सूचित कर सकता था। पर वह उन्हें इस तरह नजरअन्दाज करना नहीं चाहता था। उसने पाया दूर रहकर वह उन्हें ज्यादा नजदीक और जुड़ा हुआ पाता है। फिर उसे अहसास था कि उसे बिम्मा के बारे में पहले सोचना चाहिए। उसके परिवार में लड़कियों की शादी हमेशा एक तनावपूर्ण विषय थी और तीन-चार साल छोटी बहन भी भाई से ज्यादा विवाह योग्य मानी जाती। उसे अब यह फिक्र थी कि जल्द से जल्द बिम्मा की शादी तय हो जाए और एक जिम्मेदार भाई की तरह वह सहयोग देकर मुक्त हो सके। फिर वह निरपराध भाव से अपनी शादी की घोषणा कर सकता था। अकेले क्षणों में उसे लगता कि उसके परिवार के लिए संजीवनी को प्यार करना बहुत आसान होगा, खासतौर पर जब वे उसकी इतनी भोली आँखें देखेंगे। उसने कभी इससे पहले बहुत विस्तार में कल्पना नहीं की थी कि वह कैसी लड़की को पत्नी बनाना पसन्द करेगा पर अब उसे लगता जैसे यह उसकी कल्पना का ही प्रत्युत्तर है। उससे अलग अब वह अपने आपको भी नहीं पहचान पा रहा था।

माँ ने पिछले पत्र में लिखवाया था कि उसे गए बहुत दिन हो गए हैं और सर्दियों में वह जरूर आए। आते समय वह भाई-बहनों के लिए क्रिकेट का एक सेट लेता

आए, कपड़ों वगैरह में पैसे बिगाड़ने की जरूरत नहीं। कपड़े उन सबके पास हैं, अभी घर में दो शादियाँ भी होंगी, उनमें भी बनेंगे। विमला पढ़ाई में अच्छी नहीं थी, इसलिए इस साल से उसे घर बैठा लिया है। जीत का दोस्त दर्शन वहीं सरकारी स्कूल में मास्टर लगा है, साढ़े तीन सौ ला रहा है। वह हमेशा पूछता है कि परमजीत कब आ रहा है। बिम्मा की शादी हो जाए फिर उसके लिए भी लड़की ढूँढ़ लेंगे, बम्बई में खाने-पीने की उसे काफी तकलीफ होती होगी। उसके ऊपर सारी गली को नाज है।

अब माहिम से कैडेलरोड तक का रास्ता पैदल पार करते हुए परमजीत को इस चिट्ठी का खयाल कर हँसी आ रही थी। यही वह गली थी जहाँ वह कई सालों तक फिसड्डी, निकम्मा, आवारा समझा जाता रहा बावजूद इसके कि वह कभी फेल नहीं हुआ और कभी उसने किसी लड़की को सीढ़ियों में दबोचकर नहीं छेड़ा। यह गली की परम्परा थी। जो भी लड़का बचपन की हद से निकल चुकता, गली उसके ऊपर शक की निगाह रखने लगती। फिर माँएँ अपनी लड़कियों को ज्यादा सख्ती से रखतीं। पर यही लड़के जब नौकरी पर लग जाते तो गली की निगाहों में उनकी इज्जत और ओहदे में क्रान्ति मच जाती, बल्कि गली के लोग मोहल्ले की विशेषता बताते समय उन सभी लड़कों का हवाला देते जो नौकरी शुदा थे। ऐसे ही दौरान परमजीत को पता चला था कि वकील साहब का लड़का जग्गी किस तरह वकालत में फेल होकर भी कैनेडा चला गया था और अब वहाँ इतना लायक हो गया कि उसने अपने माँ-बाप को भी वहाँ बुला लिया। वैसे सच तो यह था कि जग्गी को पढ़ने-लिखने में कभी रुचि नहीं थी। वह तो सिर्फ मन बहलाने कॉलेज जाता था। उसका एक चाचा बहुत वर्षों से कैनेडा में लाइब्रेरी असिस्टेंट था और वह एक बार जब हिन्दुस्तान आया तो अपने भतीजे को समझा गया कि वह लाइब्रेरी साइंस का डिप्लोमा कर ले तो उसे कैनेडा में नौकरी मिलना आसान होगा। जोश ही जोश में बिना डिप्लोमा लिये जग्गी कैनेडा पहुँच गया। वहाँ कई महीने तक भी जब उसे कोई ढंग की नौकरी नहीं मिल पाई तो उसने हारकर एडमंटन अस्पताल में बिस्तरे बिछाने का काम सँभाल लिया। पर जितना वह वहाँ कमा लेता था उतना उसका बाप वर्षों की प्रैक्टिस में भी नहीं कमा पाया था और उसे अपने इस कमाऊ पुत्र पर बड़ा घमंड था। जग्गी ने कुछ ही सालों में अपने माँ-बाप को कैनेडा आ सकने का किराया भेज दिया था और उसके माँ-बाप गली छोड़कर पालम से उड़ चले थे, कम्बलों में लिपटे, हाथ में अचार और मुरब्बे के मर्तबान उठाए।

और वह कस्सी परचूनिया का लड़का, जिसे ढंग से नाक पोंछना भी नहीं आता था और जो मुहल्ले की रामलीला में सीता बनता था, हुड़दंगे की कई सीढ़ियाँ पार कर ऑल इंडिया रेडियो में स्टाफ आर्टिस्ट हो गया था। भगवन्ती का लड़का मैट्रिक में फेल होकर घड़ीसाज बन गया था और अब खासा कमा लेता

था। गुरमीत फौज में चला गया था और वह छुट्टियों में जब घर आता तो अक्सर फौजी वर्दी पहने ही घूमता और गली के बच्चे उसे 'कप्तान चाचा' कह-कहकर सैल्यूट मारते।

यह अजीब था पर गली के लड़कों की अक्सर उसी गली की लड़कियों से शादी नहीं होती थी। वह शायद इसलिए था कि उन्हें आपस में अकेले कभी मिलने ही नहीं दिया जाता। अगर कभी कोई लड़का किसी लड़की में रुचि लेने की हिम्मत भी करता तो गली उसकी हँसी उड़ाकर लड़की की सगाई कहीं और कर डालती। लड़का कुछ दिनों तक मजनूँ बना घूमता, फिर जाकर नाई से बाल कटा आता। ऐसी स्थिति बिरले ही पैदा होती वरना गली में लड़कियाँ अक्सर बिम्मा जैसी होतीं, पढ़ने में पोंगी, शकल में सुस्त और कपड़ों से बेसलीका। वे अक्सर माँओं द्वारा पैदा किए गए बच्चे पालती रहतीं और घर का काम करतीं। बड़ी छोटी उम्र से ही उन्हें पता चल जाता कि उनकी शादी समय आने पर हो जाएगी और वे दिन-रात अपने घर के सपनों में पड़कर मुँह पर कील-मुँहासे निकाल लेतीं। ये लड़कियाँ अक्सर सिर्फ मैट्रिक तक मुश्किल से पढ़तीं और फिर मैट्रिक पास-फेल होने से लेकर वर मिलने तक उनकी उम्र सोलह ही रह आती।

जब परमजीत बड़ा चौराहा पार कर आया, उसने देखा केकी कोने वाली खिड़की पर खड़ी थी। वह आँखों को दूरबीन की तरह घुमाकर अहाते में देख रही थी। उसने परमजीत को जल्दी ऊपर बुलाया। वह उत्तेजित लग रही थी। उसके ऊपर आते ही वह बोली, ''कल रात गुप्ताज की लड़की भाग गई। सामनेवाले फाटक से ही गई है। चौकीदार से कह गई कि माँ की तबीयत खराब है, फोन बिगड़ा पड़ा है इसलिए वह डॉक्टर को बुलाने जा रही है।''

परमजीत ने गुप्ताज को नहीं देखा था, लड़की देखी थी पर वह उस पर ध्यान नहीं दे पाया था। उसे बस इतना याद था कि वह बहुत भड़कीले कपड़े पहनती थी। बेहराम की सूचना के अनुसार वह सुबह के समय अक्सर अहाते में बैडमिंटन खेलती थी और उसे देखने के लिए कई फ्लैटों के आदमी जल्दी उठने लगे थे। पर परमजीत देर से सोकर उठता था इसलिए उसे याद के तौर पर खास कुछ याद नहीं आया।

केकी ने कहा कि इससे पहले इतनी बड़ी घटना अहाते में कभी नहीं हुई।

''हुई होगी पर पता नहीं चली होगी।''

''मुझे यहाँ की एक-एक बात पता रहती है। मैं यहाँ की सबसे पुरानी रहनेवाली हूँ। तुम समझते हो मैं यहाँ लोकप्रिय नहीं हूँ। पर बेहराम और तैयबजी मुझे सारी खबर ला देते हैं। ताज्जुब की बात है कि ब्रैंडी और विस्की ने भी शोर नहीं मचाया, जरूर उन्हें आवाज पहचानी लगी होगी, नहीं तो वे मुस्तैद रहते हैं। बेचारी मिसेज गुप्ता, उन्हें कैसा लगता होगा। आज वे ऑफिस भी नहीं गईं।''

परमजीत ने बात टालने की गरज से कहा, ''हो सकता है लड़की अपने आप दो-एक दिन में वापस आ जाए।''

केकी चिढ़ गई, ''तुम तो ऐसे कह रहे हो जैसे वह नानी के घर गई हो। मेरी सुन लो, वह कभी नहीं आएगी, गई होगी अपने किसी यार के साथ। ये मॉडर्न दिखनेवाली लड़कियाँ बड़ी घुन्नी होती हैं। कैसे मटक-मटककर चलती थी और उसके बाल बिल्कुल छत्ता जैसे। मुझे तो सालों से शक था, वह बदमाश है। आखिर मैं सही निकली न,'' कुछ रुककर वह बोली, ''देखो, मैं भी कैसी हूँ अभी तक तैयबजी को खाना लगाने के लिए भी नहीं कहा। अभी तक तो मैंने भी नहीं खाया है, साथ ही खा लूँगी आज।'' फिर वह अपना तमतमाया चेहरा पोंछते हुए रसोई में चली आई।

जल्दी ही लौटकर उसने मुनादी की तर्ज पर कहा, ''आज पावरोटी खानी पड़ेगी, कीमा और पाव। आटा खत्म है। सरकार का कमीनापन बढ़ता जा रहा है, चीनी बराबर गेहूँ और मिश्री बराबर चीनी राशन में देती है। आखिर रोटी खाएँगे या चखेंगे। दिन-पर-दिन राशन कम होता जा रहा है। थोड़े चावल पड़े हैं पर मैंने सोचा वे लंच में काम आ जाएँगे। परसों राशन मिल सकेगा।''

परमजीत ने कहा, ''आप परेशान न हों। कुछ भी खाया जा सकता है। बल्कि आप चाहें तो हम लोग ब्लैक में गेहूँ ले सकते हैं।''

''नहीं,'' केकी ने जोर देकर कहा। उसे कायदे तोड़ना पसन्द नहीं था।

वह इसी तरह अपने को यंत्रणा देती रहती, कभी पावरोटी खाकर, कभी सिनेमा हॉल में हाउसफुल की तख्ती लटकती देख लौटकर, कभी क्यू में बस का निरर्थक इन्तजार करके। फिर वह लड़ने लगती और शिकायतें लिखने की धमकियाँ देती हुई घर आ जाती। पर अक्सर वह बाद में इतनी पस्त हो जाती कि शिकायतें लिखी नहीं जातीं और वह उन पुरानी घटनाओं को याद कर उबलती रहती। शायद यही वजह थी, उस घर में एक कोठरी रद्दी अखबारों से भरी पड़ी थी। रद्दीवाले आए और चले गए पर रद्दी वहीं पड़ी रही। बल्कि पिछले ही महीने उसने इतवार को रद्दीवाले को बुलाया। उसने परमजीत को समझा दिया कि वह चौकन्ना होकर तुली हुई रद्दी की ढेरियाँ गिनता जाए जिससे रद्दीवाला झूठ न बोल सके। बेहराम और तैयबजी को हिदायत दी गई कि जब तक वह इशारा न करे वे और रद्दी कोठरी से निकालकर न लाएँ, बस जितनी तुल रही हो उतनी ही। सब अपनी-अपनी ड्यूटियों पर तैनात हो गए थे, कुछ इस तरह कि जब रद्दीवाला आया तो कुछ क्षण के लिए वह भौचक्का हो गया। जब वह बोरे से तराजू निकालकर ठीक करने लगा, केकी ने उसे चेतावनी दी, ''तराजू में गड़बड़ करने का नहीं, हम अपने हाथ से देखेगा।'' फिर केकी ने तराजू हाथ में उठाकर देखी थी, वह उससे ठीक से उठी नहीं तो उसने झुंझलाकर तराजू छोड़ दी। रद्दीवाले ने पहली ढेरी तौलकर

तराजू के बाटवाले हिस्से में टिकाई ही थी कि केकी गरज उठी, "अरे, उधर किधर रखते हो, ये बाजू में रखो, यहाँ।" रद्दीवाले ने समझाया कि इस तरह वह एक की जगह दो किलो का बाट तैयार कर रहा है, काम जल्दी सिमट जाएगा। पर तब तक केकी ने उसे बेईमान, चोर, लुटेरा करार दे दिया और वह अखबार फेंक, तराजू झनझनाता हुआ चला गया था। बाद में परमजीत ने समझाना चाहा पर केकी उसी से झगड़ने लगी कि वह चाहता है केकी के घर दिन-दहाड़े डाका पड़ जाए। उसका खयाल था कि वास्तव में ये रद्दीवाले चोर होते हैं जो दिन में रद्दी के बहाने सुराग इकट्ठा करते हैं और रात में घर लूट लेते हैं।

खाना खाते समय वह निरन्तर मुँह बनाती रही। वह सोचती थी कि पावरोटी उसे और मोटा बना देगी और यह सरकार ही उसकी मौत का कारण होगी।

खाने की मेज पर प्राय: ऐसा माहौल पाकर परमजीत ऊबने लगा था। जिस नाजुक ऑल्टिट्यूड पर वह आजकल जी रहा था उस पर यह शोर बर्दाश्त करना उसे मुश्किल लग रहा था। किसी ऐसी छोटी-सी बात को लेकर केकी का यों असन्तुष्ट होना, फिर अपनी मौत की कल्पना करना उसे तकलीफ देता। वह दिल से चाहता था कि केकी किसी तरह खुश रह सके। यह कितना कम हँसती है, वह सोचता। उसे दूनी शिद्दत से संजीवनी की शान्त, तरल मुद्रा याद आती जिसमें गुस्सा दूर-दूर तक सम्भावना के तौर पर भी नजर नहीं आता था। परमजीत के दिमाग में एक घरेलू सपना तैर जाता। छोटे-से अपार्टमेंट की डाइनिंग टेबल पर वह और संजीवनी, हल्की रोशनी, संगीत और प्यार। इसके पहले उसने हमेशा सोचा था कि गर्व करने लायक उसके पास सिर्फ नौकरी है पर उसे लगता जैसे गर्व की सार्थकता तो संजीवनी होगी।

जब परमजीत अपने कमरे में आया बरसात फिर शुरू हो गई थी और उसकी खिड़की के ऊपर की टीन पर लगातार बज रही थी। उसने ट्रांजिस्टर चलाया पर उस समय विविध भारती से आखिरी कार्यक्रम झरोखा आ रहा था और उसके फौरन बाद समाचार सुनते ही उसे ट्रांजिस्टर ऑफ कर देना पड़ा। वह खिड़की पर खड़ा हो गया। अहाते में अँधेरा था, सिर्फ डॉ. पारिख की बालकनी की बिजली का हल्का उजाला कुछ दूर तक आ रहा था। अहाते में रहनेवालों के बारे में परमजीत बहुत कम जानता, अगर समय-समय पर केकी ने उसे उनके बारे में विस्तृत कहानियाँ न सुनाई होतीं। केकी से कुछ भी छुपा न था। पर लगता था जैसे निर्णय सब केकी के थे। उनमें कितना तथ्य था, कहा नहीं जा सकता था। परमजीत ने इतने दिनों में पाया था कि अहाते में सभी घरों के नौकर मालिकों से ज्यादा सामाजिक हैं। वे सुबह और दोपहर दूध की बोतलें लाने के समय साथ बैठते और उन्हें सब कुछ मालूम हो जाता, कि पटेल साहब अपनी पत्नी से अलग डाइनिंग रूम में दीवान पर सोते हैं, कि सुब्रमन्यम साहब को एयरकंडिशनर चलाकर भी नींद नहीं

आती, कि मिसेज गुप्ता के बच्चे तो कई हुए पर पति उनका कोई नहीं है, कि डॉ. पारिख की बीवी उम्र में उससे बड़ी है, कि एडवोकेट जैन की बीवी अपनी सास के लिए दाल डालडा में छुँकवाती है, कि इन्द्रराज साहब का अपने बेटे से झगड़ा रहता है और मारवाड़ी साहब ने अपनी पिछले साल की जैकेट अपने नौकर किशना को दे दी है। ये सब सूचनाएँ बेहराम और तैयबजी थोड़ा और नमक-मिर्च लगाकर केकी को दे देते।

कुछ देर बाद परमजीत ने खिड़की से हटकर पलंग से बेडकवर उठाया और बिजली बुझा दी। देर तक सोने की कोशिश करता रहा। उसे ताज्जुब हुआ कि उसे नींद इतनी मुश्किल से आती है। बिजली बुझा देने से वह और भी अकेला हो गया, निहत्था। उसे खीझ हुई कि संजीवनी वहाँ अपने घर में क्यों है, उसे तो यहाँ होना चाहिए, उसके पास, उसके कमरे में, उसके पलंग पर, उसी के कम्बल में।

उसकी यह इच्छा भी जल्दी ही पूरी हो गई थी और उस दिन की, शुरू की घटनाओं पर परमजीत यकीन नहीं कर पाया था। उसने पता नहीं कितनी शिद्दत से इतवार का इन्तजार किया था और दफ्तर में अपनी केबिन की सब चीजें दुबारा-तिबारा पोंछी थीं। उन दोनों ने तय कुछ भी नहीं किया था। संजीवनी बड़ी मुश्किल से इतवार को उससे मिलने के लिए तैयार हुई थी। वह उसे सान्ताक्रुज के बस स्टॉप पर मिलनेवाला था। वह बड़ी सुबह ही वहाँ चला गया था और नौ बजते-बजते उसे डर होने लगा था, संजीवनी नहीं आएगी हालाँकि उन्होंने साढ़े नौ का समय तय किया था। वह साथ में घर से अखबार लेकर चला था पर वह उससे पढ़ा नहीं गया और अखबार उसने पास से गुजरते एक चनेवाले को पकड़ा दिया। उसका मन हुआ, वह विलेपार्ले जाकर उसका घर ढूँढ़े पर संजीवनी ने उसे मना कर रखा था। संजीवनी स्वयं बहुत नर्वस थी। इस तरह, छुट्टी के रोज वे पहले कभी नहीं मिले थे। होता यह था कि दफ्तर के बाद अक्सर वे कॉफी पीने कहीं चले जाते और उन्हें पता तक न चल पाया कि इन्हीं छोटी-छोटी मुलाकातों में वे कितने नजदीक आ गए हैं। उसने घर पर कहा, उसे दफ्तर में कुछ जरूरी काम निपटाने हैं, बॉस ने सभी को ओवरटाइम पर बुलाया है। जल्दी-जल्दी में जो साड़ी सबसे पहले निगाह में आई, उसी को उसने पहन लिया और जब चलते समय माँ ने पूछा कि वह कितनी देर में आएगी तो वह हड़बड़ा गई और बोली—जितनी भी देर में काम खत्म हो जाएगा, उसे खास अन्दाजा नहीं है।

जब संजीवनी बस स्टॉप पर पहुँची परमजीत निराश होने लगा था और सुस्त-सा खड़ा था। संजीवनी को देखते ही वह तेजी से उस तक आया और यह भी भूल गया कि वे एक सार्वजनिक स्थान पर खड़े हैं। उसने उसका हाथ कसकर

दबा दिया, इतना कि वह चिहुँक उठी। फिर वे साथ-साथ बस स्टॉप के शेड में आ गए। बस डिपो से मुड़कर उनके स्टॉप पर आ रही थी। परमजीत ने कहा, ''चर्चगेट चलें।''

संजीवनी चुप रही। आज वह अतिरिक्त चुप थी। उसे यह दिन महत्त्वपूर्ण लग रहा था, आतंकपूर्ण भी। वह बहुत घबराई हुई लग रही थी, पीली-सी।

उसने कहा, ''आज बसों में भीड़ नहीं होगी।''

पर बस दादर आते-आते तक भर गई थी। इस बात का पता उन्हें तब चला जब अचानक उनकी डबल सीट पर एक तीसरा आदमी आकर जल्दी में बैठ गया और उन्होंने चौंककर उसकी ओर देखा। आदमी की स्थिति इनसे भी अजीब हो गई क्योंकि दूर से उसे पता नहीं चला था कि उस सीट पर एक नहीं, दो व्यक्ति बैठे थे। वह सॉरी कहता हुआ खड़ा हो गया था और संजीवनी शर्म से गड़ गई। उसने परमजीत को कन्धे से दूर धकेला और खिड़की के बाहर देखने लगी। काफी देर तक वे इस अजीब वाकये पर चुप बैठे रहे। पर इससे वे दोनों ही एक-दूसरे के आगे उघड़कर आ गए और उन्हें चर्चगेट पर उतरकर गन्तव्य ढूँढ़ने में अधिक तकलीफ नहीं हुई। परमजीत खुद-ब-खुद अपने दफ्तर की तरफ बढ़ गया और संजीवनी साथ-साथ चलती गई बिना कुछ पूछे। पर जैसे ही परमजीत ने लिफ्ट में आकर दरवाजा बन्द किया, संजीवनी जैसे जागकर बौखला गई और बोली, ''हम यहाँ नहीं जाएँगे।''

परमजीत ने ध्यान नहीं दिया था, सिर्फ पूछा, ''तुम्हारे दफ्तर में ऑटोमैटिक लिफ्ट है ?''

ऊपर आने पर संजीवनी ने इधर-उधर देखा, ''छुट्टी के रोज दफ्तर कितना मनहूस लगता है, जैसे मुर्दाघाट।''

परमजीत ने अपने दफ्तर का मुख्य द्वार खोला और संजीवनी को बाँह से पकड़ अन्दर ले गया। अन्दर आते ही उसने मुख्य द्वार बन्द कर संजीवनी को कसकर भींच लिया बाँहों में। संजीवनी कुछ नहीं कह पाई, वह हल्की सी कराही थी। वे लगभग एक-दूसरे पर गिरते हुए उसकी केबिन में आ गए। उसने संजीवनी को जगह-जगह चूम डाला। संजीवनी ने जबरन उसका चेहरा थामा और कहा, ''तप रहे हो तुम।''

वह बोला नहीं था, उसे इस समय शब्द नहीं चाहिए थे। उसने दाएँ हाथ की उँगलियाँ संजीवनी के ब्लाउज के गले में डाल दीं। वह भय के मारे ठिठुरी हुई थी, अन्दर भी। धीरे-धीरे हाथ फेरने के दौरान परमजीत ने पाया, उसके बदन का तापमान बढ़ रहा है और छातियाँ तनने लगी हैं।

उसने परमजीत को कस लिया, ''प्लीज जीत, मैं बैठूँगी।'' वह सामने पड़ी कुर्सी पर बैठ गई अपने गालों को हथेलियों से दबाकर। परमजीत ने उसका मुँह ऊपर कर उसके होंठ काट लिये और कहा, ''बटन खोलने दो।''

संजीवनी ने साड़ी का पल्ला अपने से और भी चिपटा लिया और मोहित आँखों से बोली, "यह ठीक नहीं है जीत।"

"क्यों ?" परमजीत ने पूछा।

इस क्यों का उसके पास कोई उत्तर नहीं था। उसने जवाब में अपना गाल उससे सटा लिया। परमजीत संजीवनी को उठाकर बाहर हॉल में पड़े काउच पर ले आया। खिड़कियाँ और दरवाजे बन्द होने से हॉल में थोड़ा अँधेरा था और गरमी। जीत ने पंखे चला दिए और हॉल में पंखों की हल्की आवाज गूँज उठी। उसने संजीवनी को गिरा लिया और खुद ऊपर लेट गया। फिर चेहरे पर हाथ फेरने लगा, "ये होंठ भी मेरे हैं, आँखें भी मेरी हैं, गाल भी मेरे हैं, ठोड़ी भी मेरी है।"

परमजीत उसकी साड़ी के बाँधनेवाली जगह के इर्द-गिर्द उँगली घुमाने लगा।

"उई, मैं पिस गई," कहकर संजीवनी ने सरकना चाहा पर उसने अपना बोझ और भी डालते हुए कहा, "साड़ी मुस जाएगी, फिर बाहर कैसे जाओगी।"

"तुम इनसानियत से बैठो तो नहीं मुसेगी।"

जीत ने उसकी आँखों में देखते हुए कहा था, "प्लीज!"

"नहीं, हम अभी चले जाएँगे।"

पर जीत ने बहुत आग्रह किया, गुस्सा किया और कभी न बोलने का डर दिया था। संजीवनी ने बहुत मना किया, कई तरह के डर दिखाए, कितने ही बहाने बनाए; फिर वह नर्वस होकर काँप गई। जीत ने उसे पकड़ लिया था और बहुत हल्के हाथों से उसके कसाव ढीले कर दिए। परत-दर-परत कपड़े उतरने पर वह चमत्कृत होता गया। कुछ देर संजीवनी ने संघर्ष किया पर परमजीत ने उसे मसलकर, सहलाकर, गुदगुदाकर इतना उत्तेजित कर दिया कि वह स्वयं निढाल हो गई। ऐसे ही उस क्षण में, परमजीत को लगा, जैसे उसने गरम मोम में अपने को डाल दिया है, वह उसमें फँसता गया।

वे लोग छूटकर अलग हुए तो संजीवनी को बाहर जाने की जल्दी होने लगी। पर परमजीत बैठा रह गया था—परास्त, आसपास घूरता हुआ-सा। उसके पाँवों तले फर्श ठंडा और सख्त था और ऊपर पंखे की गरम हवा उसका दम घोंट रही थी। उसने कहा, "तुमने मुझे पहले क्यों नहीं बताया!"

संजीवनी ने चोर आँखों से उसकी तरफ देखा और बेमालूम आवाज में पूछा, "क्या!"

परमजीत को तकलीफ हुई, बेतरह तकलीफ, यह जानने की कि वह पहला नहीं था। बदहवासी मिटते ही यह बात उसे पत्थर की तरह लगी। लड़कियों के कुँवारेपन की पहचान उसने चीख-पुकार और खून से सम्बद्ध की थी। आरम्भिक विरोध के बाद संजीवनी उसे प्रस्तुत मिली और बाधाहीन। इस समय अपने बदन में यह अहसास लिये वह संजीवनी को घूरता बैठा था। उसे गुस्सा नहीं आ रहा था,

खीझ भी नहीं पर वह हार गया था। वह संजीवनी को अपनी दुनिया में पूरी तरह समा चुका था, उसने कतई नहीं सोचा था कि संजीवनी की उससे अलग एक व्यक्तिगत दुनिया रही होगी जिसका भागीदार कोई और रहा होगा। उसकी दुनिया इतनी बड़ी रही है, यह विश्वास उसे नहीं हो रहा था। वह जो सोचता था कि संजीवनी को छूना भी जिम्मेदारी को भारी बनाना है, इस समय अपने को एकदम ताकतहीन पा रहा था। पहला न होने की निराशा के सन्नाटे के साथ-साथ उसे अपनी जिन्दगी का सारा नक्शा मुचड़ा हुआ दिखाई दे रहा था। उसे सब कुछ अस्वाभाविक लगने लगा—अपनी पक्षाघाती जड़ता, काउच पर पड़े बॉबपिन्ज और टाइपिंग टेबल के आगे टाइपराइटर पर सिर टिकाए, उसकी ओर पीठ किए संजीवनी। वह दुर्घटनाग्रस्त आदमी की तरह सन्न बैठा रहा। संजीवनी को देख-देखकर वह चकित हो रहा था। वही लड़की थी, बिल्कुल वही पर कितनी अलग लग रही थी। इतनी थोड़ी दूर पर बैठे हुए भी वह मीलों दूर जा पड़ी थी।

परमजीत बोलना चाह रहा था, गुस्सा करना चाह रहा था, उसका मन हो रहा था वह उठकर संजीवनी के दोनों गालों पर कस-कसकर चाँटे मारे पर उसकी ताकत मुर्दा हो गई थी। उसे लगा जैसे उसने इतना आगे जाकर अपने को ही अपमानित कर लिया है।

संजीवनी ने सिर उठाया और उसकी ओर मुड़ी।

वह दहशत से काँप गया, जैसे वह उसे एक और हादसा देनेवाली हो।

संजीवनी ने कहा, ''मुझे देर हो रही है।''

वह उसकी तरफ देख रहा था, फिर भी जोर से चौंक गया और जल्दी-जल्दी कपड़े पहनने लगा।

पिछले मिनटों में संजीवनी से पूछनेवाले अनगिनत सवालों में से उसे एक भी याद नहीं आ रहा था। उसने पाया वह कुछ नहीं पूछना चाहता।

संजीवनी की चुप्पी खुद जवाब थी।

उसने कहा, ''वॉशरूम कहाँ है ?''

परमजीत ने हाथ से इशारा किया। संजीवनी जब उठकर चली गई वह उस जगह जहाँ वह बैठी थी, ध्यान से देखता रहा। फिर वह उठा। उसने केबिन ठीक से बन्द की और पंखे और बिजलियाँ। फिर उसने काउच पर पड़े बॉबपिन्ज बीन लिये।

संजीवनी बाथरूम से बाहर आ रही थी।

परमजीत ने बॉबपिन्ज हथेली पर रखकर पेश करने के अन्दाज में संजीवनी के आगे हाथ किया। संजीवनी ने पिन्ज उठाए नहीं, उसकी ओर असहाय आँखों से देखती रही। जब देर तक भी परमजीत ने उसकी ओर नजर नहीं उठाई, उसने अपनी हथेली खोल दी और परमजीत ने उसकी हथेली पर पिन्ज डाल दिए।

वे लोग कुछ देर खड़े रहे थे। यह समय परमजीत को बहुत लम्बा और संजीवनी को बहुत छोटा लगा। इसलिए जब परमजीत ने कहा, ''चलें।'' संजीवनी जाकर काउच पर बैठ गई और फफककर रोने लगी। परमजीत उसकी ओर मुड़ा नहीं, वह वहीं खड़े-खड़े उसके रोने की आवाज सुनता रहा। उसने पहले कभी नहीं सोचा था कि इतनी सुन्दर आँखों में वह आँसू बर्दाश्त कर पाएगा पर उसने पाया वह इतना कुछ बर्दाश्त कर गया है कि अब कोई बात उसे हिला नहीं सकेगी। उसने कहा था, ''गरमी बहुत है और देर भी हो रही है।''

संजीवनी उठ खड़ी हुई और बेजान चाल से मुख्य द्वार पर पहुँच गई। परमजीत ने अतिरिक्त शोर से दरवाजा खोला था। लिफ्ट में संजीवनी नीचे देखती रही। यहाँ तक कि जब हल्के झटके से लिफ्ट नीचे आ लगी, वह चौंक गई और दरवाजा खुलने के बाद भी उसे बाहर निकलने में कुछ क्षण लगे।

दिन की रोशनी परमजीत को अनपेक्षित चुनौती-सी तेज लगी थी।

वे लोग स्टेशन के अन्दर आ गए। परमजीत बोरिवली की धीमी गाड़ी में चढ़ना ही चाहता था कि संजीवनी ने उसकी बाँह पकड़कर कहा, ''यह ट्रेन मिस कर दो प्लीज!''

वह प्रतिवाद करना चाहता था पर तब तक गाड़ी ही चली गई। उसी प्लेटफॉर्म से अगली धीमी गाड़ी काफी समय बाद थी।

परमजीत ने कहा, ''अब सारा प्लेटफॉर्म क्रॉस करके उस तरफ जाना पड़ेगा।''

''तुम मुझसे कोई बात नहीं करना चाहते?'' संजीवनी ने आहत होकर उसे देखा।

उसकी आँखें सूज आई थीं। उनमें चोट थी।

''मुझे तुमसे क्या कहना चाहिए?'' परमजीत ने उसी से पूछा।

संजीवनी और भी आहत हो गई और इंडिकेटर की ओर देखने लगी।

वह उसे बताना चाहती थी, सब कुछ साफ कर देना चाहती थी पर उसे अपना बोलना, अपनी आवाज हर बार अप्रासंगिक लगी थी, खासतौर पर तब, जब परमजीत इतना चुप था और सिगरेट के टुकड़ों को जूते से कुचल-कुचलकर उसका तम्बाकू निकाल रहा था। उसे अहसास था कि उसकी जगह बदल गई है, शी हैज फेल्ड हिम। पर वह चाहती थी कि परमजीत उससे सवाल तो करे, उसे डाँटे तो, उस पर कोई आरोप तो लगाए, यों गुमसुम उससे इतने अलग खड़े हो स्टेयर न करे। तभी ट्रेन आ गई। परमजीत उसके साथ-साथ कम्पार्टमेंट में चढ़ गया और उन लोगों ने कोने वाली सीट घेर ली। परमजीत ने पंखा चलाया। उसे लग रहा था, आज बम्बई का मौसम रोज की अपेक्षा ज्यादा अप्रिय और ज्यादा चिपचिपा है। एक हल्के धचके के साथ गाड़ी चल दी। डिब्बे में दूसरे कोने पर एक अधेड़ पारसी औरत और सामने दो लड़के बैठे थे। खाली डिब्बा रोज की अपेक्षा बड़ा लग रहा था।

परमजीत खिड़की के बाहर देखता रहा। दो स्टेशन गुजर जाने के बाद भी जब उसने अन्दर देखने की कोशिश नहीं की तो संजीवनी ने उसकी पीठ हल्के से छूते हुए कहा, "क्या मुझे कुछ भी कहने का मौका नहीं दोगे?"

परमजीत सीधा होकर बैठ गया, उसकी ओर देखता हुआ। वह उदास लग रहा था और अकेला।

"क्या अब भी कुछ रह गया है?" उसने कहा।

संजीवनी बिल्कुल निरुपाय हो आई। वह अपनी तरफ से बोलना चाहती थी पर उसका गला जैसे दुख रहा था, वह अपने को बीमार महसूस कर रही थी। बहुत देर बाद जब परमजीत ने पूछा, "आज क्या तारीख है?" तब भी वह बोल नहीं पाई।

माहिम आने वाला था। परमजीत उठ खड़ा हुआ।

वह भी उसके साथ खड़ी हो गई।

"कहाँ जाओगे?" उसने कोशिश से पूछा।

"घर!" उसने कहा।

"काम है कुछ?"

"हाँ।"

"मैं मिलना चाहती हूँ। शाम को मिल सकोगे?"

"दफ्तर का काम बहुत दिनों का जमा पड़ा है। मैं आज निपटाना चाहूँगा।"

गाड़ी रुक गई थी और परमजीत उतर गया।

"मैं फोन करूँगी," संजीवनी ने कहा था।

गाड़ी चलने पर संजीवनी को लगा कि वह अगर बैठी नहीं तो बेहोश हो जाएगी। वह पासवाली सीट पर बैठ गई और उसने चश्मा उतारकर आँखें बन्द कर लीं जैसे वह दिन-भर मेहनत करती रही हो। पर उसकी बन्द आँखों में सुकून नहीं था, उनमें बार-बार परमजीत की यह मुद्रा आ रही थी जब वह अलग होने पर परास्त बैठा रह गया था। वह उसे कितना गलत समझ रहा होगा, यह सोच वह शर्मिन्दा हो गई और डरकर उसने आँखें खोल दीं। बाहर फीका दिन था। सड़क के साथ-साथ गाड़ी चली जा रही थी। सड़क पर बसें थीं, लोग थे, मोटरें थीं पर संजीवनी को लग रहा था जैसे किसी भी चीज में जान नहीं है, सभी चीजें निष्प्रयोजन घूम रही हैं। संजीवनी को पता नहीं चला कब स्टेशन आए और गए, कब कौन यात्री चढ़े और उतरे। वह खुली आँखों में बीता हुआ दुःस्वप्न लिये बैठी रही।

जब वह घर पहुँची उसके भतीजे पक्कू ने बताया कि दादी मम्मी को आज फिर दौरा आया। हाथ-पाँव ऐंठ गए थे और मुँह से 'हाऊँ-हाऊँ' जैसी आवाज आई थी।

"भाभी कहाँ हैं?" संजीवनी ने पूछा।

"ममी तो सुबह से प्रार्थना समाज गई है, मामाजी के यहाँ।"

संजीवनी तीर की तेजी से माँ के कमरे में गई। जो तख्त पर बेजान-सी पड़ी थी, फटी-फटी आँखें घुमाते। उनकी तरफ देखकर संजीवनी रो पड़ी, बुरी तरह। माँ घबरा गई थी, उन्होंने होंठ हिलाए, उसे चुप कराना चाहा, पर वह माँ से चिपटकर हिलकियों से रोती रही। उसे लग रहा था उसका दम अभी निकल जाए, इसी दम।

बहुत देर बाद जब पक्कू ने उसे आवाज दी तो वह उठी। उसने माँ को ग्लूकोज डालकर सन्तरे का रस दिया और पक्कू को आइसक्रीम के लिए पैसे।

माँ ने समझाया, वह खाना बना ले, नानू भाई और बाप ज्वेलर्स असोसिएशन की मीटिंग में गए हुए हैं, आते ही होंगे।

उसने सिर्फ खिचड़ी बना ली और माँ को अपने हाथ से खाना खिलाया, खाखरा और खिचड़ी। उसने मन-ही-मन तय किया कि वह आज नानू भाई से कहेगी कि माँ के लिए चौबीस घंटे की नौकरानी लगानी है, चाहे कुछ हो। माँ की देख-भाल करनेवाला कोई नहीं है। पर जब नानू भाई और बाप आए वह कुछ नहीं कह पाई। पक्कू ने गेट पर ही बता दिया कि दादी मम्मी को आज दौरा पड़ा था। उन्होंने आकर उससे पूछा तो उसने सिर हिला दिया। वह नौकरानी रखने की बात कहना चाहती थी पर अवश उसकी रुलाई फूट पड़ी और बाप व भाई चकित उसे देखते रह गए।

बाप ने धीरे से कहा, "उसकी तबीयत तो अब ऐसी ही रहेगी, तू इस तरह रोएगी तो अच्छा थोड़े ही हो जाएगी!"

नानू भाई ने अपनी बीवी की सफाई-सी देते हुए कहा, "वह तो इसलिए कहीं आती-जाती नहीं है। बड़े दिनों में आज निकली तो यह कांड हो गया।"

संजीवनी बिफर गई थी, "वह होती भी तो क्या कर लेती! तुम लोग मिलकर माँ को मार डाल रहे हो। तुम यही चाहते हो। भाभी दिन-भर में पाँच मिनट भी उनके पास नहीं बैठती। तुमने कभी पूछा है उन्हें क्या तकलीफ है। बाप्पा को तुमने गुलाम बना रखा है। उनकी हिम्मत नहीं कि तुम्हारी मर्जी के बगैर किसी से बात कर लें। सारे घर को अपना नौकर समझ रखा है?"

नानू भाई हकबकाया उसे देखता रह गया। वह इस आक्रमण के लिए तैयार नहीं था। वह अभी असोसिएशन में जोरदार भाषण झाड़कर आया था। बहन उसके आगे बोल सकती है, उसने नहीं सोचा था। इस समय बोलने से लड़ाई बढ़ेगी, उसनें सोचा।

"माँ के साथ-साथ इसका भी दिमाग खराब हो रहा है!" कहकर वह अपने कमरे में चला गया।

जब भाभी लौटकर आई संजीवनी ने उनसे कोई बात नहीं की। बिना खाना खाए वह कमरे में चली गई। पक्कू उसी के कमरे में अपनी खाट पर सो रहा था। काम खत्म कर भाभी ने रोज की तरह आकर कहा, "पक्कू का खयाल रखना।"

उसने भाभी की तरफ देखा तक नहीं और जानबूझकर करवट बदल ली। भाभी तिनतिनाती हुई चली गई।

संजीवनी बहुत उग्र मन:स्थिति में थी। उसे घर के लोगों पर गुस्सा आ रहा था। अभी जब भाभी बुड़बुड़ाती हुई वापस जा रही थी उसका मन हुआ था पीछे से उनकी चोटी खींच उन्हें गिरा दे। खाट की तरफ देखकर उसने सोचा भी कि पक्कू को लद्दू-से भाई और भाभी के बीच डाल आए, कौन होते हैं वे उसके कमरे में पक्कू को छोड़नेवाले। फिर उसका गुस्सा परमजीत की ओर मुड़ गया। वह उसे सस्ती, संयमहीन लड़की समझ रहा होगा, यह बात उसे भुलाए नहीं भूल रही थी। उसे गुस्सा आ रहा था कि क्यों वह उसे दफ्तर लेकर गया, क्यों वह उसके इतने पास आई और क्यों वह स्वयं इस तरह बेवकूफ बन गई कि उससे दरवाजा खोलकर जाते नहीं बना। उसे जरूरत ही क्या थी छुट्टी के रोज उससे मिलने की और अगर मिले ही थे तो क्या वे जुहू नहीं जा सकते थे या बरट्रोली या मरीन ड्राइव। उसने यह हिम्मत की कैसे कि उसके दफ्तर चली गई।

उसे किचकिचाहट होती रही। उसका मन हुआ शरीर पर पड़ा कम्बल दाँतों से काट चिन्दी-चिन्दी कर दे और सड़क पर ट्याऊँ-ट्याऊँ करते पिल्ले की गर्दन दबा डाले। ऐसी ही हालत में उसे नफरत भरी याद आई विपिन की जो लगातार उसका अनजानापन कैश करता गया था। उसका बदन अन्याय की आग से जल उठा। जो अनुभव उसने एंज्वाय भी नहीं किया, उसके लिए वह जिम्मेदार और दोषी ठहराई जा रही थी। वह विपिन जिसे इतनी भी तमीज नहीं थी कि वह वस्तुत: एक भोली लड़की थी, अब मॉरिशस जा कर बैठ गया था बिना यह सोचे कि उसने संजीवनी की दुनिया खत्म कर डाली है और आज से वह खुद अपनी आँखों में भी अपराधी हो गई है।

उस दिन विपिन जबरदस्ती उस पर हावी हो गया था। उसे बेतरह तकलीफ हुई थी जैसे बिना एनेस्थीसिया दिए उसका ऑपरेशन किया जा रहा हो। 'जंगली कहीं के' कहकर जिन निगाहों से उसने विपिन को देखा, विपिन अपने आप अलग हो गया था। 'असल में तुम एक ठंडी लड़की हो,' उसने कहा था। वही दिन था जब से उसे विपिन से अरुचि हो गई थी। कई बार उसे वह दुर्घटना याद आती और वह पीली पड़ जाती, उसके बदन में झुरझुरी दौड़ जाती पर उसने नहीं सोचा था कि इसका असर आनेवाले दिनों पर इतना घातक होगा। उस दिन रूमाल पर खून का एक छोटा धब्बा भर पड़ा था पर उसे महसूस हुआ था कि चोट कहीं बाहर ही लगी

है। उसे डर था पर वह निश्चित नहीं थी। फिर उसे यह भी आश्वासन था कि उसने विपिन को पहले ही रोक दिया था।

परमजीत से मिलने के बाद उसे पहली बार लगा कि यह रिश्ता खूबसूरत और कोमल भी हो सकता है। वह स्वयं पास आता गया था, इतना कि खुद उसकी इच्छाएँ भकभका उठीं। उसे लगा, कि इतने प्यार में वह प्रारम्भिक तकलीफ भी सहर्ष उठा लेगी। यही वजह थी कि सुबह वह उतनी ही प्रस्तुत थी जितना जीत। बस स्टॉप पर पहुँचने तक वह सोचती आई थी और परेशान हो गई। वह परमजीत को अपना शक बताना चाहती थी पर उसकी समझ में नहीं आया कि वह यह बात कैसे रखे। फिर वहाँ पहुँचने के बाद परमजीत ने बातचीत का कोई सिलसिला ही नहीं आने दिया। हर क्षण उसने चाहा कि वह सब कुछ बता दे और हर क्षण एक और चुम्बन या स्पर्श ने उसे कमजोर और निश्शब्द कर दिया। पिछले प्रेम की संक्षिप्तता और असफलता ने उसे इस बार बहुत समर्पित बना दिया। क्षणांश के लिए भी उसे वह समर्पण अनुचित नहीं लगा। शक के बावजूद वह अपने को लगातार कुँआरी ही मानती आई थी। जितनी बेसब्री और आग्रह से परमजीत उससे लिपट गया था उसे लगा उसका भय निर्मूल है, समर्पित तो वह अब होगी, पहले जो हुआ मात्र दुर्घटना थी।

उसने तय किया वह यह सब परमजीत से कल कहेगी। उसे समझना ही होगा कि संजीवनी के लिए यह पहला ही अनुभव था। वह बता देगी कि उसके ऊपर आकस्मिक आक्रमण हुआ था। वह विपिन के साथ एकान्त कमरे तक में नहीं थी। उसने रेस्तराँ के केबिन में ही उसे जबरन दबोच लिया था और खड़े-खड़े ही दुर्व्यवहार किया था। वह लड़खड़ाकर कुर्सी पर गिर गई थी। आँखों ही आँखों में उसने विपिन को अनगिनत गालियाँ सुना दी थीं। विपिन ने जिस भर्त्सना और क्रोध से उसे देखा था उसे आश्चर्य हुआ था कि इतने असुन्दर और अभद्र लड़के के साथ वह कैसे घनिष्ठ रह सकी। वह बिना और कुछ बोले केबिन से निकल आई थी।

पर परमजीत की निगाहें याद कर वह जड़ होने लगी। उसकी मुद्रा से संजीवनी को उस क्षण लगा था जैसे सारे अर्थ समाप्त हो चुके हैं। पुरुष को इतना पीड़ित इससे पहले उसने कभी नहीं देखा था। उन दोनों के बीच उस समय बड़ी अपमानित चुप्पी आ गई थी। संजीवनी को अपने पर गुस्सा था बेहद, उस समय न बोल पाने का। क्यों वह गुनहगारों की तरह आँसू बहाने लगी, क्यों नहीं उसने परमजीत को झिंझोड़कर कहा कि वह उस पर शक करने की हिम्मत कैसे कर सका। क्या संजीवनी का अब तक का सारा प्यार-दुलार सिर्फ इस अप्रिय व छोटी-सी दुर्घटना से वह नजरअन्दाज कर देगा। न पूछता कुछ, एक तमाचा तो लगा सकता था।

एक और अन्याय जो संजीवनी को खा रहा था, वह यह कि उसने उस समय महसूस किया था कि परमजीत को भी उतना ही अच्छा लगा जितना उसे, पर अलग होते ही परमजीत ने उस स्मृति को बिल्कुल ही मिटा दिया था। वह यों पीड़ित होकर बैठ गया था जैसे वह ट्रक के नीचे कुचल गया हो। वह परमजीत से एक लम्बी बहस करना चाह रही थी।

अगले दिन दस बजते वह चर्चगेट आ गई। गेलार्ड के अहाते में लगे पब्लिक फोन से उसने कम्फर्ट कम्पनी को फोन मिलाया। उधर से फोन परमजीत ने ही उठाया।

"मैं संजीवनी बोल रही हूँ," संजीवनी ने कहा। वह बड़ी मुश्किल से अपने को संयत कर पा रही थी वरना असल में उसे बोलने में ऐसा श्रम करना पड़ रहा था जैसा बहुत दूर दौड़ने के बाद बोलते समय करना पड़ता है।

"कहो," उधर से संक्षिप्त-सा उत्तर आया।

"अभी आ सकते हैं यहाँ गेलार्ड में। मुझे जरूरी काम है, प्लीज।" संजीवनी चाहते हुए भी परमजीत को 'तुम' नहीं कह पाई। उसने प्रार्थना के लहजे में कहा मानो अन्य किसी भी अपेक्षा का हक उससे छीन लिया गया हो।

न जाने क्यों उसने सोचा था आज जब वह फोन करेगी तब तक परमजीत के गुस्से में रियायत हो चुकी होगी। उसने यह भी आशा की थी कि उसकी आवाज सुनकर परमजीत वैसा कठिन नहीं रह सकेगा जैसा कल था। उसने तय किया था कि मिलते ही वह सारी बात ज्यों की त्यों कह देगी, वह चाहे पूछे या नहीं। सारी सुबह वह सच बोलने की ताकत इकट्ठी करती रही थी। पर इस आवाज, जिसमें आवाज से अधिक चुप्पी और चुप्पी से अधिक निरपेक्षता थी, के आगे वह फिर हार गई। इसलिए जब परमजीत ने उधर से कहा कि वह अभी नहीं आ सकता, सोमवार को वैसे भी काम का दबाव ज्यादा होता है, फिर यह सीजनल सेल का समय है, उसे अफसोस है कि वह कतई नहीं आ सकेगा तो वह कुछ देर चुप फोन हाथ में लिए खड़ी रह गई। फिर उसने एक मूर्ख सवाल किया कि क्या वह वहाँ आ सकती है। इस बार उधर से एक सन्न चुप्पी आती रही जैसे दोनों को ही कल का धक्का एक बार फिर हिला गया हो।

थोड़ी देर बाद संजीवनी ने ही कहा, "अच्छा शाम को तो मिलोगे न?"

परमजीत ने कहा, "मैं खुद तुम्हें फोन करूँगा पर आज नहीं। मैं कुछ दिन अकेला रहना चाहता हूँ, इफ यू डोंट माइंड। दरअसल मैं कुछ भी सोच नहीं पा रहा हूँ, अच्छा, मैं तुम्हें फिर कान्टैक्ट करूँगा।" उधर से फोन बन्द हो गया। उस आवाज से संजीवनी काँप गई। वह धीरे-धीरे बाहर आ गई।

परमजीत का गुस्सा सुबह से कई बार दफ्तर के कर्मचारियों पर निकल चुका था। वे चकित थे। उन लोगों ने कभी उसे परेशान या चिढ़ा हुआ नहीं पाया था। उन्हें लगा जैसे आज ही कोई नया अफसर नियुक्त होकर आया है।

दोपहर की डाक में परमजीत को बाप की चिट्ठी मिली। बाप उसे बहुत कम चिट्ठियाँ लिखता था, इस लिफाफे पर लिखावट पहचान परमजीत को काफी ताज्जुब हुआ, एक अनजान डर भी। बिना हाशिए के बेतरतीब लिखावट में, खत में यह खबर थी कि बड़ी दौड़-धूप के बाद बिम्मा के लिए लड़का मिल गया है। उन्होंने हिन्दी अखबार में विज्ञापन दिया था जिसके जवाब में यह रिश्ता हुआ है। लड़के का बाप दो पीढ़ियों से अचार का व्यापार करता आ रहा है। खारी बावली में उनकी नुक्कड़ वाली पहली दुकान है। घर में खुशहाली है। लड़का एफ.ए. पास है, सेहतमन्द और नेक। बाप ने दो हजार नगद माँगा है, उन्होंने मंजूर कर लिया है। बुधवार को 'ठाका' है। उन लोगों ने लड़के के लिए मूँगे की अँगूठी, घड़ी वगैरह खरीद ली है। वह बम्बई से एक अच्छा रेडियो भेज दे तो शादी की शान बढ़ जाए। शादी वे लोग जल्दी चाहते हैं।

अचानक परमजीत को लगा वह दिल्ली जाना चाहता है। बम्बई ने उसे बहुत बड़ा धक्का दिया था। उसे बराबर लग रहा था उसके माथे की कोई नस सूजती जा रही है और कभी भी फट पड़ेगी। इस शहर के कितने ही कोने संजीवनी के साथ की याद से सम्बद्ध थे। कल भी जब वह एकदम लस्त चाल से समुद्र के किनारे टहल रहा था, उसकी नजर अनायास उस चट्टान पर पड़ गई जो उन दोनों को प्रिय थी और जहाँ वे घंटों एक-दूसरे के इर्द-गिर्द बाँहें डाले बैठे थे। यहीं पहली बार उसने संजीवनी की आँखों से चश्मा उतार, उसकी आँखें चूम ली थीं। अँधेरे में उन्होंने एक-दूसरे का चेहरा कितनी ही बार पढ़ा था और अक्सर ऐसे समय उसने अपनी घड़ी पीछे कर ली थी। यहीं संजीवनी की भर्राई हुई आवाज उसे हाथों की तरह छू गई थी। यहीं बाद के दिनों में उठते समय तक संजीवनी के बाल इस तरह बिखर जाते थे कि वह झेंपती-झेंपती देर तक बालों पर उँगलियाँ फेरती रहती। इसी जगह वह संजीवनी की गोद में सिर रखकर अपने सपनों की बातें किया करता था और संजीवनी की पतली उँगलियाँ उसके होंठों को रोकती थीं। कल उसे यह सब याद कर बहुत तकलीफ हुई थी। संजीवनी की गोपनीयता उसे तिलमिला गई थी। उसे पता भी न चला था कब समुद्र उसके पाँवों के पास आ-आकर टूटने लगा। उसे लगता रहा जैसे किसी ने उसके दोनों हाथ काटकर उससे लड़ाई लड़नी शुरू कर दी हो। इससे पहले उसे ठीक-ठीक अन्दाजा नहीं था कि संजीवनी उसके लिए इतना मतलब रखती है, या शायद था, और इसीलिए उसने अपना सारा यकीन दाँव

पर लगा दिया था। वह चाह रहा था कि कोई आकर इस सत्य को झुठला दे और कह दे वह लड़की संजीवनी नहीं थी, सकीना थी या मनोरमा थी। आँखें बिना फोकस किए एक तरफ देखते-देखते उसे लगा जैसे इस शहर का भूगोल गड़बड़ा गया है, ऊपर आसमान आसमान नहीं है, नीचे समुद्र समुद्र नहीं और उसके शरीर पर कपड़े कपड़े नहीं कागज हैं। उसका मन हुआ था चिल्लाए, किसी को भी पकड़कर पीट डाले पर वह कुछ नहीं कर पाया था। समुद्र के पास ही छोटे-से रेस्तराँ 'सम्मान' में वह कुछ समय बिताने के लिए पहुँच गया। ऊपर जाने की बजाय जब वह नीचे की मेज पर ही बैठ गया तो वेटर ने एक जानी-पहचानी हँसी हँस दी। उस वेटर ने उसे संजीवनी के साथ घंटों ऊपर एकान्त दिया था। उसे पता नहीं चला था, वह बिना चीनी के ही आधी कॉफी पी गया। जब वेटर ने चीनी की प्याली लाकर रखी तब उसे ध्यान आया।

दिल्ली की याद कर वह भावुक हो आया। दिल्ली, उसके दोस्तों का शहर, उसकी बेफिक्री की दुनिया। उसे लगा शायद वह शहर उसे भूलने की ताकत दे, उसे फिर से वही पुराना परमजीत बना सके, सहज, मुक्त और नया।

उसने हेडक्वार्टर को लिखा कि उसकी बहन की शादी तय होनी है और उसे फौरन दस दिन की छुट्टी चाहिए। अपने असिस्टेंट को उसने सारा काम समझाया, कागजात सँभलवाए और अगले ही दिन चले जाने का इरादा कर लिया। यह फैसला करने के बाद वह कुछ हल्का हो गया। बाकी का दिन उसने बाजारों में घूमकर परिवार के लिए चीजें खरीदने में बिताया। वह पूरी संलग्नता से माँ और बहन के लिए कपड़े चुनता रहा। उसने छोटे भाइयों के लिए क्रिकेट सेट के साथ-साथ और कई खिलौने ले डाले। शादी में देने के लिए उसने ट्रांजिस्टर खरीद लिया। सारे सामान से लदा-फँदा जब वह घर पहुँचा केकी और नौकर अचम्भे में आ गए। उसने कहा वह दस दिनों के लिए घर जा रहा है कल सुबह ही। केकी एकदम उत्तेजित हो गई, "तुमने मुझे पहले क्यों नहीं बताया? कोई बीमार तो नहीं है?"

उसने कहा, "बीमार कोई नहीं है उसे घर की याद आ रही है।"

केकी का चेहरा मातृत्वपूर्ण हो आया, "कौन-कौन हैं घर पर? माँ और वाइफ? मैंने सुना है तुम लोगों में शादी के बाद वाइफ शौहर के साथ नहीं उसके माँ-बाप के साथ रहती है।"

परमजीत ने कहा, "घर पर वाइफ के अतिरिक्त और सब हैं।"

"मुझे लगता है तुम शादी कराने जा रहे हो।" केकी ने कहा।

"नहीं, अभी शादी लायक फुर्सत मुझे नहीं है।"

सुबह केकी ने यात्रा के लिए बेहराम से सैनविचेज बनवा दिए। बोली, "जल्दी आना, घर को तुम्हारी आदत हो गई है, देखो कैसा उजाड़ लग रहा है तुम्हारे जाने से!"

यह जानते हुए भी कि उसे औपचारिकता में कुछ कहना चाहिए, परमजीत चुप रहा। उसकी मन:स्थिति उसे और कुछ सोचने से जैसे रोक रही थी। उसकी सारी चेतना इस समय इस शहर से बगावत कर रही थी। उसे शहर दुश्मन लग रहा था। इसीलिए जब गाड़ी चली तो उसे कुछ राहत मिली। वह यह सोच ही नहीं रहा था कि दस दिन बाद उसे फिर इसी शहर में वापस आना है।

लगभग ऐसी ही मन:स्थिति में जब परमजीत स्टेशन से स्कूटर में सामान रख शक्तिनगर पहुँचा उसका बाप उस वक्त साफ तहमद में थैला हाथ में लिये घर से जा रहा था। परमजीत को देखकर वह हक्का-बक्का होते-होते भी जोर से चिल्लाया, ''जीत दी माँ, देख कौन आया है!'' और उसने परमजीत को बाँहों में भर लिया, ''तुझे छुट्‌टी मिल गई, तूने लिखा नहीं? चल अच्छा हुआ, आज ठाके की रस्म है। मैं जरा बाजार से मिठाई और फल ले आऊँ।''

तब तक अन्दर से उसके चारों भाई निकल आए और सरगरमी से सामान घसीटकर अन्दर ले गए।

माँ शायद नहाने गई थी। वह माँ को ढूँढ़ता आँगन तक आया। छोटा गुड्डू आगे बढ़कर गुसलखाने का टीन का दरवाजा पीटने लगा, ''माँ भा आया, माँ भा।''

अन्दर से माँ उत्साह भरे स्वर में बोली, ''कौन जीत मेरा काका...'' उसने जल्दी से दरवाजा खोला। जल्दी-जल्दी में सलवार के ऊपर कमीज पूरी नीचे खिसकाई भी नहीं थी। माँ ने उसे कलेजे से लगाकर माथा चूम लिया, ''पुत्तर मेरा किन्ना माड़ा हो गया है। खबर कर देन्दा न।''

परमजीत का दिल भर आया। परिवार को देखकर इतना विचलित तो वह कभी नहीं हुआ था, न ही उसे अहसास था कि वह घर से इतना नजदीक जुड़ा है। वह भाई-बहनों को छूकर देख रहा था, सहलाते हुए।

''ये स्कूल नहीं गए?'' उसने पूछा।

''आज काम का दिन है, शाम पाँच बजे ठाका है।'' माँ ने कहा।

उसे अचानक खयाल आया बिम्मा बच्चों में कहीं नहीं है। वह अन्दर वाले कमरे में गया। बिम्मा वहाँ अलमारी की तरफ मुँह किए खड़ी थी, अपने आपमें मुस्कराती हुई। परमजीत को देखकर वह बहुत सकुचा गई। परमजीत ने आगे बढ़कर उसकी चोटी खींचते हुए कहा, ''नी सरमुन्निये तू एड्डी वड्डी हो गई!''

बिम्मा का कद काफी ऊँचा निकल आया था। उसका चेहरा चिकना और सलोना लग रहा था। उसके नाक-नक्श तीखे हैं, इस बात पर परमजीत ने अभी ही गौर किया। उसने बड़े सँभालकर दुपट्टा ले रखा था और बालों में काफी तेल डालकर चोटी की थी।

परमजीत ने सामान खोलकर सबको उनकी चीजें देनी शुरू कीं। उसकी माँ हर चीज पर आश्चर्य व्यक्त करती रहीं पर छोटे भाइयों ने तभी की तभी कमरे के फर्श पर नई गेंद को टप्पा खिला दिया, हेलीकॉप्टर की चाभी भर दी और क्रिकेट सेट का सामान डिब्बे से निकालने लगे। माँ चीजों की कीमत पूछ-पूछ कर दंग हो रही थी। उसने माँ के ऊपर साड़ी और सलवार सूट का कपड़ा फेंककर कहा, ''ये तेरे लिए है।'' माँ हँसने लगी। हँसते समय माँ की आँखें चमकती हैं, उसने देखा। पर माँ की सूरत बीमार लग रही थी जैसे उसके बदन में खून की कमी हो। उसने सोचा वह माँ को किसी अच्छे डॉक्टर को दिखाएगा।

धूप चढ़ने से गरमी हो गई थी। माँ ने कहा तो छोटा भाई दूसरे कमरे से ठिगनी मेज घसीट लाया और नया, चमचमाता टेबल पंखा लगा दिया। परमजीत को खुशी हुई कि घर में कुछ बदलाव दिख रहे हैं। जैसे अँगीठी के साथ-साथ स्टोव, नए प्याले, पंखा और पलंग पर धुली चादर।

माँ ने कहा, ''अभी उस दिन लड़के वाले आए थे। तब यह पंखा खरीदना पड़ा। हमने सोचा शादी में यही दे देंगे।''

''तुम बिल्कुल फिक्र न करो माँ, शादी में सब कुछ देंगे। कोई कसर नहीं रहेगी।''

माँ ने बिम्मा से कहा, ''चल जल्दी रोटियाँ सेंक ले, दही रखा है, दाल बन गई है। छोले मँगा लेंगे।''

उसका बाप दोपहर में घर आया। वह अतिरिक्त खुश था। बाप ने पहली बार महसूस किया कि कमाऊ बेटे का पिता कितना बेफिक्र हो सकता है। फिर उसका बेटा तो कमाऊ होने के साथ-साथ अफसर भी था। उसने सुबह से अपने सभी ग्राहकों को इत्तला दे दी कि उसका बेटा बम्बई से आया है जैसे वे सभी उसका इन्तजार कर रहे हों। उसने वे कमीजें कई बार पहन कर देखीं जो बेटा बम्बई से लाया था।

परमजीत ने बाप से कहा कि अब वह दुकान पर बैठना बन्द करे या दुकान करनी है तो ऐसी चीज की करे जिसमें मेहनत कम और मुनाफा ज्यादा हो।

बाप ने कहा, ''मुझे इस धन्धे की आदत पड़ गई है और तजुर्बा भी है। नए धन्धे में घाटे का डर है। फिर ऐसे नए धन्धे हो भी क्या सकते हैं?''

परमजीत ने बताया बम्बई में तो सिर्फ प्याज-आलू बेचनेवाले भी सात-आठ सौ रुपए महीने कमा लेते हैं और दूध बेचनेवालों की तो चाँदी ही चाँदी है। ढाई रुपए से लेकर चार रुपए लीटर तक दूध बिकता है। दूध वालों के अपने तबेले हैं जिनमें सौ-सौ, दो-दो सौ भैंसें एक साथ रखी हुई हैं। यहाँ तक कि वहाँ सिर्फ पेन बेचकर भी आदमी पेट भरने लायक कमा लेता है।

परमजीत का बाप शुरू-शुरू में साइकिल पर डोल लेकर दूध बाँटता था। उस समय से ही उसका सपना था किसी दिन अपनी दुकान खोलने का जिससे यों घर-

घर दरवाजा खटखटाना तो न पड़े। जैसा दूध वह खरीद में लेता वैसा ही बेचने में उसे खास फायदा नहीं था। इसलिए वह उसमें काफी पानी घर से ही मिलाकर चलता। कभी-कभी रास्ते में उसे ज्यादा लालच लगता तो थोड़ा और मिला लेता। एक ऐसे ही मौके पर उसने पशुओं के पीने के पानी के हौज से लेकर पानी डाल लिया था। अगले ही दिन उसे खबर मिली कि पीर मुहम्मद का छोटा-सा बच्चा सारी रात उल्टियाँ कर सुबह तक ठंडा हो गया। वजह चाहे कोई भी रही हो, परमजीत के बाप को यकीन हो गया कि उसी के कारण ऐसा हुआ। तब से उसने दूध में पानी मिलाना कम कर दिया और ज्यादा मुनाफे का मोह भी हट गया। फिर उसके अपने भी बच्चे हो चले थे और उसे लगा साफ हाथ से धन्धा कर कम खा लेना अच्छा पर बेईमानी नहीं। क्या जाने भगवान कल क्या सजा दे!

उसने परमजीत से कहा, ''यह सब बम्बई में मुमकिन है। और मुझे इतने पैसे क्या करने हैं! बिम्मा की शादी हो जाएगी। बाकी सब लड़के हैं, पढ़-पढ़कर अपने ठिकाने लग जाएँगे। गुजारे लायक आमदनी निकल ही आती है।''

परमजीत जानता था कि इस उम्र में बाप को बदला नहीं जा सकता। वह इस ढर्रे का आदी हो चुका था और इससे अधिक सुविधाओं में भी अब उसे तकलीफ होती।

बाप ने प्रसंग बदला, ''तुम्हारी शादी की भी बात चलाएँ अब। काम करते तुम्हें एक साल हो चला है।''

परमजीत ने कहा, ''इस मामले में उसे कोई हड़बड़ी नहीं है।''

माँ ने बीच में ही टोका, ''तो क्या बुड्ढा होकर ब्याह करेगा? मैं कल से ही लड़की ढूँढ़ना शुरू कर देती हूँ।''

परमजीत को बहुत देर बाद, एक बार फिर यह सन्दर्भ टीस गया। उसने अपने को भयानक रूप से अकेला और उखड़ा हुआ पाया। संजीवनी का उदास और अकेला चेहरा उसकी आँखों के आगे घूम गया और वह घर में इधर-उधर ऐसे देखने लगा जैसे अभी-अभी कोई चीज उससे खो गई हो।

अगले दिन शाम परमजीत दर्शन से मिलने गया। दर्शन की शादी हो गई थी और उसकी पत्नी गर्भावस्था में निढाल-सी चारपाई पर बैठी थी। दर्शन देर तक बम्बई की खबरें पूछता रहा, इतनी कि परमजीत जल्द ही ऊब गया जैसे वह कोई अखबार हो। दर्शन को बम्बई को लेकर कई भ्रम थे जैसे वहाँ फिल्मी सितारे समुद्र के किनारे नारियल पीते दिख जाते होंगे, वहाँ हर परिवार के पास मोटरकार होगी, वहाँ नौकर आसानी से मिलते होंगे और वहाँ तनखाएँ मोटी-मोटी होती होंगी।

परमजीत को लगा दर्शन हर मास्टर की तरह दिमाग से ठस्स हो गया है। उसकी बेफिक्री पता नहीं कहीं चली गई थी। जितना डरते-डरते उसने बीवी को

चाय बनाने को कहा, परमजीत को उस पर हँसी आ गई। उसको इस बात की काफी फिक्र थी कि जो जूते वह सुबह मोची को सिलने के लिए दे आया था, वे आए या नहीं। उसे अपने दोस्त से मिलने की खुशी थी पर वह बार-बार इसे यह कहकर दर्शा रहा था, ''तुम तो बड़े आदमी हो गए हो।''

परमजीत को चिढ़ होने लगी। बम्बई ने उसे कभी बड़े होने का अहसास नहीं दिया बावजूद इसके कि यह अच्छी तनखाह पाता था। उसके पास न खुद का मकान था न सामान, न अपना पलंग था, न कोई लड़की। वह शहर जैसे उसे छीलता जा रहा था। बड़ी मुश्किल से वह धुआँ लगी चाय पीते ही उठ खड़ा हुआ।

दिल्ली में बराबर उसे यही लगता रहा जैसे वह एक जड़ और जमे हुए शहर में घूम रहा है। दोस्तों में पहले जैसी गरमी नहीं बची थी। वे सब अपने-अपने सवालों को लेकर खुश या परेशान थे। किसी को अच्छी नौकरी न मिलने का अफसोस था तो किसी को लड़की पैदा हो जाने का, किसी का अफसर उससे नाराज रहता था तो किसी को तबादले का खतरा था। किसी को पक्का मकान बना लेने का घमंड हो गया था तो किसी को दहेज में मोटरसाइकिल मिल जाने का। सभी एक बोझ लिये मिलते और जाते वक्त बोझ का थोड़ा-सा भारीपन परमजीत को सौंप जाते। सिर्फ एक साल में यह शहर मर गया था। परमजीत ने अपने को फँसा हुआ महसूस किया। यह शहर पालतू था तो वह शहर हिंस्र, इस शहर में फीकी एकरसता और बेस्वाद पहचानापन था। उस शहर के प्रति वह कभी आश्वस्त नहीं हो पाया चाहे उसका दफ्तर वरली में हो या चर्च गेट पर और उसकी जेब में चाहे फर्स्ट क्लास का लोकल पास हो या टैक्सी अलाउन्स। तंग गलियों का यह शहर जहाँ मन बहलाने के लिए समुद्र भी नहीं था, उसे कहीं नहीं पहुँचा रहा था। वह घर से निकलता और यों ही आधे मन से नौ नम्बर बस से चल पड़ता। बस में चढ़ी अनुशासनहीन भीड़, टूटी सीटें, धीमी गति, सड़कों के गड्ढे और रास्तों की धूल देखकर उसका मन बीच में ही ऊब जाता। उसे बम्बई शहर का विस्तार और इमारतों की ऊँचाई याद आती। पर साथ ही उसे याद आता उसे जड़ से उखाड़ फेंकनेवाला एक बेदर्द धक्का। उसे वे दिन याद आते जब वह बसों में संजीवनी की गरमी महसूस करता बैठता और संजीवनी अपनी झुकी आँखों से उसे उत्तेजित कर देती थी। उसे वे मौके याद आते जो उसने टैक्सियों, बसों, लोकलों में अकेले क्षणों में चुराए थे और जिन पर संजीवनी बाद में बेतरह झेंप जाती थी। फिर उसे विश्वास नहीं आता कि उसी पारे-सी तरल लड़की ने उसे उत्तेजना की चट्टान पर खड़ा कर नीचे धकेल दिया है। पर जल्द ही दिमाग में चुभने लगतीं संजीवनी की वे अपराधी आँखें, पीला मुँह, रोने की आवाज और तर्कातीत चुप्पी।

दस की बजाय जब उसने सात ही दिनों में वापस जाने का फैसला घर में सुनाया उसके माँ-बाप चौंक गए। उन्हें लगा जैसे वे ही इस बात के लिए जिम्मेदार हों।

वे एक-दूसरे को डाँटने लगे कि उसका किसी ने खयाल नहीं रखा। उसने अपराधी चुप्पी से सिर हिलाया कि ऐसा नहीं है उसकी नई नौकरी है, उसे वापस जाना ही होगा वगैरह-वगैरह।

माँ ने कहा, ''मैं तो तेरी बात चला रही थी। अभी सतवन्त ने कहा था इतवार को उसकी भतीजी आ रही है। मैट्रिक पास है। मैंने सोचा तू देख जाता।''

परमजीत की कोई रुचि नहीं जगी। उसने मन ही मन सतवन्त की भतीजी को गाली देकर सोचा जरूर उसकी जाँघ पर लहसुन होगी। उसे इस समय दुनिया भर की लड़कियों पर गुस्सा आ रहा था। उसने तय किया कि वह बम्बई जाकर दफ्तर में गर्क हो जाएगा और शामें बिताने के लिए किसी क्लब का सदस्य। फिलहाल वह जरा भी सामाजिक नहीं होना चाहता था, खासतौर से लड़कियों से। बल्कि उसे लगता था कि लोकल रेलों में सिर्फ पुरुषों के लिए डिब्बे होने चाहिए।

वह चाह रहा था वह माँ को साथ ले जाए पर उसे पता था यह मुमकिन नहीं है। उसे ताज्जुब भी हो रहा था कि अचानक वह अपने को उन पर इतना आश्रित क्यों पा रहा है। उसे लग रहा था वह किसी का हाथ पकड़कर चलना चाहता था। यह तय था कि वह अब संजीवनी से बिल्कुल नहीं मिलेगा चाहे इसके लिए उसे कितनी मेहनत क्यों न करनी पड़े। वह सफाइयाँ सुननी नहीं चाहता था। उस दिन जरूर उसे चोट लगी थी कि वह लड़की जिसे वह इतनी अकेली अछूती मानता आया था ऐसे समय में उसे सिर्फ अपराधी चुप्पी दे सकी पर अब वह जानता था कि उसे सब कुछ तोड़ना ही होगा। इतने बड़े समझौते करना उसके स्वभाव में नहीं था।

यही सब दिमाग में लिये वह वातानुकूलित गाड़ी की चेयरकार में बम्बई के लिए रवाना हो गया और उसके माँ-बाप ने उससे वादा लिया कि बिम्मा की शादी में वह एक हफ्ते पहले आएगा और एक हफ्ते बाद तक रहेगा। उसकी माँ ने कहा, ''अगर अच्छी लड़की मिल गई तो लगे हाथ तेरा भी ब्याह साथ कर देंगे।''

जब तक रेल चली नहीं, बारी-बारी से माँ-बाप उसे हिदायतें देते रहे, इतनी जितनी उन्होंने उसके पहली बार बम्बई जाते समय भी नहीं दी थीं। शायद तब उसका मूल्य कम था।

गाड़ी चलने पर वह अपनी सीट पर आया। डिब्बे का वातावरण हवाई जहाज जैसा था। लोग अपनी कुर्सियों की जेबों में यात्रा के लिए पत्रिकाएँ, अखबार, सिगरेट और चॉकलेट भर रहे थे।

उसे तीन सीट वाली पंक्ति में जगह मिली। उसके साथ के यात्री अभी आए नहीं थे। डिब्बे में चुस्त पोशाकों में लड़कियाँ थीं, हनीमून की मुद्रा में बैठे कुछ पति-पत्नियों के जोड़े थे और कुछ उस जैसे लड़के थे। रेडियो से आशा भोंसले की काँपती आवाज में एक उत्तेजक गीत आ रहा था। गाड़ी स्मूदली चल रही थी जैसे

उसे पानी पर तैराकर ले जा रहे हों। सिगरेट की तलब उठने पर परमजीत डिब्बे से जुड़े सँकरे गलियारे में आ गया। गलियारा सिगरेट पीनेवालों से ठसाठस भरा था। उन्होंने दीवार में जड़ी छोटी-छोटी एश ट्रे खींचकर अपनी ओर कर ली थीं। उसके बराबर खड़े एक लड़के ने उससे कहा, ''हाय!''

''हाय,'' परमजीत ने कहा।

''खासी गरमी है,'' लड़के ने कहा।

''अन्दर नहीं,'' परमजीत बोला।

''अन्दर मैं अभी गया ही नहीं।''

फिर वे दोनों अपनी-अपनी सिगरेट की तरफ देखकर हँसे, ''स्मोकर्ज-कांट बी चूजर्स।''

''मैं कम्फर्ट रेफ्रिजरेशन में हूँ, तुम,'' परमजीत ने पूछा।

''सिंचाई विभाग में राजस्थान में हूँ।''

''आजकल क्या हालत है वहाँ पानी का!''

''गरमी इस बार ज्यादा पड़ रही है, बुरी हालत है। पहले हम लोग जोधपुर में नियुक्त थे। रातोरात हमें गाँवों में भागना पड़ा। सूखा पड़ गया है। सारा दिन धूप में दौरा करने में गुजर जाता है। वह तो एक्विपमेंट खत्म हो गया था तो लेने दिल्ली आ गया नहीं तो सारा दिन कुओं का निरीक्षण, तालाबों की खुदाई और पाइपों का एक्सटेंशन चलता है।''

''इस सबके बावजूद मरनेवालों की संख्या तो बढ़ ही रही है!'' परमजीत ने कहा।

''हाँ, पर इसके लिए लोग खुद ही जिम्मेदार हैं। गन्दे से गन्दा पानी बिना छाने पी जाते हैं। सड़ी-गली सब्जियाँ खाना, सफाई न करना और बीमारी का इलाज न करवाना गाँववालों की आम आदतें हैं। सूखे के दिनों में गाँव के मर्द और भी निकम्मे और आलसी हो जाते हैं। उनकी औरतें और बच्चे मीलों दूर कनस्तर और घड़ों में भरकर पानी ढोती हैं पर मजाल है जो वे उठ जाएँ। जबरदस्ती कुछेक को सरकार ने मजदूरी पर लगाया है वरन् ये तो सुबह उठकर भरपेट खाकर फिर सो जाएँ। तुम्हें आश्चर्य होगा कि एक औसत देहाती दिन में चौदह घंटे सोता है।''

परमजीत को यह लड़का रोचक लगा। उसने नहीं सोचा था कि यह काम करता होगा। वह छोटी बनावट का था जैसे इंटर में पढ़नेवाले लड़के होते हैं और जिनकी पतलून में पाव मीटर कपड़ा कम लगता है।

परमजीत ने कहा, ''खाना खाया जाए।''

लड़का उत्साह में आ गया, ''जरूर, मैंने मुद्दतों से अच्छा खाना नहीं खाया है,'' वे लोग डाइनिंग कार में चले गए। वहाँ दोपहर के खाने के लिए भीड़ आनी शुरू हो गई थी।

उसने कहा, ''मेरा नाम रस्तोगी है, तुम्हारा?''

परमजीत ने अपना नाम बताया। वह उसका पहला नाम जानना चाहता था। रस्तोगी तो इसके बाप और दादा दोनों का नाम रहा होगा, उसने सोचा पर उसने इतने से ही सन्तोष कर लिया। उसे पता था लोग अक्सर अपने नामों के पुरानेपन से कतराते हैं।

''बम्बई में तो गरमी नहीं होगी?''

''वहाँ गरमी न होते हुए भी हमेशा पसीना आता है। यह बम्बई की खासियत है कि न वहाँ की आबहवा और न वहाँ का आकार आपको सहूलियत में रहने देता है।''

''तुम पहले व्यक्ति हो जिसे बम्बई पसन्द नहीं।'' रस्तोगी ने कहा।

परमजीत ने खाने में कटलेट के साथ उबली सब्जियाँ और डबलरोटी मँगवाई थी, रस्तोगी ने सामिष थाल।

''वहाँ इतना खराब खाना मिलता है कि खाने के बाद मैं रोज तय करता हूँ कि अब यह खाना कतई नहीं खाऊँगा। मूर्ख सा महाराज है जो रोज कढ़ी, चावल और रोटी बनाकर रख देता है, ऐसी अनिच्छा से जैसे गारा मिला रहा हो।''

उनके बराबर में बची हुई जगह में एक महिला बच्चे के साथ आकर बैठ गई।

वेटर उन लोगों का खाना ले आया था।

बच्चा मुश्किल से छह साल का था। उसने फौरन माँ से कहा कि वह भी प्लेटवाली चीज खाएगा।

माँ ने वेटर से एक प्लेट मटन-कटलेट और चिकनकरी के साथ चावल लाने को कहा।

आसपास लोग ठहाके लगा रहे थे और खा रहे थे। कुछ सामने के काँच के दरवाजे से अन्दर झाँक रहे थे।

रस्तोगी मगन होकर खा रहा था।

परमजीत खत्म कर इन्तजार कर रहा था कि रस्तोगी खा चुके तो वे लोग कॉफी पिएँ।

बच्चे ने फॉर्क से कटलेट गोद-गोद कर तोड़ दिया था और अब उस पर चटनी गिरा रहा था। माँ ने कहा, ''बेबी, ठीक से खाओ।'' और फिर प्लेट पर ध्यान देने लगी। बच्चे से फॉर्क जमीन पर छूट गया। उसने रोना शुरू कर दिया। माँ ने वेटर को एक और फॉर्क देने को कहा। उसने बच्चे से कहा, ''डैडी कैसे खाते हैं वैसे खाओ।'' बच्चा तनकर बैठ गया। माँ ने उठकर उसके गले में नैपकिन बाँध दिया। फिर वह फॉर्क से कटलेट खाने लगा, बिना गिराए या लड़खड़ाए।

वे लोग कॉफी खत्म कर अपनी कोच में आए। रस्तोगी की सीट आगे की तरफ कोने में थी। उसके बराबर वाली सीट पर इस समय एक लड़की दुपट्टे से मुँह

ढँककर सो रही थी। रस्तोगी परमजीत की ओर 'विश मी लक' कहकर जल्दी से अपनी सीट पर चला गया। अपनी सीट पर पहुँचने के लिए परमजीत को अपने दोनों सहयात्रियों को जगाना पड़ा। वे कुर्सी आगे खींच पैर फैलाए सो रहे थे। उसने भी आँखें बन्द कर सोने की कोशिश की। पर उसके साथ वाले पति-पत्नी की नींद टूट चुकी थी। उनके टूटे वार्तालाप के हिस्से परमजीत के कानों में पड़ते रहे।

''दिल्ली से रूहअफजा तुमने कितने का खरीदा?''

''सवा छह।''

''यही चीज बम्बई में साढ़े छह की मिलती। अच्छा हुआ ले आए।'' पत्नी खुश थी कि वे अचार, बड़ियाँ, शर्बत जैसी कई चीजें दिल्ली से लेकर चले हैं।

परमजीत कुछ सोच नहीं पा रहा था। उसे लग रहा था जिन्दगी में एक बड़ी चीज गलत हो गई है। दिल्ली जाकर उसे जरूर कुछ बदलाव मिला था पर एक खयाल, हार जाने का, तब भी नहीं मिटा था। वह गर्दन के एक झटके से यह खयाल फेंक देना चाहता था पर उसका दिमाग साथ नहीं दे रहा था। उसे लग रहा था, यह भी उसकी गलती है कि वह इतना भावुक हो रहा है। यह अजीब था पर वह अभी-अभी स्टेशन पर पीछे छूटे माँ-बाप के बारे में भी नहीं सोच रहा था। यह आश्वासन पाकर कि वे ठीक हैं, वह फिर उनकी ओर से बेफिक्र हो गया। वह इस समय दफ्तर, भीड़ और दोस्तों के बारे में सोचना चाहता था पर उसे ये भी फीके और बेमजा लगे।

साथ बैठा पति पत्नी से पूछ रहा था कि उसका जुकाम कैसा है और सुबह उसे छींकें तो नहीं आईं?

''छींकें तो मुझे रोज आती हैं। जाकर सी.एच.एस. से दवा लूँगी। वहाँ मैं जानबूझकर डॉक्टर के नहीं गई। पाँच-छह रुपए यों ही निकल जाते।'' पत्नी बोली।

''इस ट्रिप में ज्यादा खर्च तो नहीं हुआ अपना?''

''नहीं, इकतीस-इकतीस रुपए माँ ने हम दोनों को दे दिये, बाकी इतने दिनों का दूध, साबुन सब कट गया।''

तंग आकर परमजीत ने आँखें खोल दीं। उसके सामने की सीट पर कोई महिला बहुत ऊँचा जुड़ा बनाए बैठी थी। पीछे से सिर्फ उसका सिर नजर आ रहा था। यह एक खूबसूरत सिर है, परमजीत ने सोचा।

कई लोग बेमतलब गलियारे में चक्कर लगा रहे थे। परमजीत उठकर सिगरेट पीने चला गया। उसने एक सिगरेट निकालते हुए बाकी सब सिगरेटें गिनीं। उसे रात तक एक और पैकेट की जरूरत पड़ सकती थी। वह सिगरेट के लम्बे-लम्बे कश ले रहा था, तभी टॉयलेट का दरवाजा खुला और उसमें से वही बच्चा निकला जो उनके साथ दोपहर में खाना खा रहा था। वह बच्चे को देखकर हँसा।

"तुम्हें चलती गाड़ी में डर नहीं लगता?" परमजीत ने पूछा।

उसने सिर हिलाया।

"नाम क्या है तुम्हारा?"

"बेबी।"

"बेबी तो घर का नाम है। स्कूल का नाम क्या है?"

"बेबी।"

तभी एक दूसरी कोच की तरफ से बच्चे की माँ उसे ढूँढ़ती हुई आई, "तुम इतनी देर लगाते हो। मैंने कहा था न सीधे डिब्बे में आना।" माँ ने कहा। फिर उसकी निगाह परमजीत पर गई। वह कुछ मुस्कराई, "आपको तंग कर रहा होगा?"

"नहीं, मन लगा रहा था।"

माँ ने बच्चे का हाथ पकड़कर कहा, "चलो।"

बच्चा परमजीत के पास दीवाल से चिपककर खड़ा हो गया।

"चलो," माँ ने फिर कहा।

बच्चे ने परमजीत की बुश्शर्ट पकड़ते हुए कहा, "मैं अंकल के पास रहूँगा।"

"मैं तुम्हें हवाई जादूगर कहानी सुनाऊँगी, चलो तो," माँ ने कहा। वह बच्चे को खींचने लगी थी।

परमजीत ने बच्चे को पकड़ते हुए कहा, "मैं थोड़ी देर में खुद इसे छोड़ आऊँगा, रहने दीजिए।"

माँ कुछ देर दुविधा में ठिठकी फिर बच्चे से 'तंग मत करना' कहकर चली गई।

वह प्रौढ़ और परेशान दिखनेवाली महिला थी, पर शिक्षित। बच्चे के प्रति उसे अतिरिक्त जिम्मेदारी महसूस हो रही है, परमजीत ने सोचा।

माँ के जाते ही बच्चे ने कहा, "हमें गोदी में लो।"

परमजीत ने उसे कौतुक से देखा, "तुम गोदी के लायक नहीं हो अब। तुम तो स्कूल जाते हो न। स्कूल वाले बच्चे पैदल चलते हैं। लो यहाँ सामने खड़े हो जाओ!" परमजीत ने उसे उठाकर दूसरी तरफ खड़ा करते हुए कहा, "अब ठीक है।"

"अंकल, आप किधर बैठे हैं?" बच्चे ने पूछा।

परमजीत ने अपने कोच की तरफ इशारा कर दिया, "वह देखो वहाँ।"

"आप हमारे पास आकर बैठो।"

"नहीं, जिसकी सीट जहाँ होती है वहीं बैठते हैं।"

"अंकल, आपकी गर्दन दुख जाएगी।"

"क्यों?"

"आप इतनी झुककर जो बात कर रहे हैं।"

परमजीत को बच्चे की चालाकी पर हँसी आ गई। उसने बच्चे को गोद में उठाकर पूछा, "टॉफी लोगे?"

बच्चे ने फौरन हाथ फैला दिया।

"यहाँ नहीं है, डायनिंग कार में चलकर देंगे।" परमजीत मुड़ने लगा।

बच्चे ने कहा, "नहीं, हम नहीं लेंगे।"

"क्यों?"

"मम्मी कहती है दूसरों के पैसे से चीज नहीं लेते।"

"और डैडी क्या कहते हैं?"

"डैडी अच्छे हैं कुछ नहीं कहते। अंकल, डैडी के पास इतनी किताबें हैं। डैडी इतनी किताबों का क्या करते हैं? अंकल, डैडी दिन में भी नाइट सूट पहनते हैं। पहले तो सारा दिन युनिफॉर्म पहनते थे। अंकल, मेरे पास भी युनिफॉर्म है।"

परमजीत उससे सवाल करना चाहता था कि उसके डैडी कहाँ हैं पर बच्चे की बातों से उसे लगा जैसे वे अवकाशप्राप्त सैनिक अफसर हैं।

"डैडी साथ आए हैं?" परमजीत ने पूछा।

"डैडी कैसे आ सकते हैं? डैडी तो अस्पताल में हैं। अंकल, उनकी दोनों टाँगों को डॉक्टर ने मोटी-मोटी जंजीरों से बाँधा है। मम्मी कहती हैं डैडी अब कभी नहीं चल सकेंगे। क्यों अंकल?"

परमजीत को धक्का लगा। इतने छोटे-से बच्चे की जिन्दगी में इतना बड़ा दुख जिसकी अभी उसे पूरी पहचान भी नहीं। उसने अचानक बच्चे को भींच लिया।

"चलो, तुम्हें मम्मी के पास छोड़ आएँ।" परमजीत ने कहा।

तीन नम्बर की कोच में वह महिला, अंग्रेजी का जासूसी उपन्यास पढ़ रही थी। परमजीत ने बच्चे को उतारते हुए कहा, "बाय-बाय।"

महिला ने उसकी तरफ देखकर कहा, "इसने आपको तंग तो नहीं किया?"

"नहीं, बिल्कुल नहीं," महिला के चेहरे की थकान, परेशानी और उदासी देखकर परमजीत और कुछ नहीं कह पाया।

कोटा पर रस्तोगी के उतर जाने से परमजीत और भी डल हो गया। उसे ताज्जुब था कि लोग अकेले सफर कैसे कर लेते हैं। उसका समय बिताए नहीं बीत रहा था। उसे अपने पर भी ताज्जुब था। उसे याद है पहली बार बम्बई जाते समय वह अपनी सीट से खास जरूरत बगैर जरा भी नहीं हिला था। वह लगातार डर रहा था कि लोगों की नीयत उसके ट्रंक पर है। उसे अपनी नई सिली कमीजों और उन सौ रुपयों की बराबर फिक्र रही थी जो वह साथ लिये चल रहा था। पर अब कितने ही चक्कर गलियारे के लगा चुका था और फिर भी उसे विश्वास था कि कोई दुर्घटना नहीं होगी। महज नौकरी ने उसे वयस्क बना दिया था, आत्म-महत्त्व का अहसास दे।

शायद भावनात्मक स्तर पर ऐसा धक्का न लगा होता तो वह कब का अपने को सम्पूर्ण, सन्तुष्ट और सार्थक पाता।

अपनी सीट में अधूरी करवटें लेते और बीच में जागते-सोते रात भी बीत गई। सुबह जब परमजीत उठा उसने पाया सारी ट्रेन ब्रश करने में व्यस्त थी। टॉयलेट के अन्दर शेव कर और हाथ-मुँह धोकर परमजीत हल्का हो गया। बाथरूम हल्का और साफ था, वैसा नहीं जिसमें वह पहली बार दिल्ली-बम्बई जनता गाड़ी में गया था। वहाँ तो इतनी दुर्गन्ध रही थी कि उसे सिरदर्द और कब्ज दोनों हो गए थे।

पालघर के बाद बम्बई के उपनगर आने लगे। स्टेशनों पर जाने-पहचाने इंडिकेटर, ड्रम क्लॉक्स, टी स्टॉल और तीन भाषाओं में लिखे जगहों के नाम देखकर परमजीत को एक नया आश्वासन मिला, एक ऐसे शहर में लौटने का जहाँ वह न सही बड़ा, छोटा-मोटा अफसर तो था ही, जहाँ उसकी केबिन में लगातार एयर कंडिशनर चलता था और जहाँ सारा दफ्तर उसके अधीन था। इन बातों में ताकत होती है, उसने पाया।

गाड़ी जब विलेपार्ले पीछे छोड़ती हुई गुजरी परमजीत को अपने सुस्त होने का खतरा हुआ पर वह सँभल गया। वह वैसे ही खिड़की से सड़कों पर लगे इश्तहार और दुकानों के साइनबोर्ड पढ़ता गया।

गाड़ी के लोगों ने अपना सामान दरवाजे के पास जमा लिया था। वे उतरने की बेसब्री में थे। कुछ लड़कियों ने मुँह धोकर कपड़े बदल लिये थे, वे बहुत ताजी लग रही थीं।

अटैची लेकर परमजीत दादर स्टेशन पर उतर गया। वहाँ से माहिम पास था। स्टेशन के अहाते में टैक्सी के लिए यात्रियों की कतार लगी थी और पुलिस कान्सटेबल बारी-बारी से टैक्सी बुला रहा था। आसपास कई नई फिल्मों के विज्ञापन लगे थे। उसने सोचा वह शाम को जरूर कोई फिल्म देखेगा। शाम बिताने की वजह पाकर वह हल्का हो गया।

जब वह टैक्सी से कैडल रोड पर रुस्तमविला पहुँचा उस समय सुबह के ग्यारह बजे थे। ब्रैंडी और विस्की के भौंकने पर केकी अंक्लेसरिया बाहर आई। उसे देख वह खुशी से हँसी। उसने मुँह अन्दर कर बेहराम को आवाज दी।

परमजीत अटैची लेकर अन्दर आ गया।

"हाउ आर यू?" उसने केकी को ग्रीट किया।

"पूछो मत, एवरीथिंग टेरिबल हियर। पर तुम प्रेतों की तरह अचानकता में यकीन रखते हो क्या? सच पूछो तो मैं आज सोच ही रही थी कि बेहराम से कहूँ

वह तुम्हारे दफ्तर फोन करके पता करे तुम कब आओगे। तुम अपना प्रोग्राम बताकर नहीं गए कुछ। बेहराम, चाय बनाओ जल्दी और नहाने का पानी गरम करो।''

''मेरा प्रोग्राम नहीं था। जरा बाहर हो आने से तबीयत ताजी हो जाती है और कुछ नहीं।'' परमजीत बोला।

केकी मुँह लटकाकर बोली, ''तुम्हारे पास जाने की जगह भी तो है। मैं जाना चाहूँ तो कहाँ जाऊँ। तुम यकीन कर सकते हो, बम्बई के अलावा किसी शहर में मेरा कोई परिचित नहीं। और यहाँ भी कौन लोग, अंडेवाला, धोबी, गोश्तवाला। मैं हर साल पहाड़ जाने की सोचती हूँ पर इतना पैसा कहाँ से लाऊँ। फिर सुनते हैं पहाड़ों पर बेईमानी बहुत चलती है, हर चीज की कीमत दस गुनी।''

केकी जरा भी नहीं बदली थी। वह शिकायतों का पुलिन्दा लग रही थी।

परमजीत ने हँसते हुए कहा, ''ऐसी बात नहीं है, पहाड़ों पर बेईमानी होनी जरूरी नहीं।''

''मुश्किल यह है कि जब मैं किसी से अपनी मुसीबत डिसकस करती हूँ लोग कभी मेरा पक्ष नहीं लेते जैसे मैं ही हमेशा गलत हूँ। अगर मैं इतनी गलत हूँ तो मुझे मर जाना चाहिए।''

परमजीत डर गया। वह उसे नाराज नहीं करना चाहता था। उसने सोचा था वह केकी को बताएगा पंजाबी शादियों में ठाके का क्या मतलब होता है और लड़के वाले कितने लालची होते हैं।

बेहराम उन दोनों को चाय दे गया। आज उसने खास दालचीनी और लौंग डालकर चाय बनाई थी।

''तुम खाना खाकर दफ्तर जाओगे या आज आराम करोगे?'' केकी ने पूछा।

''सोचता हूँ दफ्तर हो आऊँ,'' परमजीत ने केकी को खुश करने की गरज से कहा, ''जब मैंने अपनी माँ को बताया कि मैं बम्बई में बहुत आराम से रहता हूँ तो उसे बड़ी खुशी हुई। माँ आपके बारे में बहुत-सी बातें पूछ रही थी?''

''कैसी बातें?''

''ऐसे ही आपका नाम वगैरह।''

''उन्होंने मेरी उम्र भी पूछी होगी। अक्सर औरतें शक्की होती हैं और डॉमिनेटिंग। क्या तुम्हारी माँ डॉमिनेटिंग हैं?''

उसने कहा, ''उसके घर में कोई भी डॉमिनेटिंग नहीं है। यह समस्या उसके घर में है ही नहीं।''

''डॉमिनेटिंग औरतें घर तबाह कर देती हैं। मेरी माँ डॉमिनेटिंग थी। मेरे बाप को एक बार गोआ में शराब की एक एजेंसी मिल रही थी। बाप कहता था शराब का व्यापार बहुत फायदेमन्द है पर माँ अड़ गई। जोर-जोर से चीखने लगती कि तुम शराब के लिए घर-शहर छोड़ने पर उतारू हो। हम तब छोटे-छोटे थे। मैं और मेरी

बहन मिलकर बाप को डाँटने लगतीं, तुम क्यों मम्मी को सताते हो? बाप के पास इतने पैसे नहीं थे कि वे बिना मकान बेचे एजेंसी लेते। माँ के चिल्लाने से वह बहुत डरता था।''

''आपके पिता क्या करते थे?'' परमजीत ने पूछा।

''जब से मैंने होश सँभाला बाप को मैंने काम की तलाश में ही पाया। एक बार उसने आइसक्रीम की फैक्टरी खोली और बेच दी। एक बार उसने टैक्सी खरीदी पर ड्राइवर बेईमानी करता था। रोज टैक्सी में कुछ न कुछ बिगाड़ लाता और कह देता आज टैक्सी इतने घंटे यहाँ खड़ी रही आज वहाँ खड़ी रही। माँ ने गुस्से में आकर टैक्सी बिकवा दी। बाप के पास ये दोनों मकान न होते तो हमारा गुजारा कितना मुश्किल हो जाता!''

''आपके हिस्से में यह मकान है?'' परमजीत ने कहा।

''हाँ सिर्फ। बाप के पास जो पैसा था वह उस कमीनी बहन की शादी में लग गया। मुझे कभी-कभी अपने बाप पर बड़ा गुस्सा आता है। उसने मेरे बारे में कुछ नहीं सोचा, सारा उसकी बेहूदा जरूरतें पूरी करने में लगा दिया।''

''उतना तो शादियों में जरूरी भी हो जाता है।''

''और मेरे लिए कुछ जरूरी नहीं। उसका मूर्ख पति सारा दिन उसके आगे-पीछे फिरता है। उसने ढेर से बच्चे पैदा कर लिये हैं, आराम से उनके पास बुढ़ापा काटेगी। मेरा क्या होगा किसी ने नहीं सोचा?''

माहौल तन गया था। परमजीत को दफ्तर के लिए देर हो रही थी पर वह केकी के लिए महसूस कर रहा था। उसे याद भी नहीं था कि उसने सोचा था वह दफ्तर जाएगा। यह भी केकी ने ही याद दिलाया। वे लोग देर के लिए चुप हो गए थे। परमजीत को लगा था यह औरत कितनी असुरक्षित है और अकेली।

केकी ने कहा, ''और अब तुम मुझे दोष दोगे कि तुम दफ्तर नहीं जा सके। दरअसल मैं जो करती हूँ सब गलत होता है। मुझे अपना मुँह बन्द रखना चाहिए। तुम खूब ऊब गए होगे। मैं इतने दिनों से चुप रह-रहकर थक गई थी।''

शाम को परमजीत सिनेमा चला गया। कोलाबा के व्यस्त विस्तार का आखिरी कोना था स्ट्रेंड। साधारण-सी कॉमेडी थी जिसमें नायिका बार-बार इसलिए गर्भवती हो जाती है क्योंकि उसे कारावास की सजा से बचना है। इटली में गर्भवती स्त्रियाँ जेल नहीं भेजी जातीं। फिल्म के एक दृश्य में बच्चे तिलचट्टों की तरह कमरे में घूम रहे थे और पति सिर पर हाथ धरे बैठा था। परमजीत को लगा वह कोई हिन्दुस्तानी फिल्म देख रहा है। फर्क सिर्फ इतना था कि इस सबके बावजूद नायिका ने एक भी लोरी नहीं गाई।

वापसी में परमजीत एक नम्बर की ऑल नाइट सर्विस बस में बैठ गया। टिकट के पीछे एक भूतनुमा शक्ल बनी थी और लिखा था, 'सो नहीं सकते तो घूमिए।' बस फाउंटेन से होकर मुहम्मदअली स्ट्रीट पर आ गई जहाँ इस समय भी भीड़ के मारे रास्ता रुका हुआ था। दोनों तरफ पाँच-पाँच मंजिलों के बगैर लिफ्ट के मकान थे। परमजीत ने एक बार फिर सिर उठाकर मकानों की आखिरी मंजिलों को देखा। वह हमेशा उम्मीद करता कि ये खाली पड़ी होंगी। पर हमेशा वे भरी मिलतीं। यह इलाका साइनबोर्डों का अजायबघर था। अक्सर एक-एक नाम पाँच-पाँच भाषाओं में लिखा होता। यहाँ अल्युमिनियम के बर्तनों और क्रॉकरी की बेशुमार दुकानें थीं। बड़ी-बड़ी दुकानों के ऊपर छोटी-छोटी छतों के नीचे नाइयों, दर्जियों और घड़ीसाजों की दुकानें थीं जिनका ढाँचा उतना ही अस्थायी लगता जितनी उनकी आमदनी। सड़क के एक तरफ तामचीनी के कटोरे सामने रखे भिखारियों की कतार थी जिन्हें यह भी नहीं मालूम था कि एक साथ बैठने से उन सभी के प्रॉसपैक्ट्स गड़बड़ हो रहे थे। भायखला अपेक्षाकृत शान्त था। सब्जी वाले ट्रक लेकर जा चुके थे और मछलीवालियाँ भी। यह अजीब था कि परमजीत ने अभी तक बम्बई में किसी पुरुष को मछली बेचते नहीं देखा था मानो यह धन्धा औरतों की विशिष्टता हो। चिकने बालों वाली और सुडौल जिस्म वाली औरतें बाजार में अपना-अपना पाटा बिछाकर बैठती थीं, मछलियों के आस-पास बर्फ रखती हुई। धूप में मछलियों की गीली पीठें जब चमकतीं तो लगता वे कोई कीमती पत्थर बेच रही हैं।

शिवाजी पार्क होती हुई बस माहिम बाजार की ओर मुड़ी। परमजीत सिटी लाइट सिनेमा पर उतर गया। बस यहाँ से आगे चली जाती थी। उसे सिर्फ एक गली क्रॉस कर कैडल रोड पर आ जाना था।

उसे घर जाकर गहरी बेफिक्र नींद आई थी जिस पर सुबह उसे खुद ताज्जुब हुआ था। वह अपने को बहुत हल्का पा रहा था और ताजा। इसी मन:स्थिति में वह दफ्तर गया। उसे देखकर खुशी हुई कि उसकी अनुपस्थिति में वहाँ कुछ भी गड़बड़ नहीं हुई थी। उसके असिस्टेंट ने सब सँभाल लिया था। उसने बताया कि उसके जाने के बाद दो दिन तक कई बार मिस भरूचा का फोन आया था।

परमजीत ने कहा, "पहले जरूरी बातें बताओ। नए ऑर्डर की फाइल लाओ। हेडक्वार्टर से कोई नया मैसेज?"

कई गुने जोश से दफ्तर का काम खत्म करने के बाद वह वाकई थक गया। शाम को वह टी सेंटर चला गया। वहाँ भीड़ थी। कई लोग इन्तजार कर रहे थे। वह इधर-उधर देख ही रहा था कि एक टेबल पर बैठे वालिया और विजया ने उसे देख लिया। वालिया उसे वी.आई.पी. की तरह अपनी टेबल पर ले आया।

''बादशाहो की हाल है, सुनाओ किसे ढूँढ़ रहे थे? माशूक को टाइम तो नहीं दे रखा है?''

उसने कहा, उसने किसी को टाइम नहीं दे रखा है, वह तो अच्छी चाय पीने की गरज से आया था।

विजया केलकर ने उसके आगे मेन्यू कर दी, ''हम लोग दोसा खा रहे हैं, तुम क्या लोगे?''

''क्लब सेनविचेज,'' परमजीत बोला और बोलने के साथ-साथ ही उसे संजीवनी की याद पिन की तरह चुभती चली गई। वह सैनविचेज पसन्द करती थी।

वालिया बोला, ''तुमने अपनी नई स्लाइड देखी? मैंने एक नई चीज डाली है। सामने से एयर कंडिशनर और साइड से फ्रिज लगती है। टू इन वन स्लाइड।''

परमजीत ने कहा वह अभी दिल्ली से लौटा है और कल जो फिल्म उसने देखी उसमें वह स्लाइड नहीं थी।

''मैंने गए हफ्ते पेनबाम पर विज्ञापन फिल्म बनाने के लिए कांट्रेक्ट साइन किया है।'' वालिया ने कहा।

''रनिंग हाय!'' परमजीत बोला।

''हाँ, बिजनेस तीन गुनी बढ़ गई है। लगता है, इस साल की बिलिंग एक लाख से ऊपर होगी।'' विजया ने कहा। वह टेबल पर से अपना पर्स उठा रही थी जिससे वेटर सहूलियत से प्लेटें रख सके।

खाने के बाद उन्होंने अलग-अलग पेय लिये, वालिया ने ठंडी चाय, परमजीत ने गरम और विजया ने चाय की आइसक्रीम। वालिया बोला, ''यार, मैंने बड़ा जोरदार आयडिया सोचा है पेनबाम पर। इस बार स्क्रिप्ट मैं ही लिखूँगा। मेरी तमन्ना है किशोर कुमार की तरह कोई फिल्म बनाऊँ, लेखक, प्रोड्यूसर, डायरेक्टर, संगीत निर्देशक, प्लेबैक सिंगर सब, मैं।''

परमजीत विनोदित होता हुआ सुनता रहा।

''भापे, तू आज घर चल। कैर्यू की जिन रखी है। जिन पीते हुए तुझे पूरा आयडिया सुनाऊँगा, सच मजा आ जाएगा।''

विजया केलकर ने कहा, ''हाँ, आप चलिए, मुझे भी दो-चार पॉयंट आपसे पूछने हैं।'' वह महाराष्ट्रियन होने की वजह से झ और ज नहीं बोल पाती थी। इसलिए अक्सर वालिया उससे मजाक में कहता, ''क्यों, जुहू चलना है!''

जब वालिया टैक्सी के साढ़े आठ रुपए दे उसके साथ ऊपर चला परमजीत ने सुझाया उसे कार खरीद लेनी चाहिए, टैक्सी में समय और पैसा ज्यादा खराब होता होगा।

''कार ज्यादा महँगी पड़ेगी, ढाई सौ का ड्राइवर और दो सौ का पेट्रोल। मैं तो चलाऊँगा नहीं।''

वालिया एकदम नहाने चला गया। विजया ने उसे कई पत्रिकाएँ देकर बिठा दिया। वह नौकर को बताने लगी कि शाम को क्या खाना बनेगा। उसकी फेहरिस्त सुनकर परमजीत को लगा कि खाना सुबह तक बन पाएगा।

तभी वालिया आ गया। उसने कहा, ''तुम अभी तक क्या कर रही हो? तुमने नहाने की तैयारी नहीं की? जाकर जल्दी से नहाओ।''

वालिया को नहाने का मर्ज था, वह दिन में कई बार नहा लेता। साथ ही साथ, उसे लगता उसके आसपास वाले सब आदमियों को नहा लेना चाहिए। उसने शुरू में परमजीत से भी नहाने का आग्रह किया था पर उसका रुख देखकर चुप हो गया।

विजया ने कहा, ''मैनू बदलना नहीं, वैज खाए बहुत दिन हो गए।''

''नॉनसेन्स, ड्रिंक्स के बाद पातड़भाजी। होशयार सिंह तुम वही बनाओ जो मैंने सुबह कहा था,'' वालिया कहता हुआ कमरे में आ गया। उसने लखनवी कुर्ता-पाजामा पहन लिया था। उसका कपड़ों का शौक महिलाओं को मात करता था। गोदरेज की दो बड़ी-बड़ी अलमारियाँ उसने सूट, बुश्शर्ट, कुर्तों-पाजामों, स्लैक्स से भर रखी थीं। वह मौके के अनुरूप पोशाक पहनता था। साफ धुले कपड़े देखकर वह खुश हो जाता और अगले ही हफ्ते धोबी के रेट बढ़ा देता।

वालिया ने बड़ी तबीयत से गिलास बीच की मेज पर लगाए। अलमारी से उसने जिन की बड़ी सीलबन्द बोतल निकालकर मेज पर रखी। उसने लाइम कार्डील की बोतल ढूँढ़ी पर मिली नहीं। विजया के गुसलखाने से निकलते ही उसने कहा कि वह लाइम की बोतल ला दे।

जो बोतल विजया लाई उसमें बहुत थोड़ी-सी कार्डील थी। मुश्किल से तीन पैग्ज लायक। वालिया ने हाथ झटककर कहा, ''यह नहीं, नई वाली लाओ।''

''अभी इसे खत्म करो, फिर निकाल दूँगी।'' विजया ने कहा।

वालिया ने पैग ढाले, सोडा और लाइम मिलाया। फिर वह अपनी स्क्रिप्ट का आयडिया समझाने लगा, ''सोचो कि दफ्तर में टाइपिस्ट टाइप कर रही है। खूबसूरत-सी लड़की की खूबसूरत उँगलियाँ तेज गति से टाइप करती दिखाई जाएँ। अचानक उँगलियाँ की-बोर्ड पर अकड़कर ठहर जाएँ, शॉट फ्रीज। फिर वह पर्स से बाम निकालकर मले। धीरे-धीरे उँगलियाँ ढीली हों और मिनटों में ही टाइपराइटर पर हाथों की बहुत तेज गति दिखाई जाए।''

विजया ने कहा, ''मुझे तो आयडिया बड़ा ग्रैंड लगा, इट विल क्लिक।''

''बात पूरी तो करने दो।'' इसके बाद वही टाइपिस्ट अपने पर्स से निकालकर बाम की शीशी दिखाए, उसी की आवाज में स्लोगन आए, 'वैन इन पेन, रिमेम्बर द नेम, सो एंड सो पेन बाम।'

परमजीत ने कहा, ''इफ यू डोंट माइंड, मैं एक सुझाव दूँ।''

''वेलकम। आलवेज ओपेन टु न्यू सजेशन्स,'' वालिया ने कुछ चौंकते हुए अपने को सँभाला।

''दरअसल यही आयडिया और भी असर छोड़े अगर एक के ऊपर एक कई शॉट्स आते चले जाएँ, फिर फ्लैश हो कैप्शन।''

''जैसे!'' वालिया बोला।

''जैसे रसोई में पानी की बाल्टी उठाते समय गृहिणी की कमर का अकड़ जाना या दौड़ते हुए बच्चे के पाँव में मोच आ जाना वगैरह-वगैरह,'' परमजीत ने कहा।

''तुसी ग्रेट भापे, तुसी ग्रेट। गजब का शॉट सोचा है यार तूने!''

विजया बीच में बोली, ''या जैसे कुश्ती के अखाड़े में पहलवान का मुक्का हवा में जम जाना...''

''वाह-वाह, सब ब्रिलिएंट हो रहे हैं क्या बात कही है डार्लिंग! यह शॉट तो हमारा दोस्त पियारा सिंह मुफ्त दे देगा। इसी बात पर एक किस हो जाए,'' वालिया ने वहीं विजया को भींचकर चूम लिया।

उन दोनों की आँखों का रंग देखते हुए परमजीत अकेला हो गया। वालिया का गिलास खाली हो गया था। परमजीत अपना गिलास खाली करने लगा।

वालिया ने गिलासों में फिर से पैग ढाला। लाइम कार्डील खत्म हो चुकी थी। उसने विजया से कहा, ''डार्लिंग, लाइम कार्डील ला दो।''

विजया जाकर अलमारी में उचककर ढूँढ़ने लगी। कुछ देर खटर-पटर करने के बाद वह आ गई, ''डार्लिंग, अलमारी में कार्डील और नहीं है।''

''कैसे नहीं है, मैं इसी महीने नई बोतल लाया हूँ, मुझे याद है।''

''यही वाली होगी।''

''यही कैसे होगी! यह तो पिछले महीने की है।''

विजया ने कहा उसे यह नहीं पता कि पिछले महीने लाइम कार्डील आया कि नहीं पर घर में यही एक बोतल है।

''चेंज के लिए हम सोडा और ताजा नींबू मिला सकते हैं वालिया!'' परमजीत ने कहा।

''नींबू है, मैं अभी लाती हूँ।'' विजया अन्दर गई।

वालिया के चेहरे से पता चल रहा था कि उसका मूड ऑफ हो गया है। उसने अधूरे गिलासों की तरफ देखकर कहा, ''दिस इज इडियाटिक।''

विजया एक प्लेट में नींबू के पतले स्लाइसेज लेकर लौटी।

''तुम जानबूझकर मुझे इरिटेट कर रही हो। फेंक दो ये। तुमको सेंस नहीं है ड्रिंक्स का इन्तजाम रखने की।'' वालिया ने गुस्से से कहा।

विजया ने बैठते हुए कहा कि अभी वे लोग बहुत जरूरी बात पर हैं, इसलिए अच्छा हो अगर इस टुच्ची सी बात को भूल डाला जाए।

"जो भी बात तुम्हारी गैर-जिम्मेदारी साबित करती है, तुम्हें वह टुच्ची लगती है।"

विजया ने परमजीत की तरफ देखकर कहा, "आय एम सॉरी ऑन हिज बिहाफ।"

वालिया गुस्से से लाल हो गया, "उसे इन्वाल्व क्यों कर रही हो, मुझसे बात करो। अगर तुमसे घर मैनेज नहीं होता तो साफ-साफ कह दो।"

विजया भी अब तक तमक चुकी थी, "घर मैं मैनेज करती हूँ या नौकर। तुम खुद मुझे बोलने को मना करते हो, फिर कोई गलती हो तो मुझ पर बिगड़ते हो।"

"लाइम कार्डील है या नहीं, यह देखना नौकर का नहीं तुम्हारा काम है।" कहते-कहते वालिया उठा और सभी अलमारियों में गुस्से से उठापटक करने लगा।

परमजीत ने धीरे से कहा, "टेक इट इजी।"

पर विजया का मूड खराब हो गया था। वह चेहरे पर सताया हुआ भाव लेकर बैठी थी, उस तरफ देखते जहाँ वालिया उठा-पटक कर रहा था। परमजीत की तरफ देखकर बोली, "मुझे अफसोस है कि हमने आपको लाकर आपका भी दिन खराब किया।"

तभी वालिया विजेता की तरह लाइम कार्डील की नई बोतल हिलाता हुआ लाया और खट से विजया के सामने रख दी। उसके चेहरे पर शरारती मुस्कुराहट थी।

विजया ने अपमानित महसूस किया, "ऐसी सड़ी-गली बातों पर जीत मानना अपने आपमें हल्कापन है।"

वालिया बोला, "इसमें मुँह बनाने की बात नहीं पर तुम्हें घर का अ ब स भी नहीं मालूम।"

"मुझे इन वाहियात बातों में कोई दिलचस्पी नहीं कि चायपत्ती में से फिनायल की बू क्यों आती है, चावल बनने से पहले धोए गए या नहीं और चादरें सुबह बदली गईं या नहीं।"

परमजीत चाह रहा था कि बात सुलट जाए और वे लोग गिमलेट तैयार कर लें। अब तक का आया मजा खत्म हो चुका था।

विजया ने उसकी तरफ घूमकर कहा, "आप जिन विद लाइम लेंगे या विद स्लाइसेज।"

"कैसे भी।"

विजया ने नींबू का एक स्लाइस उठाकर बर्फ के साथ परमजीत के गिलास में डाला।

तभी वालिया उठा और प्लेट समेत नींबू के सब स्लाइसेज खिड़की के बाहर फेंक आया। उसने दाँत से लाइम कार्डील की बोतल खोली और गिलासों में ढालने

लगा। विजया ने अपने गिलास की जिन परमजीत के गिलास में डालकर अपना गिलास औंधा रख दिया, ''मैं नहीं पिऊँगी।''

वालिया ने खूनी गुस्से से उसकी तरफ देखा, ''डिस्टर्ब मत करो, अन्दर जाकर बैठो।''

''शटअप,'' कहती हुई विजया पार्टीशन के दूसरी ओर चली गई।

''दिस वुमन इज ए डीमन,'' वालिया ने बोलते हुए सिर के बाल ऐसे झटके जैसे उनमें विजया फँसी हुई हो, ''हम लोग कहाँ थे?''

परमजीत ने कहा, ''वे लोग पेन बाम की स्क्रिप्ट तैयार कर रहे थे।''

''हैल, अब मेरा दिमाग काम नहीं कर रहा है। इतनी बकबक और बेवकूफी में कोई कुछ नहीं कर सकता। यह लड़की हमेशा मेरा मूड बिगाड़ती है। इसे इस काम में मजा आता है।''

परमजीत को ऐसा नहीं लगा था कि विजया का कोई मनोरंजन हुआ हो, पर वह चुप रहा।

वालिया की चिड़चिड़ाहट कम नहीं हो रही थी, ''अगर यह ऐसे ही तंग करती रहेगी तो मैं इसे भी छोड़ दूँगा। यह समझती क्या है! मैंने दस मिनट में अपने माँ-बाप छोड़ दिए थे। पता है जीत, मैं अपनी पहली बीवी हनीमून के दौरान छोड़ आया था।''

परमजीत चौंका। उसे नहीं पता था कि वालिया विवाहित था। उसने कहा, ''नहीं, तुम झूठ बोल रहे हो।''

''बाय गॉड। वह मेरे पीछे पड़ गई, रोज ग्रन्थ साहब पढ़ा करो, केश रखो। उसका कहना था, नहीं तो उसके रिश्तेदारों में उनकी हँसी उड़ेगी।''

''तुम सिख हो,'' परमजीत को एक और आश्चर्य हुआ। वालिया अभिनेताओं की तरह सुन्दर था, यद्यपि अधेड़।

''बाय गॉड। एक दिन गरमी लगी मैंने बाल कटा दिए। घर आया तो बड़ी मार पड़ी। माँ तो छाती पीट-पीट कर ऐसे रोने लगी जैसे मैं मर गया होऊँ। मैंने कह दिया मुझे गरमी और गन्दगी लगती है, मैं ऐसे ही रहूँगा। मेरा बाप बड़ा बिगड़ा बोला, 'मैं तेरा हिस्मा देने वाला नहीं जो तू यह खब्त करेगा।' मैंने कह दिया न दो हिस्सा, मैं फिल्मों में जा रहा हूँ। तभी गाड़ी पकड़ बम्बई आ गया। राजकपूर, देवानन्द सबकी शागिर्दी कर चुका हूँ। ऐक्टर नहीं भी बना तो इतना पैसा तो पीट लिया कि यह एजेंसी बना लूँ। यहाँ भी साली लड़की मिली तो सरदारनी! पहले ठीक-ठीक मुहब्बत चली। मैंने सोचा, चलो लगे हाथ शादी कर लो। उसके स्टुपिड बाप-भाई ने सिखा दिया कि इसे वापस सरदार बना तो तेरा लोहा मानें। बस उसको तो मिशन मिल गया। पूरे हफ्ते मसूरी में न उसने पहाड़ देखे, न दरख्त, बस हाथ धोकर पीछे पड़ी रही, 'जे मैनूँ जरा भी चाँहदे हो तो केश रख लो। सच एड्डे लम्बे-लम्बे केश

दे ऊपर पग बंध के एन्ने सोणे लगोगे, तुहान्नू गुरुजी दी सोंह।' वह घोर भक्तिन। रोज सुबह दो घंटे, दो घंटे शाम पाठ करती। बाय गॉड, होटल में गुरद्वारा खोल दिया उसने। मुझे तो लगा मैंने अपनी माँ से शादी कर ली। शुक्र हो पागल होने से पहले बच निकला। दिल तो करता था साली को होटल में ही छोड़कर भाग जाऊँ। फिर मैंने सोचा रोएगी। उसे उसके घर पहुँचाकर मैंने नाम नहीं लिया बुलाने का। आदमी ऐसे आठ बेवकूफियाँ कर ले तो जिन्दगी तबाह समझो।

''और यह लड़की, समझती क्या है अपने को! जब दफ्तर में आई थी, हाथों में नसें चमकती थीं। शकल देखकर लगता था हफ्तों से रोटी नहीं खाई है। मैंने रेनोवेट करके रख दिया इसे। वरना इसमें है क्या, इसके दाँत तक अपने नहीं हैं। ओठ से बाहर लटकते थे। मैंने सारा डैंचर बदलवाया। मुझे जवाब देती है। इसे पता नहीं है मैं ही–मैन हूँ। मेरे आगे औरत औरत रहेगी।''

परमजीत को वितृष्णा हुई। वालिया की जिन्दगी में 'मैं' के अलावा बाकी सब उपसर्ग थे। उनका बस इतना महत्त्व था जितना कुर्सी या कुकर का। वह कहना चाहता था कि जो भी आदमी एक औरत को बिस्तर पर सन्तुष्ट कर सकता है वह ही–मैन है पर वह चुप रहा। उसे पता था यह वालिया की सोलिलोक्वी है।

नौकर ने आकर पूछा, ''खाना लगा दूँ।''

''मेम साहब को बुलाओ,'' वालिया ने कहा।

नौकर ने बताया कि मेम साहब तो देर से घर में नहीं हैं, वे शायद बाहर गई हैं।

परमजीत चौंक गया। वह किसी बुरे वाकये के बारे में तुरन्त सोच गया। पर वालिया ने ठंडे दिमाग से नौकर को वापस रसोई में भेज दिया। बोला, ''शी वाण्ट्स टु क्रिएट ए सीन, आय विल गिव हर ए सीन।''

परमजीत ने सुझाया कि उन्हें फौरन उसे ढूँढ़ना चाहिए।

''वह कहीं नहीं गई होगी। यहीं घर के नीचे समुद्र पर खड़ी रो रही होगी। यह उसकी पुरानी आदत है।''

परमजीत को विजया से सहानुभूति हो आई। समुद्र पर अकेली लड़की का रोना काफी करुण है, परमजीत को लगा, कि अगर वह देख ले तो शायद खुद भी रो देगा। वह इस झगड़े का गवाह नहीं बनना चाहकर भी बनता जा रहा था। पर यह निश्चित था कि वह इसका अन्त देखना नहीं चाहता था। पर ऐसे में जाने की बात भी करना उसे मुश्किल लगा।

वालिया ने कहा, ''तुम थोड़ी देर बैठो, मैं अभी आता हूँ।''

वह नीचे चला गया।

परमजीत चकराया हुआ खाली कमरे और कीमती सामान को देखता रहा। वह अपने को अजीब स्थिति में पा रहा था। बिना बीवी बने कोई लड़की इतनी

अकड़ सह सकती है। यह वह मुश्किल से विश्वास कर सका। यह तो उसे तभी ज्ञात हुआ जब थोड़ी ही देर में वालिया विजया को लेकर लौटा और उसे लाकर इस तरह परमजीत के सामने काउच पर बैठा दिया जैसे कांजीहाउस से एक नई गाय लाया हो।

परमजीत विजया की तरफ देख नहीं पाया। उसका चेहरा अपमान, उलझन और परेशानी से तमतमा रहा था। इस सबसे जूझते हुए उसने कहा, "मैं अब चलना चाहूँगा। आप लोगों को अब आराम चाहिएगा और अकेलापन।"

वालिया उसे दरवाजे तक छोड़ने आया, "यार मुझे, आज के तमाशे के लिए सख्त अफसोस है पर मेरे बस की बात नहीं थी।"

परमजीत उससे कुछ नहीं कह पाया। उसकी इतनी भी इच्छा नहीं हुई कि उसे गुडनाइट कह दे।

सड़क पर आकर परमजीत एक कड़वे स्वाद से भर गया। वालिया के इस पहलू का उसे अन्देशा भी नहीं था। अचानक उसे वह घटिया और कमीना लगा। दफ्तर में वह हमेशा खुशमिजाज और जोशीला लगता था, इतना, कि कई बार दूसरे को लगता कि वह स्वयं तो मुकाबले में मृत है।

परमजीत ने उसके घर का वर्तमान दृश्य सोचकर आँखें बन्द कर लीं। अब तक वालिया ऐसी स्थिति ला चुका होगा कि विजया उससे माफी माँग रही होगी और वह अपनी ही-मैनहुड में तना हुआ खड़ा होगा, परमजीत को लगा।

रात काफी हो गई थी पर सड़कें खाली नहीं थीं। दूर से दोतल्ली बसों के अन्दर नियॉन-बत्तियाँ चमक रही थीं और चलती हुई बसें ऐसी लग रही थीं जैसे मकान ही उठकर चले आ रहे हों। परमजीत घोड़बन्दर रोड से घर जाने के बजाय रानडे रोड पर हो गया।

यहाँ सड़क अपेक्षाकृत शान्त थी। कृष्ण उड्डपी रेस्तराँ के बाहर एक नौकर अगले दिन के दोसे के दाल-चावल पीस रहा था। रास्ते में भेलपूरीवाले अपनी खाली ढकेलें लिये वापस जा रहे थे। सड़क के दोनों तरफ ऊँचे-ऊँचे मकान थे, ऐसे जिनमें न देहरी थी न ड्योढ़ी, न बगीचा था न अहाता। बम्बई इस समय पुख्तेपन का अहसास दे रही थी, किसी विस्तृत किले का। चारों तरफ एक ठहरी नजर दौड़ाते हुए उसने सोचा कि अगर पत्थर का जंगल बनाया जाए तो वह ऐसा ही लगे। परमजीत से पिछला वाकया भुलाए नहीं भूल रहा था। उसे लगा वालिया इस लड़की को ऐसे ही सताएगा और कभी इससे शादी नहीं करेगा। उसने तय किया वह कभी अपनी बीवी को नहीं सताएगा। परमजीत उन लोगों में से था जो अपनी जिन्दगी का अधिकांश सुख-चैन घरेलू स्तर पर महसूस करना चाहते हैं। उसे भी यह कल्पना अच्छी लगती थी कि उसका सजा-सजाया घर हो, औसत सुन्दर बीवी और एक या दो बच्चे हों, अगर पगड़ी पर मकान और छोटी-सी मोटर भी हो तो

कहना क्या! वक्त पर उसे खाना, चाय और नाश्ता मिल सके, जगह पर उसे मोजे-जूते और बनियान मिल जाएँ, इससे ज्यादा और चाहिए भी क्या। वह इन्हीं सब सुविधाओं को शादी समझने लगा था। अब पत्नी के नाम पर उसके दिमाग में किसी लड़की की कोई स्वतंत्र तस्वीर नहीं बनती थी। अब वह पत्नी का मतलब परिवार और परिवार का मतलब आराम लगाता।

संजीवनी उससे मिलने या सफाई देने नहीं आई यह बात उसे कुछ दिन चुभी थी और अब वह उसकी याद आते ही सिर झटककर दूसरी तरफ कर लेता। वह यह भी महसूस करता कि संजीवनी के साथ वह एक अस्वाभाविक दुनिया में रहने लगा था, इतनी ऊँचाई पर रोज-रोज नहीं रहा जा सकता। बल्कि कभी-कभी उसे अब सुविधा भी महसूस होती जैसे किसी बड़ी जिम्मेदारी से छुट्टी पा गया हो।

ऐसे ही समय उसके बाप की चिट्ठी आई कि उसकी शादी के लिए बहुत से रिश्ते आ रहे हैं, उन लोगों को आजकल बड़े सलीके से रहना पड़ता है, पता नहीं किस समय लड़की वाले चले आएँ। औरतें उसकी माँ की खुशामद करती रहती हैं पर उसकी माँ कहती है मैं लड़की देखे बिना किसी को मुँह नहीं लगाऊँगी। एक लड़की के माँ-बाप ने लिखा है कि लड़की प्रभाकर पास है, गोरी, लम्बी और दुबली। फगवाड़े के एक स्कूल में टीचर है। पर माँ-बाप कहते हैं वे नकद कुछ नहीं देंगे बस शादी शान से कर देंगे। पर उन्हें शान से क्या लेना-देना? उन्हें ऐसा घर चाहिए जो उनकी लड़की की शादी में हाथ बँटाए। एक दूसरी लड़की के भाई का खत आया है, बहन चार भाइयों में अकेली है। सिलाई-कढ़ाई का कोर्स कर रखा है। पर बात यह है कि जिस लड़की के माँ-बाप न हों, वह ठीक नहीं रहती। उसे सलीका कौन सिखाएगा। समधी तो होने ही चाहिए। एक और रिश्ता आया था पिछले हफ्ते। दिल्ली की ही लड़की है, बड़े कुटुम्ब की, भाइयों, भाभियों, बहन, माँ-बाप के बीच रहती हुई। मैट्रिक तक पढ़ी हुई है। बाप का कहना है देने-लेने में कोई कसर नहीं रखेंगे। फोटो भेज रहा हूँ। तुम्हें पसन्द हो तो बात आगे बढ़ाएँ।

परमजीत ने फोटो देखी। केबिनेट साइज की गत्ते पर मढ़ी हुई फोटो थी जिसके चारों तरफ हरे रंग का कंगूरा बना हुआ था। तस्वीर से साफ पता लगता था कि लड़की को परिस्थिति और फोटो की वजह का पता है क्योंकि उसके चेहरे पर बड़ा सचेत खिंचाव था। जाहिर था, उससे साड़ी सँभल नहीं रही थी, शायद उसने पहली बार ही पहनी थी। पल्ले को पिन के सहारे कन्धे पर पुराने फैशन से जमा दिया गया था। परमजीत को हँसी आ गई। लगता था, वह अपनी बड़ी बहन का ब्लाउज पहने है। फोटोग्राफर ने उसका एक हाथ पास रखी मेज पर टिके फूलदान पर रखवा दिया था जो इतनी अजीब तरह से तना हुआ था जैसे फूलदान में बिजली का करेंट हो।

आम लड़कियों-सी लड़की थी, काली आँखों और भरे होंठों वाली। तस्वीर में बदन गुदगुदा और गोरा होने की सम्भावना छुपी थी। परमजीत को तस्वीर खासी मनोरंजक लगी। इसे तो बहुत कुछ सिखाना होगा, उसने सोचा। बम्बई में एक भी लड़की ऐसी नहीं थी। पर अब बम्बई की सजी सम्भ्रान्त लड़कियाँ देखकर उसे दहशत होती जैसे कपड़ों के पार वे कोई भयंकर भेद छुपाए हैं। ये लड़कियाँ उसे नामुमकिन सी लगती थीं जब कि उसे पता था वे उसकी पहुँच में हैं। यह फोटो परमजीत को एक सीधी-सादी लड़की की लगी जिसकी आँखों में बाहर की दुनिया का कोई अहसास नहीं था। पहले वह सोचा करता था कि शादी होने के बाद वह और संजीवनी जैसे एक अलग द्वीप पर चले जाएँगे। पर अब उसे शादी सारे घर से जुड़ी हुई जिम्मेदारी लगी थी। अब जब वह अपने घर के बारे में सोचता उसके सामने एक सुनियमित, सुनिश्चित, सुचारू रूप से चलनेवाली, लक्स साबुन और पौंड्स पाउडर इस्तेमाल करनेवाली गृहस्थी आती जिसमें गुजारे लायक सुन्दर बीवी, दो-एक बच्चे और एक छोटी मोटरकार होती। वह महसूस करता कि उसका घर उसके माँ-बाप को अपना घर लगे, उसकी पत्नी उनके माँ-बाप को समझ सके, न सही समझ कम से कम उनका लिहाज तो करे। फोटो को परमजीत पोर्टफोलियो में एक तरफ लापरवाही से फेंककर फाइलों में जुट गया। बीच-बीच में उसने कई महत्त्वपूर्ण फोन निपटाए। फिर उसने शिन्दे को कॉन्टैक्ट किया। उसे उसने अगले दो हफ्तों के काम समझाए और उसने पिछले क्लायण्ट्स की रिपोर्ट ली।

शिन्दे ने कहा वह उसे एक आश्चर्य देना चाहता है।

परमजीत ने कहा वह अनुमान लगा सकता है कि उसने गैस की एजेंसी ले ली होगी। शिन्दे का सपना था कि किसी तरह एक लाख रुपया जमा कर वह गैस की एजेंसी ले ले जिसमें उसे कुछ न करना हो और उसके कर्मचारी गैस ले जाकर उसे रुपए लाकर देते रहें। उसका कहना था वर्कशॉप का काम नाशुक्र काम है। सभी ग्राहकों को किड़किड़ करने की आदत होती है। उसका कहना था गैस एक ऐसी जरूरत है जिसके लिए ग्राहक हमेशा विनम्र ही रहेगा।

शिन्दे ने कहा उसके आश्चर्य में इससे अधिक रस है, उसने शादी कर ली है। शनिवार को वह दोस्तों को पार्टी दे रहा है, एम्बेसडर में। उसे जरूर-जरूर आना है। वह खुद उसके दफ्तर आने वाला था पर उसे फुर्सत नहीं मिल सकी।

परमजीत शाम को जल्दी घर चला गया। केकी की तबीयत ठीक नहीं थी। सुबह भी जब वह चला था केकी अपने बिस्तर में लिपटी पड़ी थी, गरम पानी की बोतलें लिये। कुछ दिन पहले उसने आटो ब्लड के इंजेक्शन लिये थे जो कूल्हों पर सूजकर गाँठ बन गए थे। उसे बुखार भी था।

घर पहुँचकर परमजीत ने बेहराम से कहा कि वह चाय केकी के कमरे में पिएगा। केकी लेटे हुए पढ़ रही थी।

परमजीत ने उसकी तबीयत के बारे में पूछा। उसने कहा उसे दफ्तर में भी खयाल आया था पर फोन न होने के कारण पूछ नहीं सका।

केकी को यकीन नहीं आया, "यह नामुमकिन है कि तुम मेरे लिए इतना महसूस करो। आखिर इसकी कोई वजह नहीं है। मकान मालकिन के सिवा मैं तुम्हारी क्या लगती हूँ। तुम यहाँ रहते और खाते हो तो मैं पैसे लेती हूँ। तुम तो सोचते होगे मैं एक स्वार्थी और कमीनी औरत हूँ।"

"आप ऐसी बातें अपने बारे में न कीजिए, मुझे तकलीफ होती है। डॉक्टर आया था क्या?"

"हाँ, पर उसका कहना है कि गाँठों की वजह से बुखार नहीं है। उसे शक है कि खून में इन्फेक्शन पहुँच गया है।"

"यह तो बहुत संगीन बात है। उसने आपको फौरन अस्पताल में भर्ती होने की सलाह नहीं दी?"

"दी थी पर मैंने कहा वह यहीं सारे टेस्ट ले ले। एक्स-रे के लिए टैक्सी से चली गई थी। मैं अस्पताल में मरना नहीं चाहती। वहाँ वे लाश भी किसी के हवाले नहीं करते, पड़ी-पड़ी हफ्तों सड़ती है। फिर मेरी लाश में इंटरेस्टेड भी कौन होगा जब कोई अभी ही मुझमें नहीं है।"

परमजीत ने कहा, "आप बातों की आखिरी हद मत सोचा कीजिए। मामूली बुखार है जल्द ही ठीक हो जाएगा। इन्फेक्शन का तो डॉक्टर को अन्देशा ही है।"

केकी ने पास पड़ी तिपाई से उठाकर उसे लिफाफा पकड़ाया। उसमें खून की रिपोर्ट थी। ल्युकेमिया का बहुत हल्का दौरा था।

"आपको बहुत एहतियात से रहना होगा। जरा भी हिलना-डुलना नहीं। कहें तो मैं कुछ छुट्टी ले लूँ?" परमजीत बोला।

"नहीं, इसकी बिल्कुल जरूरत नहीं। फिर नौकर हैं ही।"

"पर आप अस्पताल क्यों नहीं चली जातीं? आखिर अड़चन क्या है?"

केकी चिढ़ गई, "तुम अस्पताल को पता नहीं क्या समझते हो! मैं यहाँ के एक-एक अस्पताल की धाँधली जानती हूँ, मरीज की कितनी परवाह की जाती है यह भी मालूम है। जो यहाँ का सबसे अच्छा अस्पताल है उसमें एक बार ऑपरेशन के दौरान एक मरीज के पेट में छोटी कैंची छूट गई, तीसरे दिन भयंकर दर्द और जहर से उसकी मौत हो गई। दूसरा अस्पताल जो तुम्हारे दफ्तर के पास है, वहाँ की चीफ मेट्रन इतनी खराब है कि तंग आकर पिछले महीने ही एक नर्स ने छत से कूदकर आत्महत्या कर ली। और वह सरकारी अस्पताल तो इनसे भी बढ़कर है। वहाँ सुपरिंटेंडेंट से लेकर चपरासी तक को रिश्वत दो तब तो जाकर बिस्तर मिले,

फिर जो दवाइयाँ वे खिलाते हैं उनमें इतनी मिलावट होती है कि कुछ और बीमारियाँ भी साथ-साथ शुरू हो जाती हैं।''

''पर आपको इलाज तो कराना ही चाहिए। यहाँ रहकर आपको तकलीफ ही होगी।''

''नहीं, मैं अफोर्ड नहीं कर सकती। डोंट मेक मी फील मिजरेबल।''

''ठीक है, मैं अफोर्ड करूँगा। आपको अस्पताल चले जाना चाहिए। मैं जाकर एम्बुलेंस को फोन कर आता हूँ।''

परमजीत ने केकी को अस्पताल में भर्ती कर दिया। प्राइवेट वार्ड में डबल सीटेड कमरा था, निचली मंजिल पर।

केकी डरी हुई लग रही थी।

परमजीत ने कहा, ''आप चाहें तो रात को मैं रह सकता हूँ वैसे तैयबजी हैं ही।''

केकी ने सिर हिला दिया। वह अचानक थका हुआ महसूस करने लगी।

उसको छोड़कर जाते हुए परमजीत को उस पर अचानक बड़ी करुणा उमड़ आई। वह लाल कम्बल से ढकी हुई बड़ी असहाय और अकेली लग रही थी।

''सुबह आऊँगा।'' कहकर चला आया।

घर आकर भी उसे ऐसा महसूस होता रहा जैसे उसकी माँ बीमार है। उसे खुद केकी के अकेलेपन से दहशत हो रही थी। इस बीच बेहराम ने उसका कमरा सँभालकर बन्द कर दिया था। उसने उसके कुछ कपड़े निकालकर रख दिए जो अस्पताल ले जाने थे।

परमजीत से खाना नहीं खाया गया। पर जब उसने देखा बेहराम भी मुँह बनाए बैठा है और कुत्ते भी सुस्त से बरामदे में पड़े हैं तो वह झुँझला गया, ''यह क्या मनहूसियत फैला रखी है घर में? बिजली जलाओ, रेडियो चलाओ। मामूली सी बीमारी है ठीक हो जाएगी। जब वह यहाँ होती हैं तो उन्हें सताते हो, कोई कहना नहीं मानता, अब मुँह लटका रहे हो। हम इतने सारे लोग घर में क्या एक अकेली केकी को खुश नहीं रख सकते?''

बेहराम बोला, ''मैं तो उन्हें खुश रखने में ही लगा रहता हूँ। तैयबजी नया है न, वह समझने में भूल करता है। मैं तब से यहाँ हूँ जब केकी मेमसाहब पैदा हुए थे। अब ये बड़े हो गए हैं तो गुस्से होते हैं। नहीं तो ये मेरे बच्चे के माफिक हैं।''

''क्या शुरू से ये ऐसे ही रही हैं?''

''नहीं साहब, पहले केकी साहब बहुत हँसती थीं। इसी बम्बई में उनके कितने दोस्त थे। कितनी पार्टियाँ होती थीं। घर और बाहर। पर बड़े साहब ने इनको कभी पसन्द नहीं किया। बड़े साहब बहुत शक्की और गुस्से वाले थे। उनका पहले अपना बिजनेस था। बस उनके दिमाग में जम गया कि जिस दिन से केकी साहब पैदा हुई उनका बिजनेस मन्दा जाने लगा। इनको मुँह पर मनहूस कह देते थे। माँ समझाती

तो उस पर बकने लगते। गुस्से में कुर्सी, प्लेट, चौकी कुछ भी फेंककर मारते। कॉलेज में केकी साहब सिर्फ एक मर्तबे फेल हो गए तो उन्होंने उन्हें आगे नहीं पढ़ाया। माँ बेचारी अच्छी थीं तो पहले मर गईं। बड़े साहब अभी पाँच-छह साल हुए तो मरे हैं। उन्होंने ही केकी साहब को सता-सता कर ऐसे बना दिया।''

''और वे चुपचाप बर्दाश्त कर गईं?''

''उनको पढ़ाया नहीं साहब, वह किधर जातीं? अन्दर ही अन्दर कुढ़ती थीं। फिर उनको दौरे आने लगे। कितने ही साल केकी साहब बीमार रहीं। सारी जवानी ऐसे ही निकल गई। जब तक हम जिन्दा हैं निभाएँगे। हमारा भी अब क्या भरोसा? पचास के ऊपर चार साल हो गए, थोड़ी ही बाकी है।''

परमजीत ने कहा, ''पर केकी तो कहती थी उसकी माँ डॉमिनेटिंग थी।''

''केकी साहब को पता नहीं क्यों मेमसाहब से चिढ़ थी। वे जो कहतीं केकी साहब उसका ठीक उल्टा करतीं। मेम साहब बोलतीं बाहर नहीं जाना तो केकी साहब सारा दिन भटकतीं। मेम साहब बोलतीं रात में नहीं नहाना तो केकी साहब रात में ही नहातीं। जब मेम साहब की लड़ाई होती तो केकी साहब सिर्फ मेम साहब को सताने के लिए साहब की तरफ बोलतीं।''

परमजीत ने कहा केकी इस बार घर आएगी तब उसका कमरा किताबों और फूलों से सजाकर वह उसे चकित कर देगा।

''पता नहीं, आप उनके साथ इतने अच्छे से कैसे रह रहे हैं साब, नहीं तो मेरे और तैयबजी के अलावा वे तो किसी से बात करना पसन्द नहीं करतीं। आप से पहले एक लड़की रहती थी यहाँ पर, मिस वेंकटेश। दो महीने में ही केकी साहब इतनी तंग आ गईं कि उसे नोटिस दे दिया। उस लड़की ने एक दिन इन्हें पागल कह दिया। अगर हम लोग न बचाते तो केकी साहब उस दिन उसे पीट डालतीं। वह काम करती थी किसी दफ्तर में। केकी साहब सारा दिन शिकायत करतीं, 'वह लड़की समझती है मैं नालायक हूँ, घर में बैठी रहती हूँ।' जब ये बोलतीं तो वह कान बन्द कर लेती। फिर इनको और चिढ़ आती कि ये क्या फिजूल बक रही हैं। एक दिन नहीं बनी उसके साथ। एक दिन मिस वेंकटेश के साथ उसके ऑफिस का कोई आदमी आ गया। जितनी देर वह बैठक में बैठा रहा, उतनी देर तो किसी तरह केकी बुड़बुड़ाती रहीं पर उसके जाते ही इन्होंने जो बातें कहीं, मिस वेंकटेश रो गई। ये तो पुलिस को फोन करनेवाली थीं, हमने रोका। हम तो सोचते थे आप आधा हफ्ता भी नहीं रह सकेंगे।''

परमजीत ने कहा, ''वह यहाँ बहुत आराम से है और उसे केकी का स्वभाव वाकई पसन्द है।''

''हमें भी पसन्द है साहब, पर लोग आजकल मीठी बात पसन्द करते हैं। केकी साहब, जो दिल में होता है वही कह देती हैं, कभी दो बात नहीं करतीं।''

अगले दिन परमजीत दो बार अस्पताल गया। केकी डर और फिक्र के मारे कमजोर हो गई थी। उसने शिकायत की कि वह रात भर सो नहीं पाई। डॉक्टर ने एंटीबायटिक इलाज शुरू कर दिया था और वे निरन्तर खून जाँच रहे थे।

''केकी ने कहा रात उसके कमरे के सामने से एक लाश गुजरी थी, उसे बहुत डर लगा। फिर उसने शिकायत की कि तैयबजी उसके बाहर जानेवाले कपड़े ले आया है। वह इतनी अच्छी फ्रॉक पहनकर कैसे लेट सकती है। तैयबजी समझता है यह फैशन सेंटर है।''

परमजीत ने कहा, ''वह शाम को घर पहुँचते ही दूसरे कपड़े भिजवा देगा।''

शाम को वह शिन्दे की पार्टी में चला गया। एम्बेसडर की निचली मंजिल पर कमरा नम्बर दो सौ ग्यारह में शिन्दे ने अपने दोस्तों को आमंत्रित किया हुआ था। जब परमजीत पहुँचा अधिकांश मेहमान आ चुके थे। कुछ एक लोग उसके परिचित थे। वालिया और विजया के अलावा वहाँ प्रेम आर्य भी था। परमजीत को अपना वहाँ बुश्शर्ट में पहुँच जाना अचानक अजीब लगा क्योंकि सभी सूट पहने थे, ज्यादातर आयातित। वह सबसे पहले शिन्दे के पास गया मुबारकबाद देने। शिन्दे ग्लेज्ड टेरिलेन के सूट में सज रहा था। शिन्दे की पत्नी उस समय उसके पास नहीं खड़ी थी। शिन्दे ने इशारा करके बताया कि वह एक और आदमी के पास खड़ी बातचीत कर रही है। गहरे नीले रंग की अत्याधुनिक बाटिक साड़ी और बटे हुए बालों में वह हाल की विवाहित नहीं लग रही थी, यह बात परमजीत को अच्छी लगी। उसने दिल्ली में अपनी जाति में देखा था औरतें साल-साल भर चूड़ा नहीं उतारती थीं और मैके व ससुराल दोनों जगह से मिले गहने सारे समय पहने रहतीं।

उसने कहा, ''यह दूसरी मुबारकबाद तुम्हारी पसन्द पर शिन्दे।''

शिन्दे सगर्व हँसा।

माला शिन्दे ने बहुत सावधानी से मेकअप किया हुआ था जो मेकअप से अधिक त्वचा की ही एक और परत लग रहा था।

परमजीत ने पूछा कि शिन्दे क्या हनीमून पर नहीं गया?

''हनीमून के लिए बम्बई से बढ़कर और क्या जगह हो सकती है?'' शिन्दे बोला।

तभी वेटर ने उनके आगे ड्रिंक्स किए।

अपना गिलास थाम कर परमजीत वालिया के बगल में चला गया।

वालिया बातों में मशगूल था। उसने परमजीत का परिचय दूसरे व्यक्ति से कराया। नव फिल्मों में तेजी से उभरता हुआ संगीतकार था वीरेन्द्र। कुछ देर की ही बातों से परमजीत समझ गया कि वालिया बिजनेस कर रहा है। वह संगीतकार को अपनी गिरफ्त में कस रहा था। उसका इरादा था अपनी अगली विज्ञापन फिल्म का संगीत वह मुफ्त तैयार करवा ले।

तभी विजया ने परमजीत को पास बुलाया। विजया के पास एक और लड़की बैठी थी, चुस्त काली फ्रॉक में। पता चला वह उषा रिझवानी थी, ओके एडवरटाइजिंग में एकाउंट्स एक्जीक्यूटिव। वे लोग कुछ बातचीत कर रहे थे जिसमें बार-बार डी.पी. का जिक्र आ रहा था। विजया ने उससे पूछा कि वह कई दिनों से घर क्यों नहीं आया?

परमजीत ने कहा उसके न आने की कोई वजह नहीं है उसी तरह जिस तरह उसके आने की वजह नहीं होती।

उषा रिझवानी जो कुछ देर उसकी तरफ उदासीन थी, यह पता चलते ही कि वह कम्फर्ट रेफ्रिजरेशन में है, सक्रिय हो गई। उसने कहा वह विश्वास में उससे कुछ बातें करना चाहेगी।

इतने छोटे परिचय में कोई भी विश्वस्त बात कैसे पैदा हो सकती है, सोचते हुए परमजीत बैठा रहा। कुछ देर इधर-उधर की बातों में उषा रिझवानी ने हर कोण से अपनी मुस्कुराहट दिखाकर पूछा कि कम्फर्ट का प्रचार विभाग किसके पास है। विजया तब तक किसी और के साथ व्यस्त हो गई थी। परमजीत ने कहा कि वालिया एडवरटाइजिंग उसका यह काम बखूबी सँभाल रही है।

उषा रिझवानी की रुचि कुछ कम हो गई। कुछ देर बैठ वह, एक्सक्यूज मी, कहकर उठ गई।

ड्रिंक्स के कई दौर चल चुके थे। कुछ लोगों ने तेज पी ली थी और इसलिए वे अब खाना चाह रहे थे। वेटर्स ने वह छोटा-सा स्क्रीन हटा दिया जो कमरे में खूबसूरती से लगा हुआ था। उसके पीछे खाना सजा था।

अपनी प्लेट में खाना लेते समय परमजीत प्रेम आर्य से टकरा गया।

"हैलो, हाउ आर यू?" परमजीत ने अभिवादन किया।

"टचवुड, बाय द ग्रेस ऑफ गॉड आय एम फाइन।"

"क्या खबर है और?"

"बस बहुत बिजी हूँ, सीजन चल रहा है।"

इसके पहले कि वह घोड़ों की तरफ रुख करे परमजीत ने बात मोड़ दी, "शिन्दे ने शिकार अच्छा किया है।"

"वेरी फाइन, और वह भी सिर्फ ढाई घंटे में। उस दिन मेरी कार खराब हो गई। मुझे मजबूरन गाड़ी से जाना पड़ा। शिन्दे बात करते-करते स्टेशन तक आ गया। माला घर जा रही थी उसी गाड़ी से। बस यह तो उसे देखते ही फौरन गाड़ी में सवार हो गया। मेरी तो फिक्र भी नहीं की पट्ठे ने। अपना सारा जोर लड़की पर लगा दिया। फिर यार सेकंड ईयर में पढ़नेवाली लड़की के लिए जोर भी आखिर कितना लगाना पड़ता है!"

"तो यह शॉर्ट एंड स्वीट रोमांस रहा।"

"रोमांस तो शॉर्ट एंड स्वीट ही होना चाहिए। शिंदे तो इसमें यकीन करता है कि अगले को सोचने का मौका ही न दो।"

परमजीत को झुरझुरी-सी महसूस हुई। अगर उसने संजीवनी से जल्दबाजी में शादी कर ली होती तो बाद में वह उस धक्के को कैसे बर्दाश्त करता।

शिन्दे बार-बार गर्व से अपनी बीवी की ओर देख रहा था। वे दोनों एक-दूसरे के लिए इस तरह उपयुक्त लग रहे थे जैसे विल्ज फिल्टर के चित्र 'मेड फॉर ईच अदर' में नजर आते जोड़े।

वालिया इस समय किसी और को फाँस रहा था। परमजीत को लगा वालिया की सफलता का राज यही है कि वह जब चाहे औपचारिक या अनौपचारिक हो सकता है।

विजया सभी से कुछ-कुछ देर बातें कर चुकी थी।

लोग क्या बातें कर रहे थे किसी को नहीं पता था। पर सब बोल रहे थे और ऐसा जता रहे थे जैसे सभी व्यस्त हैं।

तभी प्रेम आर्य के पास एक लम्बा, खूबसूरत गंजा आदमी आकर खड़ा हो गया। इस समय जब सबके हाथों में खाने की प्लेटें थीं, वह अभी भी ड्रिंक कर रहा था। गंजा आदमी भी खूबसूरत लग सकता है, यह परमजीत ने आज ही देखा। प्रेम आर्य ने परिचय कराया, "एक्स प्रोड्यूसर, एक्स डायरेक्टर, एक्स एक्टर एंड एक्स प्रिन्स जसबीर सिंह।"

जसबीर के चेहरे पर शराब की धूमिलता थी। उसी धुन्ध में से मुस्कुराते हुए उसने हाथ बढ़ाया। परमजीत के परिचय पर बोला, "ओ, वाट ए कम्फर्ट टू मीट यू।" फिर वह उमर खैयाम की एक रुबाई सुनाने लगा।

"बोर मत कर यार," प्रेम आर्य बोला, "बता क्या कहता है तेरा कैलकुलेशन!" फिर वह परमजीत से बोला, "इसने हर घोड़े का रजिस्टर खोला हुआ है, लाइब्रेरी बनाई हुई है, जन्मपत्रियाँ बनाई हुई हैं। मेरे चार अपने घोड़े हैं। रेस के, फिर भी कभी डायरी भी नहीं रखी। यह हमेशा हारता है पर कैलकुलेशन से बाज नहीं आता। सारा दिन दिमाग और घोड़े का इक्वेशन बैठाता रहता है, इसी चक्कर में गंजा हो गया है। जिस दिन मेरे नम्बर पर लगाता है उस दिन मुझे भी हरा देता है। मैं कहता हूँ, अगर यह रेस में जाना नहीं छोड़ेगा तो किसी दिन घोड़े दौड़ना छोड़ देंगे।"

"साले, मैं हारता हूँ तो तू जीतता है," जसबीर फिल्मी अन्दाज में बोला।

तभी वालिया उन लोगों के बीच आ गया। वह कहीं से सफल होकर आ रहा था क्योंकि अब वह फिर स्वाभाविक हो गया था।

उसने विजेता की तरह सबकी ओर देखा और कहा, "सत सिरी अकाल!" यह वालिया की विशेषता थी कि जैसे ही वह बोलता लोग बेकाबू हँस पड़ते। वह

तेज बातें नहीं करता था फिर भी तेज लगता। उसकी सारी चाल-ढाल अतिरिक्त सजग और बातचीत अतिरिक्त जोशीली थी।

इस समय कॉफी की अन्तिम किस्त चल रही थी। अपना प्याला लिये विजया उन लोगों की तरफ आई। वालिया ने उसे एक बाँह से कसते हुए कहा, "जानेमन, किधर गई थी मेरी डार्लिंग, तेरे बिना मेरा दिल नहीं लगता डार्लिंग! तू कहाँ मैं यहाँ, तू जहाँ मैं वहाँ," और उसने ऐसा हाव बनाया जैसे वह उसे चूमने ही वाला हो।

विजया ने गिगल करते हुए मुँह उछटा लिया।

जसबीर कॉफी नहीं पी रहा था। खाने के बाद, फौरन बाद, उसने फिर नीट रम पीनी शुरू कर दी थी। उसने विजया की तरफ देखते हुए कहा, "सैक्शुअली स्पीकिंग, तुम दुनिया की सबसे हसीन लड़की हो।"

विजया विनोद से हँसी। उसने जसबीर को बाँह से घसीटकर काउच पर एक भद्दी-सी अधेड़ औरत के पास बैठा दिया जिस पर कोई ध्यान नहीं दे रहा था। जसबीर उसी धुँधलेपन से मुस्कराया, "सैक्शुअली स्पीकिंग, तुम दुनिया की सबसे हसीन लड़की हो।"

औरत घबरा गई और घबराहट ही घबराहट में रॉकेट की तेजी से अपने पति के पास भागी जो उषा रिझवानी का जूठा प्याला उठाए मेज की तरफ चला जा रहा था।

परमजीत का मन उचट रहा था। उसे यह एक अजनबी और ऊपरी दुनिया लगी, गत्ते भरे आदमी और रुई भरी औरतें। वह शिन्दे और माला को शुक्रिया कहकर और दोस्तों से विदा लेकर निकल आया।

इस समय रात के बारह बज चुके थे। दिन भर व्यस्त रहनेवाले दफ्तर बन्द थे, खिड़कियों समेत। इमारतें निठल्ली लग रही थीं। स्टेशन पर बारह पैंतीस की धीमी गाड़ी थी। जब गाड़ी आई परमजीत ने देखा फर्स्टक्लास में कोई यात्री नहीं चढ़ा। वह सुरक्षा के खयाल से थर्ड में चला गया। डिब्बा पूरा भर गया था, बल्कि कुछ लोग खड़े भी थे। इस समय ज्यादा तादाद दूधवालों की थी जो शहर में दूध पहुँचाकर लौट रहे थे। जैसे ही गाड़ी चली डिब्बे में कुछ लोगों ने मँजीरे निकालकर कीर्तन शुरू कर दिया। कुछ लोग ताश खेलने लगे। परमजीत के पास बैठा एक आदमी हिसाब मिला रहा था। बहुत कम लोग ऊँघ रहे थे। जगह खाली होने पर परमजीत खिड़की के पास सरक गया। गाड़ी सड़क के समानान्तर, सड़क के इतनी करीब थी कि लग रहा था वह किसी भी समय खिसककर सड़क पर चलने लगेगी। सिनेमाघरों से लोग सेकंड शो से छूटने के बाद आखिरी बसों का इन्तजार कर रहे थे। इतनी भीड़ के बावजूद परमजीत ने अपने को भयानक रूप से अकेला पाया।

उसे अब अकेलेपन से तकलीफ होने लगी थी। वह परिचितों, दोस्तों की भीड़ में बैठे-बैठे अकेला हो जाता। उस समय उसे लगता कोई ऐसा व्यक्ति पास हो जिसे वह बाँह से थाम बताए उसे कौन-सी बात अभी पिछले क्षण अच्छी या बुरी लगी। आजकल हल्की ठंड पड़ रही थी, दिल्ली की तरह ठिठुराने वाली नहीं, गुलाबी, जिसमें लिहाफ की जगह बदन की गरमी भर से काम चल जाए। ठंड के दिनों में उसे अपना कमरा और बिस्तर और भी अधूरा लगता था।

सुबह पोर्टफोलियो तैयार करते समय उसकी नजर फिर फोटो पर पड़ी और उसके मुँह से निकल गया, "आप अभी तक खड़ी हैं!"

एक बार फिर फूलदान पर लड़की का रखा हुआ हाथ देख वह हँस दिया। लड़की की तन्दुरुस्ती में हल्की पशुता थी जो परमजीत को उत्तेजित करने लगी।

उस दिन दफ्तर में फुरसत के छोटे वक्फे में उसने घर खत लिखा कि जो माँ-बाप ठीक समझें कर दें, उसे कुछ नहीं कहना है। जो फोटो भेजी गई है, बुरी नहीं है पर वह यह सब नहीं समझता है। उसे उन पर भरोसा है। बस वे ये देख लें कि बाद में उन्हें कोई शिकायत न हो। बहन की शादी भी तभी होनी है। उसकी जिम्मेदारी उतारने में वह पूरी मदद करेगा। उसे अपने से ज्यादा बिम्मा की फिक्र है। अगर माँ-बाप चाहें तो उसकी शादी टाल दें पर वह यह भी चाहता है कि कोई घर सँभालनेवाली आ जाए तो वह माँ को यहीं बुला ले। छोटे भाइयों के लिए मास्टर लगा दें, इस साल उन्हें पास हो जाना चाहिए।

जाहिर था कि परमजीत के माँ-बाप इस गोल-मोल चिट्ठी का आशय समझ गए। जल्दी ही उसके बाप का जवाब आया कि रमा के घर वालों ने कहा है कि उन्हें इस बात का घमंड है कि उनकी लड़की का रिश्ता एक अफसर से होने जा रहा है। उनकी सात पीढ़ियाँ मोटर वर्कशॉप के काम में हाथ काले करती रही हैं। वे चार हजार नगद देंगे और पन्द्रह तोले सोना। उसकी माँ पहाड़गंज जाकर लड़की देख आई है। उसे लड़की पसन्द है। वह कह आई है कि वे लोग दो सौ आदमियों की बरात लाएँगे और दावत में देशी घी ही लगाना पड़ेगा, दो सूट लड़के के और एक सूट बाप का तो जरूर ही होगा। वे लोग सारी शर्तें मान गए हैं, आखिर उन्हें बेटी ब्याहनी है। शादी की बाबत उसके ऐसे खयाल देखकर उसकी माँ को बहुत खुशी हुई है। मुहल्ले में उसकी नाक ऊँची हो गई। उसके पड़ोसियों ने कहा कि उसका बेटा बम्बई से सिंधन ले आएगा। इन्हीं सर्दियों में वे ब्याह तय कर लेंगे। बिम्मा की ससुराल वाले भी जल्दी कर रहे हैं। वह अपने लिए मकान का इन्तजाम कर ले नहीं तो बाद में तकलीफ होगी।

खत पढ़कर परमजीत को काफी देर तक अच्छा लगता रहा। व्यवस्थित जिन्दगी के बारे में सोचते समय उसे बीवी, बच्चे, घर और नौकरी जैसी चीजें जरूरी लगतीं। केकी के मकान में उसे घर वाला अहसास नहीं आता था हालाँकि वहाँ रसोई में

से सुबह–शाम प्रेशर कुकर की आवाज भी आती थी। केकी को भी शायद वह घर नहीं लगता था। इसीलिए जब वह अस्पताल से लौटी तो अपना कमरा सजा हुआ देखकर भी खुश नहीं हुई। बल्कि उसने परमजीत से कहा, ''तुमने तो इतने फूल सजा दिए हैं जैसे मेरा शव यहाँ रखा जाना हो।''

परमजीत सुस्त हो गया। उसने कहा, ''मेरा खयाल था इतनी तरह के फूल कमरे में पाकर आप खुश हो जाएँगी।''

उसने फूल की दुकानों पर जाकर बड़े ध्यान से फूल छाँटे थे और उनके लिए काफी पैसे भी दिए थे। न सिर्फ वह केकी को खुश करना चाहता था, वह यह भी चाहता था कि केकी उसे इसी मकान का एक हिस्सा गृहस्थी बसाने के लिए दे दे। फूलों को देखकर भी उदास रहा जा सकता है, यह परमजीत ने नहीं सोचा था। केकी अस्पताल से कमजोर होकर आई थी हालाँकि उसका बदन वैसा ही फूला हुआ था। उसे खाँसी हो गई थी और थोड़ी–थोड़ी देर में वह तब तक खाँसती रहती जब तक कोई न कोई उसके कमरे में न आ जाता। वह ब्रैंडी और विस्की को अपने कमरे में बुलवाती और खाँसी आने पर उन्हें एक निढाल इशारे से चले जाने को कह देती। डॉक्टर ने उसे रिलैप्स से सावधान रहने को कहा था पर ऐसे नहीं कि वह घर भर को बैठने न दे। बल्कि वह यह आशा करती थी कि दफ्तर से आकर परमजीत उसके पास ही बैठा रहे। ऐसी ही एक बैठक के दौरान परमजीत ने उसे अपनी शादी के बारे में बताया। दरअसल वह धीमे से मकान की जरूरत के बारे में बात शुरू करना चाहता था।

केकी आदतन उत्तेजित हो गई, ''किससे शादी कर रहे हो? जरूर तुम्हारे ऑफिस की टाइपिस्ट होगी या तुम्हारे दोस्त की बहन। तुम्हें बुरा तो लगेगा पर टाइपिस्ट अच्छी लड़कियाँ नहीं होतीं। तुम जल्दबाजी में हाँ मत कर डालना। बम्बई में ऐसे चकमे देना लड़कियों के लिए आम बात होती है। ऐसी लड़कियाँ हर साल शादी करती हैं।''

परमजीत ने कहा वह किसी टाइपिस्ट या दोस्त की बहन से शादी नहीं कर रहा है, उसने तो अभी अपनी होनेवाली बीवी देखी भी नहीं है।

''फिर तुम शादी कैसे कर सकते हो? मुझे तुम्हारी मूर्खता पर यकीन नहीं हो रहा है। क्या तुम उन दकियानूस, भोंदू लड़कों में से हो जिनकी चाची रिश्ता तय करती है, मौसी लड़की देख लेती है और बाप सगाई कर देता है?''

उसने कहा, ''वह ऐसे ही लड़कों में से है।''

तजुर्बे से उसने पाया था कि केकी का विरोध करना विस्फोट को बुलावा देना है।

केकी ने कहा, ''तब मुझे कुछ नहीं कहना है। पर मान लो लड़की बहरी, लँगड़ी या अनपढ़ हो तो?''

परमजीत ने कहा, "फोटो में मुझे इन तीनों चीजों की गुंजाइश नजर नहीं आई।"

"कहाँ है फोटो, लेट मी सी।"

परमजीत अपने कमरे से फोटो ले आया।

केकी ने लेटे-लेटे फोटो देखा। वह देर तक देखती रही। फिर उसने बगल में रखा टेबल लैम्प जलाकर पड़ताल शुरू कर दी।

"क्या करती है, पढ़ती है या नौकरी?"

"कुछ नहीं।"

"अरे बाप रे, यह अपना वक्त कैसे बिताती होगी! तुम्हें बुरा तो लगेगा पर मैं बता दूँ लड़की खास स्मार्ट नहीं है, समझदार भी नहीं लगती।"

परमजीत ने कहा इस सबकी जिम्मेदारी उसने माँ-बाप पर छोड़ी है। फिर वह उसे बदल भी सकता है।

"तुम सोचते हो बदलना आसान होता है। देख लेना, थोड़े ही दिनों में तुम उस जैसे हो जाओगे, डल और डफर।"

हालाँकि परमजीत रमा को अभी बिल्कुल नहीं जानता था उसे यह सुनना अच्छा नहीं लगा। उसने कहा आनेवाले कल को लेकर वह इतना चिन्तित नहीं होना चाहता।

"शादी के सवाल पर लड़के अभी मूर्खता ही दिखाते हैं।" केकी ने कहा और खाँसने लगी।

परमजीत ने उसे एक और लाजेंज चूसने के लिए दी।

केकी ने कहा वह यह बात साफ कर देना चाहती है कि परमजीत को दूसरा मकान देख लेना चाहिए। उसे भीड़ पसन्द नहीं है, खासतौर से तब जब वह इतनी गम्भीर बीमारी से गुजरी है। फिर अगर जल्दी ही बच्चा हो गया तो उसका जीना दूभर हो जाएगा। उसके दिल के लिए शोर और भीड़ दोनों खतरनाक हैं।

परमजीत को गुस्सा आया पर वह बर्दाश्त कर गया। यह औरत इतनी व्यावहारिक हो सकती थी जबकि वह उसके लिए पिछले दिनों सुबह-शाम अस्पताल के चक्कर लगाता रहा, उसकी कितनी ही दवाइयाँ वह खुद लाता रहा बिना एक बार भी पैसों का जिक्र किए। कम से कम वह यह तो कह सकती थी कि वे फिलहाल कुछ समय के लिए यहाँ रह ले।

अब उसके रोज के सिलसिले में अखबार में 'जगह मिलती है' वाला कॉलम देखना भी जुड़ गया। वह पेंसिल से निशान लगाकर उन जगहों पर फोन

करता। इस बीच वह कई जगह गया भी। सान्ताक्रुज में वह मकान देखने गया तो पता चला कि किराया इसलिए ज्यादा है क्योंकि वहाँ से स्टेशन और बस स्टॉप दोनों करीब हैं और समुद्र का रास्ता भी दस ही मिनटों का। मकान मालिक की आवाज में ऐसा अहसास था जैसे मकान के साथ-साथ ये तीनों चीजें भी उसी ने बनवाई हों।

माहिम में भी उसने दो-चार मकान देखे। पर उसे कोई सन्तोषजनक नहीं लगा। लगता था, दलाल के पास अन्तहीन फेहरिस्त थी। वह रोज मुस्तैदी से उसे फोन करके समय तय कर लेता और फिर मकान देखने का सिलसिला शुरू हो जाता। खार में एक मकान उसे पसन्द आया पर मालिक से पूछने पर कि रसोई कहाँ है जवाब मिला रसोई नहीं है। रसोई होने पर लोग खाना पकाते हैं और घर गन्दा हो जाता है, उसका कहना था। एक और फ्लैट ऐसा था जिसमें पाखाने का रास्ता रसोई में से होकर था। पश्चिम बम्बई के मकान पूर्व की तरफ वाले मकानों से महँगे थे, उस तरफ बसावट बढ़ी हुई थी, इसलिए। गरज यह कि कोई मकान इसलिए महँगा था कि वहाँ खुली हवा आती थी और कोई इसलिए कि उसमें पानी चौबीस घंटे आता था तो कोई इसलिए कि सामने पब्लिक पार्क था। परमजीत रोज ही हिम्मत हार जाता पर दलाल दिलेर था, वह कहता, "कोई बाधा नहीं, अपुन और देखेगा।"

जो मकान परमजीत को पसन्द आए उनमें पगड़ी या डिपॉजिट देना आवश्यक था। पर वह इतने दिनों में दो हजार से ज्यादा नहीं जोड़ पाया था। आखिर में उसे शीव में तीसरी मंजिल पर सिन्धी कॉलोनी में डेढ़ कमरे का मकान मिल गया। पसन्द उसे खास नहीं था पर दो सौ रुपए में इससे ज्यादा जगह इस शहर में नहीं मिल सकती थी। मकान में लिफ्ट नहीं थी, लम्बे-लम्बे जीने थे। इस मकान के विज्ञापन में लिखा था 'फर्निश्ड फ्लैट'। इस पर जाकर परमजीत ने पाया कमरे में सिर्फ एक पलंग पड़ा था और वह भी शायद इसलिए कि मकान मालकिन के खुद अपने कमरे में तीन बच्चों को सुलाने के बाद जगह नहीं बचती थी। दलाल ने उससे कहा कि वह फौरन पेशगी किराया और तीन महीने का डिपॉजिट देकर मकान पर कब्जा कर ले, इससे अच्छा मकान उसे कहीं नहीं मिलेगा। चार सौ रुपए दलाली, छह सौ रुपए डिपॉजिट और बीसवीं तारीख को पूरे महीने का पेशगी किराया देकर जब परमजीत बाहर आया तो उसे शादी कराने का पहला स्वाद पता चला।

यह बात उसके दिमाग में बहुत देर में घुसी थी कि उसके माँ-बाप पहले उसकी शादी और बाद में बिम्मा की करना चाहते हैं। उसने तो बार-बार एक आदर्श बड़े भाई की तरह कहा कि उसे कोई जल्दी नहीं है। पर आखिर एक दिन

उसकी शादी हो ही गई जिसमें वही मैकूलाल का बैंड बजा जो वह बचपन से हर शादी में देखता आया था और गली की औरतों ने वही गाने गाए जो उसने हर शादी में सुने थे। शादी, आम शादियों की तरह ठीक-ठीक हो गई। लड़की के घर जाकर परमजीत के बाप ने सबसे पहले थूक लगा-लगाकर दो बार चार हजार के नोट गिन लिये जो उसे नकद मिले थे। उसकी माँ ने लड़की के जेवरों को आँखों ही आँखों में तोल लिया कि वे पन्द्रह तोले से ज्यादा ही के हैं, कम नहीं। लड़की वालों ने एक कमरे में दिखाने के लिए वे सब चीजें सजाई थीं जो उन्होंने दी थीं, सिलाई मशीन, रेडियो, पंखा, लैमनसेट, हारमोनियम से लेकर नाडागेरनी तक। सामान में लड़की के लिए कई भड़कीली साड़ियाँ और चमकदार सलवार सूट थे जिन्हें देखकर परमजीत को लगा कि जाते ही उसे रमा के लिए कुछ कपड़े खरीदने पड़ेंगे। परमजीत के बाप ने जल्दी से सजी हुई चीजों की फेहरिस्त बना ली जिससे कोई चीज अगर छूट जाए तो वापस मँगाई जा सके। पर वास्तव में सबसे ज्यादा महत्त्व था परमजीत की माँ का जिसके दुपट्टे में रुपयों का एक ढेर जमा हो गया था और जिसकी पूछ कदम-कदम पर हुई। छोटे भाइयों ने खुशी और लालच में ज्यादा काजू-किशमिश खा लिये और लगातार खाँसते रहे। फेरों के समय हवन से उठते धुएँ से रमा को जुकाम हो गया और रूमाल गीला हो जाने के बाद वह दुपट्टे से नाक पोंछती रही। सभी दूल्हों की तरह परमजीत ने भी फेरे लेते समय अपनी दुल्हन का हाथ मसल दिया। उसके छोटे भाई ब्याह की रस्म के समय ऊँघने लगे थे, सिर्फ बिम्मा आँखों में अजीब चमक लिये सब देखती रही। परमजीत के बाप ने एक ग्राहक की कार अगले दिन माँग ली। चाँदनी-चौक के एक फूलवाले ने आठ रुपए में उसे गेंदे के फूलों से सजा दिया। रमा के घरवाले और रमा विदा के समय दिल खोलकर रोए और फिर फैला काजल और लाल आँखें लिये रमा शक्तिनगर चली आई।

रमा के घर वालों ने चैन की साँस ली। उसकी माँ थोड़ी देर सुबकने के बाद लौटाने वाले बर्तन गिनने लगी। उसकी बड़ी बहन कृष्णा ने दरियाँ उठा-उठाकर झाड़ी और फिर धोबी के लिए मैले कपड़े समेटने लगी। अब रिश्तेदार फालतू सामान की तरह नजर आ रहे थे। थोड़ी ही देर बाद शामियाना उतारनेवाला आ गया था और उसी के साथ हिसाब की अगली किस्त शुरू हो गई। दोनों बड़े भाइयों के मुँह सूजे हुए थे क्योंकि उनके अन्दाज से ज्यादा खर्च हो गया था। पर बाप का कहना था, ''ले गई जो लेना था, अब जो है घर का है।''

रमा का घर पहाड़गंज के उस इलाके में था जहाँ कमरों से बड़ा आँगन होता है। इसी घर में वह पैदा हुई थी और यहीं आँगन में बैठ उसने साल-दर-साल माँ

के साथ कटहल-गोभी का अचार डाला था। इसी मकान में उसके भाइयों के ब्याह हुए थे और उसने और कृष्णा ने अब तक लुक-छिपकर भाई-भाभियों की चुम्मा-चिकोटी देखी थी। दोनों बहनों में मुश्किल से दो साल का फर्क था और लगभग एक ही साथ उन्हें मुँहासे निकलने शुरू हुए थे। कृष्णा का दिमाग पढ़ने में उतना भी नहीं चला था जितना रमा का। लिहाजा अब से दो साल पहले जब माँ-बाप को पता चला कि कृष्णा लकड़ी की टाल वाले सरदार अर्जुनसिंह के पास कभी स्कूल के बहाने और कभी सहेली के बहाने जाती है उन्होंने उसे स्कूल से उठाकर, अम्बाले का एक क्लर्क लड़का ढूँढ़ उसकी जल्दी से शादी कर डाली। शादी के तीसरे दिन पैर फेरने की रस्म के साथ कृष्णा घर आते ही बेहोश हो गई और उसकी माँ ने मुस्कुराकर बहू से कहा, पहली बार दहशत हो ही जाती है। पर कृष्णा पीली पड़ती गई थी। उसे पहले दिन कोई दहशत नहीं हुई बल्कि उसने दहशत अपने पति के मुँह पर देखी थी। जब बड़ी देर तक भी पति ने बिजली नहीं बुझाई, उसने अपने बाल खोलकर उसके सीने पर बिछा दिए। पर किशोरीलाल वैसे ही लेटा रहा था, उसके जोड़े से खेलता हुआ। बाद में वह झींगुर की तरह नाक बजाता हुआ सो गया। कृष्णा रात भर रोती रही थी और माँ-बाप को कोसती, जिन्होंने जल्दबाजी में यह बोदा उसके दुपट्टे से बाँध दिया था। जल्दी ही ससुराल में उसे हिस्टीरिया हो गया था और अब अपना ज्यादा समय वह मैके में ही बिताती। पैरों में जुराब और खड़ाऊँ पहने, सलवार कमीज के ऊपर शॉल ओढ़े वह पड़ोस के एक मकान से दूसरे मकान में चक्कर लगाती रहती। वह घर का सारा काम सँभालती। रसोई के काम में वह इतनी कुशल हो गई कि एक ही बैठक में सेरों मट्ठियाँ बना डालती। वह रमा से कहती कि जब तक किशोरीलाल हकीम मस्ताना मल मलंग से इलाज नहीं करवाएगा वह उसके पास नहीं जाएगी। वह अधिकतर भाभियों से माँ के लिए लड़ती रहती और इसलिए माँ की चहेती थी। अगर भाई कभी दबाव डालते कि वह अम्बाले जाए तो कृष्णा बेपर्दा कहती, ''भेज दो न अपनी बीवी को, क्यों मेरी जान के पीछे पड़े हो।'' रमा के दोनों भाई बेफिक्र थे, उनका धन्धा अच्छा था। बीवियाँ स्वस्थ और उपजाऊ। उनके बाप ने एक पक्का मकान बनवाकर किराए पर चढ़ा दिया था। करोलबाग की खास सड़क पर उनकी दुकान पड़ती थी। वे सन्तोष से चिकने होते गए थे।

कृष्णा सुबह-शाम दूध लेने के लिए चौधरानी के यहाँ जाती थी। पहले अक्सर वह मुँह-अँधेरे लोटा चौधरानी के यहाँ रखकर चुपके से पीछे वाले रास्ते से टाल में चली जाती जहाँ अर्जुन सिंह निगरानी के खयाल से रात को होता था। चौधरानी अपने ग्राहकों को बताती कि कृष्णा घर का कितना काम करती है, दोनों बहुएँ तो पैर फैलाए दिन चढ़े तक सोती हैं, कृष्णा दूध लाते-लाते तक भी जाकर आँगन-बरामदा धो आती है। पर कृष्णा जब दूध लेकर वापस जाती तो उसकी आँखों में

इतनी नींद और नशा छाया होता कि वह फिर से घंटे-आध-घंटे के लिए सो जाती। लेकिन यह सिलसिला एक दिन अचानक खत्म हो गया जब मुहल्ले की दूसरी औरतों से कृष्णा को पता चला कि अर्जुन सिंह की सगाई तो कब की हो चुकी है, अब तो ब्याह भी जल्दी ही होने वाला है। तब से अर्जुन सिंह कृष्णा के लिए मुआ, खसमखाणा और फिट्‌टे-मुँह हो गया।

पर रमा के बाप को इन छोटी-छोटी बातों की खबर नहीं होती थी, उसे सन्तोष था वह दोनों लड़कियों के हाथ पीले कर चुका और उसके तीन-तीन पोते आँगन में कंचे खेलते हैं।

घर में मौसी, चाची, बुआ जैसे कई रिश्तेदार अभी टिके हुए थे इसलिए तेल चुआने की रस्म के एकदम बाद परमजीत की माँ को फिक्र हो गई कि नई बहू कहाँ सोएगी। उसने रिश्तेदारों के लिए बरामदे में चारपाइयाँ बिछा दीं और वे लोग एक-एक हाथ का पंखा उठाए बिस्तरों पर चले गए। चार दिन बाद ही बिम्मा का ब्याह था इसलिए उसे अन्दर माँ-बाप और भाइयों के बीच सोना था। दूसरे कमरे में माँ और बिम्मा शादी में आया बड़ा पलंग घसीटकर ले आईं और उस पर नया बिस्तर बिछा दिया। बिम्मा ने भाभी को कपड़े बदलने को कहा। रमा ने लगभग उतना ही चमकीला एक और सलवार-कमीज पहन लिया, ऊपर से गोटे वाला दुपट्‌टा। परमजीत बहुत देर तक कान लगाए सुनता रहा था कि सब लोग सो गए या नहीं। तभी वह कमरे में गया।

कमरा बेतरतीब पड़ा था। जहाँ-तहाँ जल्दी में मेहमानों के घसीटे हुए ट्रंक और उतारे हुए कपड़े पड़े थे। खूँटियों पर तौलिए, कमीजें और दुपट्‌टे लटके हुए थे। इन सबके बीच कोरे पलंग पर कोरा बिस्तर असंगत लग रहा था और बन्द खिड़की की तरफ मुँह करके बैठी रमा, एक चमकीला ढेर। पर परमजीत को सब कुछ अच्छा लगा था। उसने ऐसी ही शादी की कल्पना की थी, भीड़-भड़के और तामझाम के बीच। उसका मन हुआ रमा को बाँहों से उठाकर पलंग के बीचोबीच डाल दे पर उसके स्वास्थ्य और शर्म को देख वह टाल गया। उसके पास जाकर वह बोला, "क्या सोच रही हो?"

रमा कलीरे और चूड़ियाँ बजाती चौंककर उठ खड़ी हुई और घबराहट में उसकी पलकें जल्दी-जल्दी उठी-गिरीं। परमजीत को उसकी यह मुद्रा आकर्षक लगी, बड़ी-बड़ी आँखों में काजल के डोरे, गोरा रंग और आरामदेह जिस्म। शायद उसे दुपट्‌टे का गोटा चुभ रहा था क्योंकि वह बार-बार गर्दन के पीछे हाथ ले जा रही थी। परमजीत ने उसके लिबास को ऊपर से नीचे तक देखकर पूछा, "ऐसे ही सोना है?" तो वह शरमा गई और जिधर परमजीत बैठा था उससे बिल्कुल विपरीत

दिशा में देखने लगी। धीरे-धीरे, बहुत अनुरोधों के बाद परमजीत ने उसका ऑरकेस्ट्रा उतारना शुरू किया था और इस बीच उसके चेहरे का भय और जकड़ उसे और भी उत्तेजित करता गया था। उन दोनों की आवाजें दबती गईं और वे सिर्फ शरीर बन गए थे।

सुबह उठकर परमजीत को बहुत अच्छा लगा था। उसकी बीवी कुँआरी थी और सीधी-सादी कुँआरी लड़कियों की तरह उसने रात काफी तकलीफ बर्दाश्त की थी। अब वह बाकायदा बहुओं की तरह रसोई में बैठी चाय बना रही थी। सारे छोटे भाई और बिम्बा उसके चारों ओर सिपाहियों की तरह खड़े थे और बार-बार उसे 'भरजाईजी' कह रहे थे।

परमजीत की माँ को फुर्सत नहीं थी। वह दहेज में आए सामान से एक और दहेज तैयार करने में लगी थी। उसने सिलाई मशीन, पंखा, रेडियो और टी सेट एकदम अलग रख दिए थे और बर्तनों की बाल्टी भी। उसे सिर्फ यह अफसोस था कि वे लोग कपड़े रखने की अलमारी देने में कंजूसी कर गए। पर उसने बिम्बा की फेहरिस्त में से भी इसे काट दिया था। सभी मेहमान उठ गए थे, उन्होंने अपनी-अपनी चारपाइयाँ आँगन की दीवार से टिकाकर रख दीं। वे सभी 'नू' को कौतुक से देख रहे थे। परमजीत को आश्चर्य था कि सबने इतनी जल्दी रिश्ते व सम्बोधन कैसे ढूँढ़ निकाले। उसे अपने पर भी आश्चर्य था। उसने नहीं सोचा था कि वह यों, रमा को हाथ लगाते ही उसे प्यार करने लग जाएगा। उसे लगा था उसे अच्छी बीवी मिल गई है और उसका जीवन अब खूबसूरत हो उठा है। उसे अपना बदन एकदम हल्का लग रहा था जैसे रातोरात ही मनों बोझ उसने उतार फेंका हो।

बिम्मा की शादी ठीक से हो गई और अब फिर से चीजें पटरी पर आ गईं। उसकी माँ के लिए सारी उत्तेजना समाप्त हो गई थी और छोटे भाई सुस्ती से स्कूल के लिए तैयार हो गए। उसकी अपनी छुट्टियाँ खत्म होने लगी थीं और वह चाह रहा था किसी मुनासिब समय वह जाने की बात कह दे।

परमजीत की माँ को रमा से घरेलू शिकायतें होनी शुरू हो गई थीं और रमा की आँखों का झुकाव भी अब धीरे-धीरे उठने लगा था। इसलिए जब परमजीत ने जाने का प्रस्ताव रखा तो घर में खास प्रतिक्रिया नहीं हुई, बस माँ ने जल्दी-जल्दी रास्ते के लिए सेरों मट्ठियाँ बना डालीं।

यह बात उन्हें बम्बई जाकर ही पता चली कि रमा ने गर्भवती होने में जरा भी देर नहीं लगाई। परमजीत इस परिणाम पर चकित और परेशान हो गया। उसके खयाल में अभी तो रमा ने ठीक से शरीर और सहवास का अर्थ समझा भी नहीं था। उसने सोचा था बम्बई जाकर वह खुद विवाह पर कुछ अच्छी किताबें पढ़ेगा

और रमा को पढ़कर सुनाएगा। उसने चाहा था वे चौपाटी की रेत में दौड़ेंगे और एक ही नारियल का जूठा पानी एक-दूसरे को पिलाएँगे। वह अभी इसके लिए तैयार नहीं था कि उसकी बीवी मितली रोकने के लिए इलायचियाँ चबाती रहे और वह इतने थोड़े समय में पति और पिता दोनों बन जाए। फिर उनकी मकान मालकिन ने भी इस खबर का स्वागत नहीं किया था। जितनी बार रमा उल्टी करने वॉश वेसिन की तरफ भागती, मकान मालकिन उसे त्योरी चढ़ाकर घूरती। उसके अपने बच्चे थे जिनमें एक जवान लड़की भी शामिल थी। वह लड़की शायद नौकरी करती थी क्योंकि वह अक्सर घर के नीचे बस की लम्बी क्यू में खड़ी नजर आती और शाम को माँ उसकी खातिर ऐसे करती जैसे उसने घर लौटकर अहसान किया हो।

मकान में पहला झगड़ा तब हुआ था जब मकान मालकिन की लड़की पोपटी ने आकर उससे कहा, "आपकी वाइफ बाथरूम में हमारा सारा पानी खलास कर देती हैं।" उन लोगों का रसोई और गुसलखाना कॉमन था।

उसकी माँ ने पीछे-पीछे आते हुए कहा था, "वरी अपनी-अपनी चीज वापरो, पानी को मैं ताला कैसे लगाएँगी।"

रमा का कहना था वह उसकी रसोई से नमक और घी चुरा लेते हैं और एक दिन स्टोव का तेल भी उलट लिया था।

परमजीत घबरा गया। यह विशुद्ध औरतों वाली लड़ाई थी जो कहीं तक भी फैल सकती थी। उसने रमा से कहा, "डार्लिंग, छोटी-छोटी बातों को नजरअन्दाज करना सीखो। तुम पड़ोस में ज्यादा दोस्ती ही न बढ़ाओ। अखबार पढ़ा करो और अगर तब भी वक्त बचे तो अपनी सास के लिए स्वेटर बुन दो।"

तभी परमजीत को पता चला था कि रमा के मन में उसकी माँ के लिए कितना विरोध है।

उसने कहा, "क्यों, पहले क्या कम दिया है जो अब और दूँ! मेरी माँ ने महीनों लगाकर दहेज तैयार की थी, पचासों चक्कर करोल बाग के लगाए थे, तुम्हारी माँ ने एक हाथ से सब कुछ उठाकर बेटी को थमा दिया। वह तो मैंने उतारे होते तो गहनों के एक-दो सेट भी दे डालतीं। मैं कुछ नहीं बुनने वाली।"

परमजीत को यह सब अच्छा नहीं लगा था पर बहस टालने के खयाल से उसने हँसते हुए समझाया कि रमा को गलतफहमी हो गई होगी, माँ तो उससे बड़ी खुश हैं कि उनके घर इतनी सुन्दर बहू आई है और माँ का स्वभाव तो इतना सीधा है कि वे हरेक को बहुत प्यार करती हैं।

रमा ने अविश्वास से मुँह बिचका दिया, "इतना ही प्यार है तो पड़ोस में उन्होंने वकीलनी के घर जाकर क्यों कहा कि मैं उनकी चाय में चीनी कम और पत्ती ज्यादा डालती हूँ।"

परमजीत निरुत्तर रह गया था और उसने उसकी गुदकारी बाँह पर चुटकी काट कर विषयान्तर ला दिया।

पहली बार जब परमजीत ने रमा को चर्चगेट पर बुलाया वह अपना सर्वश्रेष्ठ सलवार सूट पहनकर आ गई। उसके दुपट्टे में चारों तरफ सुनहरी किरणें लगी थीं और कमीज पर भारी जरी का काम हुआ था। उसे देख परमजीत संकोच से ठिठुर गया। उसकी समझ में नहीं आया कि वह रमा को कहाँ छुपा दे। उसकी नजर घूमती गुजरती हर लड़की पर पड़ी थी, वहाँ कोई भी रमा जैसी नहीं थी। रमा ने गुलाबी कपड़ों पर चटख लाल लिपस्टिक लगाई थी और आँखों के अन्दर-बाहर ढेर-सा सुरमा। परमजीत ने अपने मिजाज को भरसक ठंडा रखते हुए कहा, ''चलो, तुम्हें एक गुलाबी लिपस्टिक खरीद दूँ।''

रमा ने उसकी तरफ ऐसे देखा जैसे वह कुछ समझता ही नहीं, ''लिपस्टिक तो लाल ही होती है।''

परमजीत को उसकी मूर्खता और सादगी पर हँसी आ गई। उसने लाड़ से पूछा कि वह क्या खाएगी।

''चाट,'' रमा ने उत्तर दिया।

परमजीत परेशानी में पड़ गया। उसने सोचा था वह उसे बैरीज में ले जाएगा और वे देर तक वहाँ उँगलियों में उँगलियाँ फँसाए ऐसे बैठे रहेंगे जैसे नवविवाहित लोगों को शुरू में बैठना चाहिए। पर अब रमा का लिबास और उसकी इच्छा देखते हुए यह नामुमकिन लग रहा था। फिर उसे हमदर्दी हुई, आखिर उसकी बीवी गर्भवती थी और उसे ही उसकी इच्छाओं का ध्यान रखना था। वे लोग चौपाटी चले गए और वहाँ उन्होंने पानीपूरी खाई थी। पर पैसे देने के वक्त रमा का चाट वाले से झगड़ा हो गया, ''एक गोलगप्पे का दस पैसा! क्या बेवकूफ समझ रखा है! हमने क्या पहली बार गोलगप्पे खाए हैं!!''

चाटवाला शेखी से बोला, ''लगता है, बम्बई में तो पहली बार ही खाए हैं!''

परमजीत ने किसी तरह पैसे दिए थे और 'खसमानुखाए' कहती हुई रमा को जबरदस्ती वहाँ से खींचकर लाया था, बिना समुद्र की ओर एक नजर भी डाले। रमा ने रेल में वापसी में उसे सख्त ताकीद दी थी कि आइन्दा वह बिना दाम तय किए कोई चीज न खिलाए, उसे घर लुटाना और बेवकूफ बनना पसन्द नहीं। परमजीत ने कहना चाहा था कि वह इतनी तनखाह तो पाता ही है कि अपनी पत्नी को बेफिक्र हो तफरीह करा सके पर उसे महसूस हुआ था कि रमा को समझाना उसके बूते की बात नहीं। घर आकर रमा ने जल्दी से रसोई में जाकर स्टोव छूकर देखा कि उसकी गैरमौजूदगी में कहीं इस्तेमाल तो नहीं किया गया। फिर उसने मिट्टी के तेल की बोतल, मसालों की शीशियाँ और घी के मर्तबान का निरीक्षण करने के बाद कमरे में आकर कपड़े बदले।

परमजीत ने काफी होशियारी से रमा से यह बात कही थी कि वह साड़ी में सलवार से ज्यादा खूबसूरत लगती है। उसने यकीन कर लिया था और अब अधिकतर साड़ियाँ पहनने लगी थी, रेशमी। कमरे में आने पर वह साड़ी उतारकर पेटीकोट-ब्लाउज में काम करती रहती। शुरू-शुरू में परमजीत को यह लिबास पसन्द आया था पर जैसे-जैसे रमा का पेट बढ़ता गया पेटीकोट के नाड़े वाली जगह चिरती गई थी और इसका ध्यान परमजीत को रखना पड़ता था कि वह ऐसी धजा में बालकनी पर खड़े होकर केले वाले को आवाज न दे। रमा ने भी औरों की देखादेखी प्लास्टिक की टोकरी में लम्बी रस्सी बाँध ली थी और तीसरी मंजिल में विस्तृत मोलभाव के बाद वह टोकरी नीचे लटकाकर खरीद-फरोख्त करती। पर उसने कभी सब्जी वाले पर इतना विश्वास नहीं किया कि वह पहले पैसे भेजकर उसी खेप में चीज भी ले ले। इसीलिए उसे हर काम में देर लगती थी। गुसलखाने में से वह अपनी सारी चीजें नहाने के बाद उठा लाती, यहाँ तक कि झाँवाँ भी। उसके कान ज्यादातर आहट लेते रहते। कभी-कभी जब परमजीत उसके पास होता वह बिस्तर से उछलकर कहती, "रुको, मुझे लगता है किसी ने दूध का बर्तन उखाड़ा है।" वह अचानक उग्र हो जाती और परमजीत के लिए यह पता लगाना मुश्किल था कि ऐसा क्षण कौन-सा है। उसके स्वभाव के ये पहलू उसे धीरे-धीरे ही पता चले और परमजीत ने कई बार सोचा था कि अगर वह उसे बदल नहीं पाता तो मुश्किल हो जाएगी।

शुरू में वह अपनी माँ को चिट्ठियाँ लिखती थी, सभी लगभग एक सी, मेरी तबीयत ठीक नहीं है, चक्कर बहुत आते हैं। यहाँ महँगाई ज्यादा है। मकान मालकिन लड़ाकी है। मेरे लिए मेथी और पुदीना सुखाकर रखना। मैं सर्दियों में आऊँगी। तुम ज्यादा काम न करना। भाभियाँ तुम्हें तंग तो नहीं करतीं। कृष्णा को कहना आठ-दस झबले सिल दे।"

"तुम्हारी माँ को पढ़ना आता है?" परमजीत ने पूछा था।

"नहीं, भाभी सुना देती है।"

"भाभी बुरा नहीं मानेंगी? तुम्हें ऐसा नहीं लिखना चाहिए।"

"मैं फिक्र नहीं करती, ऐसे ही ठीक रहती हैं भाभियाँ।" रमा कहती।

कभी उसकी माँ लिख देती कि उसे सुबह उठकर बादाम खाने चाहिए तो रमा बादाम के लिए मचल उठती। उस दिन वे लोग शीव का सारा बाजार बादाम का भाव पूछने में नाप डालते पर रमा को बादाम महँगे लगते और वह बादाम खाने का इरादा छोड़ घर आकर पराँठे बनाने में जुट जाती।

वैसे भी कीमतों का असर रमा के मूड पर बहुत होता। जिस दिन टमाटर का भाव गिर जाता वह सारा दिन प्रसन्न घूमती और काफी देर तक टमाटरों की बात करती रहती। अक्सर उसका वार्तालाप ऐसे ही किसी विषय पर होता। बाल बनाते समय वह कहती, "यह कंघी मैंने फगवाड़े से ली थी, आठ रुपए दर्जन के हिसाब

से, अभी तक चल रही है।'' या ''क्यों जी, यहाँ वह दिल्ली जैसी दो-दो रुपए वाली चप्पलें नहीं मिलतीं ?''

परमजीत ने उसे कई बार समझाया कि वह छोटी-छोटी बातों की फिक्र न किया करे, वह इतना कमाता है तो उसी के लिए।

इस बात की रमा पर मूड के अनुसार अलग-अलग प्रतिक्रिया होती। अगर वह अच्छे मूड में होती तो कहती, ''मर्द का काम है कमाना, औरत का काम है बचाना।'' और अगर वह उग्र मन:स्थिति में होती तो, ''क्या कमाते हो! दो सौ तो सिर सड़ी पोपटी की माँ ही ले लेती है, जान निकल जाती है जब नए-नए नोटों का जत्था उसे पकड़ाती हूँ, सौ तुम घर भेज देते हो। आजकल छह सौ में क्या होता है! और तुम्हारी सिगरेट है कि कम की जगह ज्यादा होती जा रही है। खामखाह पैसों का धुआँ उड़ाना। मेरी माँ कहती थी सिगरेट कलेजा जलाकर रख देती है।''

परमजीत को बुरा लगता। अब वह सिर्फ सौ रुपए घर भेज रहा था जबकि पहले वह आधी तनखा ही भेज डालता था। जैसे-जैसे उसका बाप बूढ़ा हो रहा था उसे घर के प्रति जिम्मेदारी महसूस होती थी। उसने कभी इस तरह हिसाब नहीं लगाया था। उसे कभी भी नहीं लगा था कि उसका और उसके बाप का घर अलग-अलग द्वीप हैं। इस बात से परमजीत बहुत दिनों तक बचता रहा पर आखिर उसे इस बात को स्वीकार करना ही पड़ा कि रमा उसे पुर्जा बनाने में लगी हुई है। इतनी ढर्रे वाली जिन्दगी की उसने कल्पना भी नहीं की थी। उसने सोचा था उसकी बीवी सीधी-सादी लड़की होगी जिसे वह जैसा चाहेगा ढाल देगा। पर रमा कंजूस, जिद्दी, बेलिहाज और करख्त होने के साथ-साथ गैरसंवेदनशील भी थी। इसलिए उसे कोई फर्क नहीं पड़ता कि उसकी बातें परमजीत की आँखों में कैसे जख्म छोड़ जाती हैं।

अपने स्वास्थ्य के कारण वह परमजीत से भी भारी और बड़ी लगती थी। खासतौर पर इतनी जल्दी गर्भवती होने से वह कुछ ही महीनों में औरत लगने लगी थी। फिर भी परमजीत को संजीवनी को खो देने का अफसोस नहीं था। इतनी बड़ी भूल माफ करना उसके स्वभाव में नहीं था। पर उसे यह संकोच जरूर होता था कि अगर कभी अचानक संजीवनी रमा को देखेगी तो वह उसके बारे में क्या सोचेगी। वैसे वे लोग ज्यादा घूमते नहीं थे। रमा को मितली बराबर आती थी और फिर वह खर्च से परेशान हो जाती। उसने पाउडर के एक डिब्बे में छेद करके चवन्नियाँ बचाना शुरू कर दी थीं। फुर्सत के समय उन्हें गिनकर वह खुश हो जाती।

पर परमजीत को जिन्दगी से कुछ तसल्लियाँ भी थीं। शादी के बाद वह दफ्तर में ज्यादा कॉन्सेंट्रेट कर सका था और उसे दोनों वक्त अच्छा खाना मिल जाता। अब हर वक्त की बेवजह बेचैनी नहीं रहती थी, नहीं तो पहले लगता था जैसे वह अपने

अन्दर कहीं आग की पोटली छुपाए घूम रहा है। अब यह भी नहीं लगता था कि शाम को कहीं जाए क्योंकि घर बखूबी जाया जा सकता था।

दोस्त लोग पीछे पड़े थे कि न उसने पार्टी दी, न बीवी से मिलाया। वालिया ने आदतन उसे डिनर पर बुलाया भी पर वह टाल गया। वह चाहता था कि पहले वह सभी दोस्तों को खाने पर एक बार बुला ले पर उसे शर्म इस बात की थी कि रमा आते ही गर्भवती हो गई थी और उसका कपड़े पहनने और चलने-फिरने का ढंग ऐसा था जिससे यह स्थिति उजागर ज्यादा ढकी कम रहती। दोस्तों ने उसका हमेशा खयाल रखा था, इसलिए उसका मन था, वह उन्हें दिल खोलकर दावत दे।

उसने रमा से कहा कि वह कुछ दोस्तों को पार्टी देना चाहता है!

''टी पार्टी?'' रमा ने पूछा।

''एक तरह से। मेरा मतलब है कुछ ड्रिंक्स और खाना।''

रमा समझी नहीं पर उसे शक हुआ, ''ड्रिंक-ड्रुंक शराब को कहते हैं न! मेरे घर में ऐसी चीज नहीं आएगी कहे देती हूँ। मुझे क्या पता था तुम्हें ऐसे शौक हैं। मेरी माँ तो शादी के लिए कभी हाँ न करती। अगर तुमने ऐसी हरकत की तो मैं दिल्ली चली जाऊँगी।''

परमजीत ने हँसकर टालना चाहा, ''तुम्हारे दिमाग में फिल्मों के शराबी सीन होंगे, हम लोग तो बहुत थोड़ी लेंगे, न हो तो तुम भी चख लेना।''

''मेरे साथ बाजारू बातें मत करो,'' रमा ने गुस्से से कहा, ''रोटी देनी हो तो बुला लो, घर में बन जाएगी। शराब-शुरूब कहीं फेमिली पीपल में चलती है!''

अंग्रेजी के कई ऐसे ही उच्चारण वाले शब्द रमा को आते थे जो उसने पंजाब का एफ.ए. करने तक सीख लिये थे। उसकी स्कूल की पढ़ाई बेतरतीब रही थी। जितनी बार उसकी माँ बीमार पड़ती या भाभी के बच्चा होता उतनी बार उसे घर बैठा लिया जाता। उसका कहना था सिर्फ अंग्रेजी की वजह से उसे दो बार मैट्रिक देना पड़ा। पहली बार 'एक्सीडेंट ऑन रोड' पर निबन्ध आ गया जबकि उसने 'रेनी डे' तैयार कर रखा था।

बड़ी मुश्किल से परमजीत ने रमा को इस बात के लिए तैयार किया कि पार्टी वे लोग घर की बजाय रेस्तराँ में दें। उसने कहा, ''डार्लिंग, तुम्हें मेहनत कितनी पड़ जाएगी! मैं नहीं चाहता मेरी रम्मी काम करे।''

रमा खुश हो गई, ''मैं शादी वाला जोड़ा पहन लूँगी।''

परमजीत को फिर अपना सारा कौशल लगाना पड़ा था यह समझाने में कि वह साड़ी में कितनी खूबसूरत लगती है, लोग उसे देखते ही रह जाएँगे वगैरह-वगैरह।

परमजीत ने मेहमानों की फेहरिस्त बनाई, वालिया, विजया, शिन्दे, मिसेज शिन्दे, प्रेम आर्य, जसबीर, अहमद, दफ्तर का स्टाफ और केकी अंक्लेसरिया। उन

सबको निमंत्रण पत्र भेज दिया और फोन किया पर केकी को बुलाने वह रमा के साथ स्वयं गया।

उसने रमा से केकी की उपस्थिति में कहा, ''इन्होंने शादी से पहले मेरा बहुत अच्छी तरह से ध्यान रखा, महसूस ही नहीं होने दिया कि मैं घर से दूर हूँ।''

वे लोग बड़े हॉल में बैठे थे जहाँ पुराने ढंग के बड़े काउच पड़े थे। केकी ड्रेसिंग गाउन में ही आ गई थी और परमजीत के बराबर काउच पर बैठ गई।

उसने उन दोनों को मुबारकबाद दी और कहा, ''मुबारकबाद तो दोतरफा हो गई है अब।''

परमजीत हँसा, ''अब आपकी तबीयत कैसी है?''

''मैं अब कभी ठीक नहीं होऊँगी। जिन दिनों तुमने अस्पताल में रखा था कुछ ठीक हुई थी पर अब फिर बीमार रहती हूँ। समुद्र तक भी घूमने जाती हूँ तो दिल बुरी तरह धड़कने लगता है। लगता है, किसी दिन बैठे-बैठे ही साँस रुक जाएगी।''

''नहीं, आप ऐसे मत सोचिए, मैंने पहले भी कितनी बार आपसे कहा है। आप अपना ध्यान भी तो नहीं रखतीं। आधी ताकत ब्रैंडी और विस्की को सँभालने में लगा देती हैं फिर रात को देर तक पढ़ती हैं।'' परमजीत केकी की तरफ हमदर्द आँखों से देख रहा था कि उसने इतने दिनों बाद केकी की खोज-खबर ली है, इस बात का उसे गिल्ट था और वह इस समय केकी को खुश देखना चाह रहा था।

रमा बैठी-बैठी चिढ़ रही थी। उसकी नजर में परमजीत को ऐसे चोंचले नहीं करने चाहिए थे।

वह अलग काउच पर सामने बैठी थी, अब वह उठी और उसी काउच पर जहाँ केकी और परमजीत बैठे थे, दोनों के बीच में आकर बैठ गई।

यह एक नई स्थिति थी। इतने भौंड़ेपन की कल्पना परमजीत ने नहीं की थी। केकी का चेहरा उसकी नजर से ढक गया था। वह उठा और अलग पड़ी कुर्सी पर बैठ गया।

रमा केकी की तरफ देखकर बोली, ''तुम्हारी शादी नहीं हुई?''

केकी अचानक औपचारिक हो गई। उसने ठंडे लहजे में कहा, ''नहीं।''

परमजीत ने बात काटने की गरज से केकी से कहा, ''आपको सीढ़ियाँ चढ़ने में तकलीफ न हो इसलिए हमने नीलम में गार्डन पार्टी रखी है।''

''सो गुड ऑफ यू। मैं सोचती थी तुम मेरा अस्तित्व भी भूल चुके होगे।'' फिर उसने रमा को देखा और परमजीत से कहा, ''तुम्हारी बीवी सुन्दर है।''

परमजीत को अच्छा लगा कि केकी शालीन होने की कोशिश कर रही है।

रमा ने कहा, ''पार्टी देर में खत्म हुई तो ये अकेली कैसे आएँगी?''

परमजीत ने उसकी ओर चिढ़कर देखा फिर बोला, ''केकी, आप इस बात की फिक्र न करें, मैं आपको घर तक छोड़ने का जिम्मा लेता हूँ।''

केकी ने कहा, "अगर वह उस दिन तक जिन्दा रही तो जरूर आएगी।"

तब तक तैयबजी कॉफी ले आया था। परमजीत को देखकर वह कानों तक मुस्कराने लगा, "साब मोटे हो गए हैं।"

परमजीत ने दस का एक नोट निकालकर उसे दिया, "तुम और बेहराम बाँट लेना।"

रमा ने कहा, "वह कॉफी नहीं पीती, उससे उसे तम्बाकू की बू आती है।"

केकी परेशान हो गई, "अरे, और चाय की पत्ती रखना मैंने बन्द कर दिया है। चाय स्टिम्युलेट करती है, इसलिए मेरे लिए नुकसानदायक है। मैं आपके लिए नींबूपानी बनवा दूँ?"

"हाँ," रमा ने कहा।

जब वे लोग वहाँ से निकलकर बस में चढ़े रमा का मूड काफी खराब था। उसने छूटते ही पूछा, "इस औरत की शादी क्यों नहीं हुई?"

परमजीत बोला, "इस बात का जितना अफसोस तुम्हें है उतना मुझे भी है।"

"अरे पारसिन है! इन लोगों में शादी होनी ही मुश्किल है। अलग-अलग आदमियों में खाती-पीती हैं इसलिए इतनी जल्दी बूढ़ी हो जाती हैं।"

"जिन बातों का तुम्हें पता नहीं उनके बारे में बका न करो!" परमजीत ने कहा। उसका धैर्य खत्म हो रहा था।

"तुमसे अस्पताल-अस्पताल क्या कह रही थी? इसने तुझे रखा था या तुम इसे रख रहे थे? क्यों गई थी यह अस्पताल?" रमा तेजी से बोली।

परमजीत को लगा बस के सभी लोग उन्हें देख रहे हैं। उसने कहा, "बेवकूफ बातों का जवाब मैं नहीं देता।"

"कैसे नखरे कर रही थी तबीयत ठीक नहीं है, दिल धड़कता है! पारसिन कहीं की!"

परमजीत की इच्छा हुई रमा को झँझोड़कर गिरा दे। उसने कहा, "उसका नाम केकी है। मुझसे कम से कम आठ साल बड़ी है उम्र में। तुम्हें इतनी भद्दी तरह से बीच में आकर बैठने से पहले सोच लेना चाहिए था कि मुझे यह पसन्द है या नहीं।"

"तुम्हें नहीं सोचना चाहिए मुझे क्या पसन्द है?" रमा ने तमककर कहा।

इसी पार्टी के दौरान उनकी कई झड़पें हुईं। पार्टी की शाम भी परमजीत को इस बात पर गुस्सा आता रहा कि रमा साड़ी में भी इतनी मोटी क्यों लग रही है और उसने पाउडर पसीने के ऊपर क्यों लगा लिया है। उस दिन बाकी महिलाएँ ध्यान से तैयार होकर आई थीं। यहाँ तक कि विजया केलकर जैसी सामान्य लड़की भी चुस्त चूड़ीदार और कुर्ते में आज असामान्य लग रही थी। माला शिन्दे ने काली

जार्जेट की साड़ी बड़े कसाव से बाँधी हुई थी और आस-पास की रोशनियों में जब तब उसकी साड़ी पर हुआ हल्का रुपहरा जरी का काम झलक मार जाता था।

रमा आम लड़कियों की अपेक्षा गोरी थी। अगर वह चाहती तो इस शाम सुन्दर लग सकती थी पर कुछ बातों की उसे चेतना ही नहीं थी। वह इत्मीनान से एक-एक की तरफ घूर रही थी बैठी-बैठी, पेट पर इस तरह हाथ रखे, जैसे पेट पेट न हो टेबल हो।

उन लोगों में कुछ देर मजाक होते रहे थे कि अब शराब का कॉन्सेंट्रेटेड फार्म आना चाहिए जो सैक्रीन की तरह पानी में एक बूँद डालने से काम चल जाए।

प्रेम आर्य ने कहा, "पर हमारा जसबीर तो फिर भी नीट ही पिएगा।"

जसबीर अहमद को अपनी उस फिल्म के बारे में बता रहा था जो फ्लोर पर जाने के बाद ताक पर भी रख दी गई थी।

ड्रिंक्स के बिना सब उकता रहे थे। ये उस वर्ग के लोग थे जो होश में रहने पर अपने को डल पाते थे। परमजीत इन बातों से सहमत नहीं था पर उसे लगता था एक दिन तो वह अपने दोस्तों को ऐसे एंटरटेन कर दे कि वे भी याद रखें। पार्टी में ड्रिंक्स न रख सकने पर वह अपराधी-सा महसूस कर रहा था।

दफ्तर का स्टाफ अपेक्षाकृत चुप बैठा था। जैसा कि ऐसे मौकों पर होता है। किसी की समझ में नहीं आ रहा था कि रमा से क्या बात करे, सिर्फ वालिया लगातार कोशिश कर रहा था। पर वह भी दिल्ली के सिनेमाघर और रेस्तराँ और कनॉटप्लेस ही जानता था इसलिए बातचीत सफल नहीं हो रही थी।

उन सबने खाना खाया था, एक बड़ी मेज के चारों ओर खड़े होकर।

बीच में रमा परमजीत के पास जाकर बोली, "मीट बड़ा खरा‑ है, हड्डी है, बोटी तो एक नहीं है।"

परमजीत ने इशारे से उसे चुप रहने को कहा था।

पर वेटर के आने पर रमा ने मीट का डोंगा उठाकर उसे दिया था, "यह बदलकर लाओ। चार आने का मीट डाला है, बाकी हड्डियाँ भर दी हैं।"

सब लोग देखते रह गए थे। उन्होंने नववधू से यह उम्मीद नहीं की थी, हालाँकि उन्हें पता था कि शादी को चार महीने बीत चुके हैं। फिर वे आपस में और भी व्यस्त होकर बोलने लगे थे, जिससे परमजीत महसूस न करे।

जसबीर चुटकुले सुना रहा था, "मेरी बीवी जब मरी मैंने उसकी कब्र पर खुदवाया, 'एट लास्ट शी स्लीप्स-अलोन'। "

रमा चौकन्नी होकर सुन रही थी। उसे कुछ-कुछ समझ में आया और जितना समझ आया उतना पसन्द नहीं आया। उसे इस बात पर हैरानी थी कि उसके पति के कैसे-कैसे दोस्त हैं जो कोई घरेलू बात नहीं करते और जिनकी बीवियाँ दूसरे मर्दों के साथ बैठी दाँत निपोर रही हैं।

केकी नहीं आई थी। तैयबजी आकर कह गया था उसकी तबीयत अच्छी नहीं है।

कुछ देर बाद जैसा होता है, सभी गाना सुनने का अनुरोध करने लग गए। विजया ने एक पुरानी फिल्म का गाना सुनाया जिस पर सबने वाह-वाह की। फिर जसबीर ने एक अंग्रेजी कॉमेडियन की नकल उतारी। फिर वे लोग रमा से अनुरोध करने लगे कि वह गाए। वालिया ने कहा, ''अब रमा जी लेटेस्ट हिट सुनाएँगी, आप लोग खामोश बैठिए।''

रमा ने कहा, ''मुझे फिल्मी गानों से चिढ़ है। मैं गजल सुनाऊँगी।''

परमजीत को खुशी हुई कि रमा ठीक-ठीक गा लेती है। गजल के बोल भी उसे अच्छे लगे, 'वो बड़े खुशनसीब होते हैं, आप जिनके करीब होते हैं।' जब लोगों ने तारीफ में तालियाँ बजाईं तो परमजीत ने भी साथ दिया। लोग शायर का नाम जानना चाहते थे पर रमा को पता नहीं था।

पर परमजीत का यह अच्छा मूड कुछ ही देर ठहर पाया। चलने से पहले उसने बिल अदा किया। वेटर तश्तरी में टूथपिक्स के साथ बाकी बचे कुछ रुपए व रेजगारी ले आया। परमजीत तश्तरी वापस भेज ही रहा था कि पास बैठी रमा ने झट से तश्तरी पकड़कर नोट उठा लिये।

सभी लोगों की स्थिति अजीब सी हो गई, परमजीत की सबसे ज्यादा।

उसने दोस्तों की तरफ देखा। वे सभी चलने के लिए उठ खड़े हुए।

परमजीत ने लाल चेहरे से कहा, ''थैंक यू वेरी मच, जल्दी फिर मिलने की कोशिश करेंगे।''

बाद में परमजीत युरिनल जाने के बहाने अन्दर गया और उस वेटर को दस रुपया दे आया। वेटर के चेहरे पर कौतुकपूर्ण हँसी थी जिसे वह कोशिश से छुपा रहा था।

जब परमजीत बाहर आया, रमा आराम से बैठी टूथपिक से दाँत कुरेद रही थी।

परमजीत ने कहा, ''टैक्सी ले लें?''

रमा के तेवर चढ़ गए, ''पहले ही सौ रुपए खर्च हो गए हैं, क्या जरूरत है!''

घर पहुँचकर परमजीत ने सोचा था उसे इत्मीनान से समझाएगा कि उसकी किन बातों से पति की तौहीन होती है और दोस्तों में प्रतिष्ठा गिर सकती है।

पर रमा की प्रतिक्रिया दूसरी ही थी, ''मुझे फालतू पैसे फेंकना पसन्द नहीं। यही पार्टी घर में करते तो बीस रुपए में हो जाती। लोग जानते हैं न होटल में देर तो लगती नहीं, चार ने कोका कोला माँग लिया, चार ने जूस। देखते नहीं हो कितना बिल हो गया! ऊपर से बाद में कॉफी मँगाने की क्या जरूरत थी?''

''हर पार्टी में बाद में कॉफी जरूर होती है। जो मेरे जी में आएगा मैं ऑर्डर करूँगा, तुम कौन होती हो कहनेवाली।''

''अच्छा, मैं कौन होती हूँ, मैं मालकिन हूँ मालकिन, समझे!''

''पर मेरी भी पोजीशन है, यह तुम्हें हमेशा के लिए समझ लेना चाहिए।''

''पोजीशन का मतलब यह नहीं कि तुम घर लुटा दो। ऐसे यह घर बननेवाला नहीं है, कहे देती हूँ। बताओ वेटर को किस बात के पैसे देने लगे थे।''

परमजीत ने झींकते हुए बिस्तर से कवर उठाया, ''क्यों, वह दो घंटे दौड़-दौड़ कर हुकुम बजाता रहा, वह मेरे बाप का नौकर था?''

''ठीक है, उसका काम है हुकुम बजाना। होटल वाला उसे इसी बात की तनखा देता है।''

''मैं तो अब कभी उस रेस्तराँ में जाऊँगा नहीं।'' परमजीत ने लेटते हुए कहा।

''तुमने तो सारी दुनिया की गरीबी मिटाने का जिम्मा ले लिया है। पहले इस लायक तो बनो।''

रमा पलंग पर मुँह फेरकर सो गई। कुछ देर परमजीत गुस्से और शर्मिंदगी में जलता रहा। उसका मन हुआ रमा को पलंग से नीचे धकेल दे या उसे चाँटों से सीधा कर दे। फिर उसे रमा पर तरस आया। साधारण से घर से आई है, इसे तहजीब का क्या पता!

उसे सब कुछ सिखाना होगा। वह स्वयं ही क्या जानता था जब यहाँ आया था। पर बम्बई की रफ्तार इतनी तेज है कि या तो आदमी को अपने साथ बहा लेती है या पीछे छोड़कर चल देती है। उसे तो यह शहर अब इतना रास आ गया है कि दिल्ली उसे छोटी और ठिंगनी लगने लगी है। उसने पाया हवा, तूफान, पानी जैसी चीजों का बम्बई की रफ्तार पर कोई असर नहीं पड़ता। उसने तय किया वह रमा को बदलकर दिखा देगा।

रमा को इन दिनों हर समय फिक्र लगी रहती। वह चाहती थी कि उसके लड़का पैदा हो। जब वह परमजीत से पूछती वह उसे चिढ़ाने के लिए कहता, ''मुझे तो लड़की चाहिए।''

रमा सुस्त हो जाती, ''नहीं जी, मेरी नाक कट जाएगी और फिर खर्च भी कितना बढ़ जाएगा!''

परमजीत कहता, ''पर खर्च तो उतना ही लड़के के होने से भी बढ़ेगा।''

''लेकिन लड़के पर लगाने में डूबता तो नहीं है न! देख लेना अगर लड़की हुई तो मैं घर में मक्खन, अंडे, मीट सब बन्द कर दूँगी।''

ऐसी सम्भावनाओं से परमजीत को भी लड़की से डर लगने लगता और वह भी चाहता कि लड़का ही हो। उसे पता था उसके माँ-बाप भी यही चाहेंगे।

एक दिन परमजीत ने रमा के लिए हाउसकोट खरीदकर ला दिया, कहा,

"अब से पेटीकोट-ब्लाउज में मत घूमा करो, बुरा लगता है। ऊपर से पहन लिया करो।"

रमा को खुशी हुई, "ऐसा तो इस मंजिल पर किसी के पास नहीं है, देखकर जल मरेंगी। बस पहली मंजिल पर सविता के पास है। उसके आदमी ने सिंगापुर से भेजा है। सुनो जी, उसका आदमी सिंगापुर में रहता है तो उसे क्यों नहीं ले जाता?"

परमजीत का पड़ोसियों के बारे में ज्ञान बहुत कम था। उसने सिर्फ उनकी नेमप्लेट्स पढ़ी हुई थीं और यह पाया था कि सभी के नाम 'आनी' की ध्वनि से समाप्त होते थे, जैसे गिडवानी, मलकानी, रिझवानी। ज्यादातर वह सुबह घर से निकलकर शाम को ही लौटता और तब उसका मन सिर्फ अपने घर में बैठने का होता। पर रमा सारे दिन पड़ोस के इस घर से उस घर में अपना हाउसकोट हिलाती हुई घूमती रहती। उसने सभी के नाम अपनी सुविधानुसार रख लिये थे। मलकानी की बीवी को वह छंगी कहती क्योंकि उसके हाथ में दो अँगूठे थे। उसने यह भी पता लगा लिया था कि छंगी को सास के साथ रहना पसन्द नहीं है पर मलकानी इकलौता बेटा है इसलिए मजबूरी है। आलमचन्दानी थोड़े बड़े आदमी थे। उनकी बीवी दोपहर के खाने के बाद सब दरवाजे बन्द कर आराम करती थी। इससे रमा और अन्य पड़ोसिनें मिलकर उसका मजाक उड़ाती थीं। फिर उसके यहाँ सब्जी खरीदने नौकर जाता था जबकि बाकी औरतें झुंड बनाकर खुद जातीं।

शीव के सब्जी मार्केट में जहाँ सब्जियों की बड़ी-बड़ी दुकानें थीं वहाँ दुकानदार तराजू काफी ऊँचाई पर टाँगकर रखते। ऐसी दुकानों से रमा कभी सब्जी नहीं लेती। वह उन औरतों में से थी जिन्हें दुकानदार की नीयत पर हमेशा शक रहता है। वह छोटी दुकानों से ढूँढ़-ढूँढ़कर सब्जी खरीदती और फिर बड़ी दुकानों से भाव पूछकर सन्तुष्ट होती हुई घर आ जाती। परमजीत ने उसे कितनी बार समझाया कि बिल्डिंग में जो सब्जीवाला आता है, वह उसी से ले ले, उसे अब ज्यादा सीढ़ियाँ उतरनी-चढ़नी नहीं चाहिए पर वह नहीं मानती। परमजीत को भी कभी लगता उसे सद्गृहिणी मिल गई है। सात-आठ महीनों में ही रमा ने एक हजार रुपए जोड़ लिये थे। परमजीत सोचता कि वह तो ऐसा जन्म भर न कर पाता।

ऐसा ही सन्तोष उसे तब भी हुआ जब रमा ने आठ पौंड के स्वस्थ बच्चे को जन्म दिया। बच्चा और नवजात बच्चों की तरह घिनौना नहीं था, सुन्दर था और मक्खन सा नरम। कितनी ही देर तक परमजीत को समझ नहीं आया था कि उसे गोद में कैसे पकड़े। रमा बहुत खुश थी जैसे उसने इम्तहान पास कर लिया हो। इतना खुश उसने रमा को पहली बार देखा। डिलीवरी की थकान से वह हल्की पीली भी हो गई थी जो उसके गोरे रंग को चमका गया था। परमजीत को रमा पर बहुत प्यार आया था। उन दोनों ने नए-नए माँ-बाप की तरह बच्चे को लेकर बेशुमार बातें कीं।

घर जाकर रात में परमजीत को बार-बार उत्सुकता होती कि बच्चे को देखे पर वह अस्पताल में सो नहीं सकता था। रमा ने जिद करके प्राइवेट रूम नहीं लेने दिया था, वह डबलरूम में पड़ी थी जहाँ उसके अलावा एक और महिला भी थी। रमा को इस बात की भी खुशी थी कि उस महिला के लड़की पैदा हुई थी और वह उसकी तीसरी लड़की थी। परमज़ीत ने कहा उसने अपनी माँ को लिख दिया है वह कुछ दिनों के लिए आ जाएगी।

रमा गरम हो गई, "उन्हें लिखने की क्या जरूरत थी, मेरी माँ आ जातीं।"

परमजीत ने हँसकर कहा, "उन्हें भी बुला लो। दोनों माँएँ मिलकर तुम्हारी खातिर करेंगी।"

"तुम समझते नहीं हो, सास आएगी तो लेकर जाएगी, माँ आती तो देकर जाती।"

परमजीत ने कहा, "उसे यह सब उससे नहीं कहना चाहिए।"

"अभी अस्पताल का बिल भरना है, पालना भी खरीदना पड़ेगा। इस तरह खर्च बढ़ाने से कैसे काम चलेगा! मुझसे पूछ तो लेते!"

"खर्च की फिक्र तुम क्यों करती हो, मैं जो हूँ। मेरा दिल तो दावत देने का हो रहा है।"

रमा भड़क गई, "तुम्हीं रोज दावत देते हो, किसी और को देते देखा है? इतने सारे तुम्हारे दोस्त हैं, एक ने भी शादी का शगुन डाला? अब बच्चे को देखने, देख लो कोई नहीं आया।"

परमजीत ने टाला, "बम्बई में इन सब बातों का रिवाज नहीं है, न ही लोगों को फुरसत है, तुम्हें बुरा नहीं मानना चाहिए।"

"पर तुम्हें कसम है जो तुमने दावत-शावत की सोची। हनुमानजी के मन्दिर में पाँच रुपए का प्रसाद चढ़ा देंगे।"

परमजीत की माँ काफी गुड़, घी और बादाम लेकर आई थी। बहू के लड़का होने से पड़ोस में उसकी इज्जत बढ़ गई थी। उसने बच्चे के लिए सोने की अँगूठी भी बनवाई। पर इसके लिए उसे खास खर्च नहीं करना पड़ा। यह खुशखबर आते ही वह पहाड़गंज चली गई थी जहाँ गले मिलते वक्त, दिल में कुढ़ते-कुढ़ते भी रमा की माँ को सौ का नोट उसके हाथ में ठूँसना पड़ गया था। उन दिनों बिम्मा मैके आई हुई थी इसलिए परमजीत की माँ को घर की फिक्र भी नहीं थी। बिम्मा शादी होते ही पूरी औरत हो गई थी, उसकी कमर कई इंच चौड़ी हो गई थी और चेहरा पहले से भी अधिक जड़।

रमा को सास के लाए उपहारों से खास खुशी नहीं हुई। उसकी निगाह में ये सब लेने के बहाने थे। फिर उसे यह भी नहीं पसन्द था कि सारा-सारा दिन रसोई में झाँक-झाँककर देखे उसने क्या पकाया और खाया।

अब एक बिस्तर जमीन पर भी लगाना पड़ा। कमरे की हुलिया खासी बिगड़ गई। उन्हें वास्तव में अब पता चला कि उनके पास जगह बहुत कम है। बच्चे के लिए वे खूबसूरत सा बेंत का 'क्रिब' ले आए थे पर रमा को शिकायत थी कि 'क्रिब' इतना छोटा था कि एक साल बाद वह काम नहीं आ सकेगा।

परमजीत ने शरारत से कहा, ''कोई बात नहीं, गन्दू की बहन के काम आ जाएगा।''

बच्चा बार-बार गीला हो जाता था इसलिए परमजीत ने उसका नाम गन्दू रखा था पर रमा उसे पप्पू कहती। रमा को ऐसी शरारतें पसन्द नहीं थीं।

उसने कहा, ''मुझे सरमुन्नियाँ चाहिए ही नहीं, तुम क्यों लड़की के पीछे पड़े हो?'' इस बात पर रमा और परमजीत की माँ एकमत थे पर यह एक बिरली स्थिति थी। वरना रमा ऐसे घर से आई थी जहाँ उसकी माँ ने उसे कूट-कूटकर दुराव सिखाया था, उसे अपनी सास के किस्से सुनाए हुए थे और पड़ोस की सब सासों के। रमा भी सास को विरोधी खेमे का सदस्य मानकर चलती थी।

दफ्तर में परमजीत के ऊपर जिम्मेदारियाँ बढ़ती चली जा रही थीं। हेड ऑफिस से रोज ही सेल्ज बढ़ाने के लिए रिमाइंडर आते रहते। धीरे-धीरे काम इतना बढ़ गया था कि उसे कभी-कभी समझ में नहीं आता कि वह पब्लिसिटी देखे या सेल्स, मार्केट रिसर्च करे या अनुशासन। जैसा कि प्राइवेट कम्पनियों में होता है हेड ऑफिस उसकी तनखाह बढ़ाने में इंटरेस्टेड नहीं था; मालिक उसे कमीशन बेसिस पर बिक्री की सुविधा दे रहे थे। पर इस बात का फर्क उसके रुतबे पर पड़ता था और परमजीत इस बात के प्रति सचेत था। कूलर्ज की बिक्री बढ़ाने के लिए उन्होंने 'किस्तों पर खरीद' की योजना शुरू की थी पर उस योजना के अन्तर्गत कुछ ग्राहकों की किस्तें समय पर नहीं आ रही थीं। शील रिपेयर सर्विस भी इतना काम आसानी से नहीं खींच रही थी। परमजीत का दिमाग इन्हीं उलझनों को लेकर व्यस्त रहता था। कभी-कभी उसे इतना मानसिक तनाव हो जाता कि उसका मन होता सब कुछ छोड़-छाड़कर बैठ जाए। ऐसे समय जब वह शाम को घर में रमा या माँ का मुँह फूला हुआ देखता तो उसे खीझ होती।

घर में परमजीत ने यह खासियत नोट की कि जब एक का मूड खराब होता है तो दूसरी अतिरिक्त अच्छे मूड में होती है। मसलन माँ सुबह का बचा खाना महरी को पकड़ा देती तो रमा गुस्सा हो जाती। उसका खयाल था ऐसे नौकर बिगड़ जाते हैं, इससे अच्छा है खाना फेंक दिया जाए। अगर रमा पड़ोस में जाकर घंटा-दो घंटा बात कर आती तो परमजीत की माँ का मुँह फूल जाता। वह कहतीं कि रमा उसके पास बैठने से कतराती है। नतीजा यह था कि माँ ठीक वही करती जो रमा को बुरा लगता और रमा वही जो माँ को। पर क्योंकि माँ दस महीनों में पहली बार घर आई

थी परमजीत को लगता कि माँ को इज्जत मिलनी चाहिए। इसके लिए परमजीत कई बार रमा से लड़ बैठता। उसे बुरा लगता कि रमा ने माँ को एक दिन भी खुश नहीं रखा। रमा घर के बारे में जरा ज्यादा मुस्तैद थी। उसका खयाल था घी का बर्तन रसोई में ही रखने से मकान-मालकिन बिगड़ जाएगी, स्टील के बर्तन काम में लेने से खराब हो जाएँगे, और परमजीत की जेब में ज्यादा पैसे होने पर वह ज्यादा खर्च कर देगा। कभी-कभी परमजीत को लगता वह सुधारगृह में भर्ती हो गया है। उसे रमा के दिमाग की छोटी दुनिया से कोफ्त होती। ऐसे में उसे जबरन संजीवनी के साथ बिताए वे बेफिक्र और खूबसूरत दिन याद आ जाते जब उनकी बातों का तार खत्म ही नहीं होता था। उसे लगने लगा था कि अगर वह संजीवनी को जब तब याद करने लगा है तो इसके लिए रमा जिम्मेदार है।

चीजों के प्रति रमा का मूल दृष्टिकोण फायदे-नुकसान का था। अगर वह सुझाता कि आज वे लोग सिनेमा देखें तो वह कहती, ''चलो, समुद्र पर चलकर बैठते हैं, जल्दी लौटकर मैं पप्पू का बाबा सूट भी खत्म कर लूँगी।'' अगर परमजीत कहता कि परिवर्तन के तौर पर खाना कहीं बाहर खा लें तो रमा कहती, ''पकौड़े तल लेते हैं, उसी से रोटी खा लेंगे।''

रमा का दिमाग छोटे-से छोटा होता जा रहा था। उसी अनुपात में परमजीत की दहशत बढ़ रही थी। पर फिर भी अगर उसकी माँ रमा की शिकायत करती तो उसे माँ पर गुस्सा आता। वह रुखाई से कह देता कि लड़की उन्होंने ही पसन्द की थी, उसने नहीं। माँ मुँह बनाकर एक तरफ हो जाती और परमजीत को देर तक अपनी ही रुखाई कचोटती रहती।

शादी के समय उसे यह स्पष्ट नहीं था पर अब परमजीत ने पाया कि वह अपनी पत्नी से हर स्तर पर पार्टिसिपेशन चाहता था। उसका मन होता दफ्तर की दुविधाएँ रमा से कहे, उसे उन चीजों के बारे में बताए जो वह दफ्तर आते-जाते समय शोरूम्ज में देखता है पर रमा बातें सुनते-सुनते कोई ऐसी हरकत कर बैठती कि उसका मन खट्टा हो जाता। मसलन एक बार जब वह उसे समझा रहा था कि किस तरह उसके मैनेजिंग डायरेक्टर ने ट्रंककॉल पर उसे बताया कि अगर वह सिर्फ पच्चीस हजार रुपए कम्फर्ट में लगा दे तो उसे भी पार्टनरों में शुमार कर लिया जाएगा, रमा तेजी से उठकर अन्दर चली गई। उसने सोचा वह जरूर अपने भाइयों को पत्र लिखने या हिसाब करने गई होगी, पर जब वह लौटकर आकर बैठ गई, उसने पूछा, ''कहीं गई थी?''

''पेशाब,'' रमा ने साड़ी के ऊपर से अन्दर खुजाते हुए कहा।

ऐसी बेवकूफियों से परमजीत अन्दर ही अन्दर किचकिचा उठता। कितनी ही बार वह यह सोचकर रुआँसा हो जाता कि ऐसे जिन्दगी कैसे कटेगी। शादी पर घरवालों ने उससे कहा था वह आम लड़कियों जैसी लड़की है। अगर आम

लड़कियाँ ऐसी हैं तो निश्चित ही वे मूर्ख और बदमिजाज होती हैं, वह सोचता। सिर्फ यही नहीं, जो बात परमजीत को चकित करती वह यह कि रमा को इसकी जरा भी फिक्र या चेतना नहीं थी कि उसका पति उससे सन्तुष्ट है या नहीं; घर के लोग खुश है या दुखी। वह अपना बच्चा तौलिए में लपेटे पड़ोसियों के घरों में झाँकती रहती। बल्कि परमजीत के साथ की अपेक्षा वह ज्यादा समय पड़ोस में बिताती। बच्चे के बाद वह अपनी जिन्दगी हर तरह से पूरी पाती और परमजीत के प्रति उसका रुख कुछ-कुछ ऐसा हो गया जैसा वसूली के बाद वकील का मुवक्किल से हो जाता है। वह किसी तरह दो वक्त खाना बना देती, बिना यह फिक्र किए कि परमजीत को कौन-सी चीजें प्रिय हैं। पहले वह खाना बनाने में अपेक्षाकृत ज्यादा ध्यान देती थी और परमजीत को यह एक बड़ा सन्तोष लगता था कि उसकी बीवी उसे अच्छा खाना खिलाती है। पर अब किसी दिन सुबह अगर पप्पू ज्यादा तंग करता तो वह डिब्बे में चार पराँठों के साथ टमाटर सॉस रख देती या बहुत किया तो दही में ढेर सी प्याज काटकर नमक मिला देती। फिर वह पप्पू में हुए खर्च की क्षतिपूर्ति करना भी अपना कर्तव्य मानती थी। बल्कि अगर परमजीत को सिगरेट और शराब का शौक न होता तो वह आधी से भी ज्यादा तनखा बचाकर दिखा देती। यह कला उसने अपनी माँ से सीखी थी। उसके बाप का आज पक्का मकान खड़ा था और ब्यास पिंड में कई एकड़ भूमि।

वह परमजीत से कहती, "क्यों शान मारते हो अपनी नौकरी की। पहले बीस मरले जमीन तो लेकर दिखाओ पंजाब में। नौकरियाँ तो लगती हैं, छूट जाती हैं, मकान-दुकान ही रह जाते हैं।"

उसकी जिन्दगी का मुहावरा बिल्कुल अलग था जिसमें डालडा के दाम और पड़ोसी के फ्रिज की जगह बहुत ऊँची थी। अक्सर वह बालकनी पर खड़े-खड़े देर तक किसी न किसी औरत से बात करती रहती, चाहे उससे परिचय घनिष्ठ हो या न हो। सिर्फ पप्पू का रोना ही उसे अन्दर बुला सकता था। वह उन पत्नियों में से थी जो दो वक्त खाना बनाने और चन्द पैसे बचाने पर अपने को कुशल गृहिणी मान लेती हैं। परमजीत उसी अनुपात में ठंडा और ठस नहीं हो पाया था। उसे अब भी बिस्तर पर रमा का इन्तजार रहता। कभी-कभी उसे स्वयं पर ताज्जुब होता कि कैसे वह इतने खुरदरे स्वभाव वाली औरत के साथ सो लेता है। कई बार जब ऐसी किसी बात को लेकर वह लेटे-लेटे उदास हो जाता तो रमा कहती, "सब कुछ तो कर करा लिया अब मुँह क्यों बनाए हो?" उस समय उसका मन होता रमा को तीसरी मंजिल से नीचे फेंक दे पर वह कुछ नहीं कर पाता, सिर्फ दीवार की तरफ मुँह करके सो जाता।

शादी के साल भर में ही उसे लगने लगा था वह प्रौढ़ हो गया है। उसके दोस्त भी जैसे छिन गए थे। वह उनके यहाँ जाना चाहता था पर अपने अन्दर पर्याप्त उत्साह नहीं पाता। उसकी जिन्दगी ऐसा ढर्रा हो जाएगी उसने नहीं सोचा था। उसे लगता वह स्टुपिड होता जा रहा है और एक बेडौल औरत उसकी चेतना पर हाथी की तरह सवार है। कम्फर्ट कम्पनी की चिन्ताएँ, घर का असन्तोष, अपना डिप्रेशन, इस सबकी वजह से परमजीत को अक्सर नर्वसनेस हो जाती। पहले वह कभी-कभी ट्रेंक्विलाइजर खाता था। अब रोज ही खाने लगा। बल्कि कई बार वह पाँच बजे के बाद चपरासी से दफ्तर के नीचे एशियाटिक से बियर मँगवाकर अपनी केबिन में ही पी लेता। उसका मन होता वह टाइपिस्ट किस्म की किसी लड़की को केबिन में बुला ले पर उसने अपने दफ्तर में खुद एक साफ माहौल पैदा किया हुआ था जिसमें यह गुंजाइश नहीं थी। विवाह के बाद आदमी की पहचान कितनी थोड़ी महिलाओं से रह जाती है, यह उसे अब पता चला।

यह अजीब था पर इतने दिनों में एक बार भी कभी वह और संजीवनी कहीं नहीं टकराए जैसे उन्होंने अपने-अपने शहर बदल लिये हों। बियर पीकर कभी उसकी इच्छा होती वह बैंक जाकर संजीवनी से मिल आए पर पता नहीं क्यों उसे अब संजीवनी से संकोच होता था। मगर संजीवनी ने एक ऐसी गलती की थी जो वह आसानी से माफ नहीं कर सकता था।

बाहर निकलने पर उसे लगता जैसे-जैसे वह प्रौढ़ होता जा रहा है, बम्बई की लड़कियाँ खूबसूरत और जवान होती जा रही हैं।

लड़कियों ने आजकल गो-गो फैशन अपना लिया था, गो-गो लिपस्टिक, गो-गो चश्मे, गो-गो बुन्दे और गो-गो घड़ियाँ। रेल में, बस में लड़कियाँ उसके पास से गुजर जातीं पर उसे लगता वह दूसरी बार लड़की से दोस्ती करने की हिम्मत नहीं कर पाएगा। फिर ये लड़कियाँ उसे उत्तेजित भी नहीं करतीं। संजीवनी की बात अलग थी। उसका चेहरा आश्वस्त करता था। उसके पूरे व्यक्तित्व में ठहराव था, चीजों को गम्भीरता से लेने की अपेक्षा। वह ऐसी लड़की थी जिसे आदमी अपने घर में बैठी देखना चाहे। इस सबके सन्दर्भ में संजीवनी का वह सच परमजीत को तमाचे की तरह लगा था, एक व्यक्तिगत अपमान जिससे वह अभी तक उबर नहीं पाया था। ऐसे मौकों पर जब उसे संजीवनी की याद कच्चा करती वह जान-बूझकर रमा के प्रति पिघलने की कोशिश करता, कम से कम रमा ने उसे तोड़ा नहीं था, निराश भले ही किया हो।

उसके घर में अक्सर औरतों की महफिल लगी रहती। पर रमा छोटी उम्र की लड़कियों से ज्यादा दोस्ती नहीं करती थी। यही कारण था उसकी बिम्बी से कभी नहीं पटी। बिम्बी उस बिल्डिंग की सबसे सुन्दर और कम उम्र लड़की थी। लगातार दो साल मैट्रिक में फेल होने के बाद अब वह टाइपिंग का कोर्स कर रही थी और

बाल भी कटवा चुकी थी। उसकी सुन्दरता परमजीत को कभी प्रभावित नहीं कर पाई पर उसका हल्का बदन उसे जरूर आकर्षक लगा था। उसने गलती यह की कि एक बार रमा से कह दिया, ''तुम भी बिम्बी की तरह मेकअप किया करो रमा।''

रमा भड़क गई, ''मैं बाजारू लोगों की नकल नहीं कर सकती। यह तो बड़ी बदनाम लड़की है। टाइपिंगवाला मास्टर इसकी उँगलियाँ पकड़-पकड़कर इसे टाइपिंग सिखाता है।''

परमजीत ने पप्पू को बहलाते हुए विषयान्तर कर दिया।

बिम्बी उन लड़कियों में से थी जो हर फिल्म देखने के बाद हफ्तों अपने को हिरोइन से आयडेंटिफाई कर लेती हैं। किसी महीने वह शर्मिला टैगोर की तरह खड़े होने की प्रैक्टिस करती तो किसी महीने माला सिन्हा की तरह हँसने की। वह ऐसी लड़की थी जिससे सभी पत्नियों को डर लगा रहता। रमा का डर तो तब और भी बढ़ गया जब बिम्बी ने एक दिन उससे कहा, ''आंटी, अंकल को कहो न, हमें अपने दफ्तर में नौकरी दिलाएँ।''

रमा ने उससे नहीं कहा था, यह बात उसे पता न चलती अगर सीढ़ियाँ उतरते समय बिम्बी उसे रोककर एक दिन न पूछती, ''अंकल, आपने कोई जवाब नहीं दिया!''

वह चौंक गया था और फिर बात पता करने पर कह दिया, ''देखूँगा।''

उस दिन उसे कुछ देर अच्छा लगा था, शाम तक। घर पहुँचने पर उसने पाया रमा पर जाहिर हो गया है कि उसने आज बिम्बी से बात की और वह उसके घर जाकर लड़ भी आई है।

परमजीत को बुरा लगा। उसने बात अपने ऊपर लेने की कोशिश की। पर रमा का गुस्सा ठंडा नहीं हुआ।

उसने कहा, ''मैं उसका खून पी जाऊँगी, सिंघन कहीं की,'' और जिस मुद्रा में रमा ने दोनों हाथों की उँगलियाँ फैलाईं, परमजीत को भी डर लगने लगा।

यही नहीं, रमा को ऐसा गुस्सा तब भी आता जब वह दफ्तर से शराब पीकर आता। शराब के बारे में रमा ने फिल्मों में देखा था। उसने शराब हमेशा घर की बरबादी से सम्बद्ध की थी। उसने नशेबन्दी पर वे पोस्टर भी सड़कों पर देखे थे जिनमें शराबी अपने बीवी-बच्चों को पीट रहा होता है। उस दिन वह पप्पू को उठाकर अपना बिस्तर जमीन पर लगा लेती। उसे यह समझ नहीं आता था कि ऐसे तो परमजीत और भी विमुख हो जाएगा। फिर उसे साथ सोने में कोई रुचि भी नहीं बची थी, जब वह मान भी जाती तो ऐसे जैसे परमजीत पर अहसान कर रही हो। अधिकतर वह ऐसे समय आँखें खोले, एकदम जड़ पड़ी रहती और परमजीत को लगता वह उसे मुक्कों से कूट डाले।

कितनी ही बार इस सम्बन्ध में उनकी झड़प होती पर रमा मुँह बिचकाकर यही

कहती, ''कैसी घटिया बात पर लड़ रहे हो! तुम्हें शर्म नहीं आती, एक बच्चे के बाप हो गए।''

कभी-कभी परमजीत तंग आकर कहता, ''तुम दो महीने के लिए दिल्ली चली जाओ, तुम्हारा दिमाग ठंडा हो जाएगा।''

रमा कहती, ''मैं क्यों जाऊँ, घर मेरा है, तुम जाओ जहाँ जाना है तुम्हें।''

बात यह थी कि वह दिल्ली तो जाना चाहती थी पर ससुराल नहीं, इसलिए वह दिल्ली जाना टालती रहती।

इसी सारी नोक-झोंक के दौरान जब रमा ने परमजीत को खबर दी कि वह फिर गर्भवती हो गई है तो वह हक्का-बक्का रह गया। बच्चा पैदा करना एक विशुद्ध शारीरिक प्रक्रिया है, इस तथ्य को उसने अब जाना। उसकी समझ में नहीं आया वह इस खबर पर क्या प्रतिक्रिया दिखाए, वह जो रात देर-देर तक मिन्नतें करते-करते थक जाता था, वह जो आज भी अपने को उसी तरह अतृप्त पाता है, वह जो सुबह अपनी बीवी का बेडौल मोटापा देख नजर और भी जोर से अखबार में गाड़ लेता था। उसे झुँझलाहट हुई कि इतने अजनबीपन के बीच यह औरत कैसे गर्भ धारण कर सकती है और कैसे इस बात पर खुश हो सकती है।

रमा खुश थी, बहुत खुश। उसने कहा, ''एक लड़का हो तो धुकपुक मची रहती है, दो तो होने ही चाहिए। मैं तो खुद सोच रही थी कि पप्पू एक साल का होने आया, कहीं कोई खराबी तो नहीं पड़ गई!''

परमजीत ने कहा, ''मैं अपना ऑपरेशन करा लूँगा। इस तरह तो हमेशा खतरा बना रहेगा!

रमा ने उसे रोका, ''नहीं जी, पाँच महीने बाद कराना अगर ऑपरेशन कराना है। तब बच्चे में जान पड़ जाती है, फिसलने का खतरा नहीं रहता।'' परमजीत को लगा वह किसी कसाई के हाथों में पड़ गया है और मिमियाने के अलावा कुछ नहीं कर सकता।

दूसरा बच्चा भी लड़का था, यह बात रमा के लिए तो वरदान थी। बहुत देर तक उसे विश्वास ही नहीं हुआ कि वह इतनी खुशकिस्मत हो सकती है। पर विश्वास होते ही उसने जल्दी-जल्दी अपने मकान के दरवाजों पर काले टीके लगा दिए। इस बच्चे को वह दूध पिलाते समय बोतल कपड़े से ढक देती। उसका खयाल था उसने ऐसा कमाल कर दिखाया है कि सारी दुनिया उसे नजर लगाने पर तुली है। उसे यह फिक्र नहीं थी कि उसके कूल्हे फैलकर चौड़े हो गए हैं और कन्फाइमेंट के दिनों कच्चा पानी पीकर उसने अपना पेट हमेशा के लिए फुला लिया है। उसे यह भी नहीं पता चलता कि अब बिस्तरों से सारे दिन पेशाब की बू आती है। उसे यह चेतना तक

नहीं थी कि उसके आस-पास की दुनिया में बच्चे पैदा होने के अलावा भी कई परिवर्तन हो रहे हैं। वह तो अपनी सफलता पर स्वयं मुग्ध थी। उसका कहना था यह सब हनुमान जी ने उसे दिया है। कभी परमजीत उसके पेट की तरफ देखकर कहता, ''क्यों क्या फिर अस्पताल जाने वाली हो?''

वह कहती, ''नहीं जी, पेट में हवा भर गई है।''

घर में दो-दो बच्चों के बाद भी परमजीत को अजनबी लगता। उसे लगता रमा उसे कभी नहीं समझेगी। कभी वह रमा की तरफ साथ की जरूरत से देखता तो पाता रमा उसकी मौजूदगी से बिल्कुल बेखबर गुड्डू को थपक रही है या पप्पू के निकर की मरम्मत कर रही है। कभी उसका ध्यान खींचने में वह कामयाब हो भी जाता तो वह धाराप्रवाह बच्चों की बातें शुरू कर देती और परमजीत कभी उससे नहीं कह पाता कि वह सिनेमा जाना चाहता है या उसके साथ शॉपिंग करना चाहता है।

रमा ने जिद की कि बच्चों के नाम पप्पू और गुड्डू के अलावा फिल्मी सितारों या नेताओं पर रखे जाएँ पर परमजीत को बात पसन्द नहीं आई। लिहाजा बच्चों के नाम राजीव और सुमेर रखे गए। अब परमजीत की काफी रुचि बच्चों को बढ़ता देखने में हो गई थी, इसलिए रमा का व्यवहार अपेक्षाकृत कम चुभता था। उसे यह भी लगता कि एक ही आदमी कब तक बुरा मान सकता है जब दूसरे को कोई अहसास ही न हो।

दोपहर में रमा लम्बे घंटों के लिए सो जाती। पहले पड़ोस के बच्चे घंटी बजाकर तंग करते थे। बाद में उसने तंग आकर पेंसिल से दरवाजे पर लिख दिया, 'बारह से चार तक घंटी नहीं बजाना।' जब से उसने दूसरा लड़का पैदा किया, वह नाक से बोलने लगी थी और आस-पास की महिलाओं से भी दोस्ती कम कर दी थी। पप्पू या गुड्डू के छींकते या खाँसते ही उसे शक होता कि जरूर किसी ने उन्हें नजर लगाई है। इसलिए अक्सर उनके घर से मिर्चों की धसक आती रहती।

उनके खर्च अब बढ़ गए थे। घर पैसे भेजने में कई बार ढील हो जाती। परमजीत का एक भाई अब बी-एस.सी. में था और दूसरा घड़ी रिपेयर करने का कोर्स कर रहा था। परमजीत चाहता था कि वह कम से कम एक भाई की जिम्मेदारी तो ले ले। पर रमा की रजामन्दी नहीं थी।

वह कहती, ''पहले जिन्हें पैदा किया है उन्हें तो पढ़ाओ, बाद में दूसरों को पढ़ाना।''

ससुराल के प्रति उसका सारा रुख 'दूसरों' वाला था। वह एक भी पल के लिए उनके साथ घनिष्ठ महसूस नहीं करती। इसलिए कितनी बार अगर परमजीत का मन भी होता कि वह अपने भाई को बुलाए तो वह चुप हो जाता। वह जानता

था कि ज्यादा मिलने से तनाव ही पैदा होगा। उसके अन्दर ससुराल के लिए इतनी कड़वाहट कैसे पैदा हो गई, यह जानना मुश्किल था। शायद यह संस्कारगत था। उसके अन्दर मैके की जड़ें गहरी पड़ी हुई थीं।

जब बच्चों को स्कूल में डालने का सवाल आया तो रमा ने काफी दरियादिली दिखाई। वह पब्लिक स्कूल की तगड़ी फीस सुनकर जरा भी नहीं घबराई। उन लोगों ने अपने बैंक बैलेंस का एक अच्छा हिस्सा देकर बच्चों को स्कूल में डाल दिया। उनकी जान-पहचान वाले परिवारों में से किसी के भी बच्चे अल्फ्रेड ब्वायज एकेडमी में नहीं पढ़ते थे, इसलिए उन लोगों ने फीसों के बारे में डेढ़ गुना झूठ बोला। बच्चों के कपड़े और खाना भी अब स्कूल के मुताबिक हो चले। मसलन रिसेस में वे पराँठा नहीं खाना चाहते क्योंकि उनके बाकी साथी सैनविचेज या फल खाते थे। रमा को तकलीफ तो होती पर वह बर्दाश्त कर रही थी। उसने अपनी जरूरतें कम कर दी थीं। अब वह एकदम घिस चुकी लिपस्टिकें पेंसिल से कुरेद-कुरेद कर होंठों पर रगड़ लेती, ब्रेसियर का इलास्टिक ढीला होने पर भी उसे फेंकती नहीं, उसमें टाँका लगा लेती। वैसे ऐसी बचत की जरूरत उन लोगों को नहीं थी। परमजीत अच्छी तनखा पाता था और उसका कमीशन भी काफी बन जाता। फिर अब वह घर भी हर महीने पैसे नहीं भेजता था। पर कंजूसी रमा की मजबूरी नहीं, उसका स्वभाव थी। परमजीत चाहता था वे अच्छी तरह रहें, बल्कि मकान भी बदल लें। उसने कितनी बार कहा, ''मकान बदल लेंगे तो तुम्हीं को आराम रहेगा, यह रोज-रोज की चखचख तो दूर हो जाएगी।''

पर रमा को मकान मालकिन से झगड़ने में बहुत मजा आता। वह ऐसे हक जमाती जैसे वह खुद मकान मालकिन हो और मकान मालकिन किराएदार। मकान मालकिन को रमा की ताकत का अन्दाजा था, इसलिए वह लड़ाई टाल जाती। फिर उसे परमजीत का स्वभाव पसन्द था जो पहली तारीख को ही उसे किराया पकड़ा देता।

रमा कहती, ''नहीं जी, बम्बई में ज्यादा बड़ा मकान होगा तो रिश्तेदार लाइन बाँधकर चले आएँगे घूमने के लिए। मैंने तो सबको लिख रखा है हमारे पास जगह नहीं है।''

पप्पू और गुड्डू जब घर में नर्सरी राइम्ज गाते हुए घूमते उनके माँ-बाप को बड़ा सन्तोष होता। वे लोग खुद म्युनिसिपैलिटी के चवन्नी छाप स्कूलों में पढ़े थे इसलिए उनकी तमन्ना थी बच्चों की पढ़ाई पर दिल खोलकर खर्च करें। बच्चों ने स्कूल में अंग्रेजी की दो-चार गालियाँ भी सीख ली थीं जिन्हें सुनकर परमजीत और रमा को घमंड होता। परमजीत ने बच्चों की फोटो दफ्तर में अपनी मेज के काँच

में लगा रखी थी। वह इतना अच्छा औसत बाप बन पाएगा, यह उसकी बीवी ने भी नहीं सोचा था।

दीवाली पर हेड ऑफिस ने उसके काम और दफ्तर की प्रगति पर खुश होकर उसको कम्फर्ट का एक पुराना फ्रिज उपहार में दे दिया।

परमजीत को पहली बार अब इस बात का अजीबपन महसूस हुआ कि वह कम्फर्ट कम्पनी में काम करता है पर उसके घर में न कूलर है न फ्रिज। सेकंडहैंड फ्रिज से उसे हल्की निराशा हुई पर ज्यादा नहीं। वह उन लोगों में से था जो शायद, नहीं तो कभी फ्रिज नहीं खरीद पाते।

फ्रिज पाकर रमा ऐसे खुश हो गई जैसे उसके तीसरा लड़का पैदा हो गया हो। उसने सुझाया इसे दरवाजे के बिल्कुल सामने वाली दीवार की तरफ रखा जाए। परमजीत का खयाल था कि फ्रिज रसोईघर की चीज है।

पर रमा ने बात काट दी, ''वहाँ रख के घर लुटाना है ? सारा दिन पोपटी की माँ हाथ लगाएगी। मुझे तो जी रात भर नींद नहीं आएगी।''

फ्रिज कमरे में ही रखा गया और अब उनके पास जगह और भी कम हो गई। पर सब खुश थे, खुद परमजीत भी। जब फ्रिज सीढ़ियों से ऊपर चढ़ाया गया उसने देखा आसपास के लोगों की आँखों में उसकी जगह कुछ ऊँची हो गई। पड़ोस के घर खुश थे कि अब बर्फ के लिए बाजार नहीं दौड़ना पड़ेगा।

परमजीत ने रमा को समझा दिया था कि फ्रिज तीन से कम नम्बर पर न चलाए और कोई भी चीज उसकी दीवार से सटाकर न रखे। वह अब दूने उत्साह से काम में लग गया, उसकी नजर एयरकंडिशनर पर थी। इन सब उपलब्धियों के सन्दर्भ में वह अपनी जिन्दगी से सन्तुष्ट था। उसने हाल ही में बीमा भी करा लिया था। अब घर का मतलब वह सिर्फ रमा नहीं समझता, उसमें गुड्डू, पप्पू भी शामिल थे। इसीलिए जब रात को रमा अक्सर उससे दूर हटकर सो जाती तो वह भी टाल जाता। दिन भर के काम के बाद आलस भी आता और फिर रमा के रुख से उसे भी लगने लगा था कि रोज-रोज लिपटकर सोना किशोरपन है जो उसे अब शोभा नहीं देता। वह औसत पति की तरह कछुआ बनता गया जिसने पत्नी की तीखी आवाज, तिड़की हुई प्लेटें, सीले कपड़ों की बू और बच्चों का हुड़दंग सहर्ष सहना सीख लिया था। माँ-बाप का खयाल भी अब तभी आता था जब उनकी चिट्ठी आती। उन्होंने पिछली चिट्ठी में लिखा था कि वे आँगन पक्का करवाना चाहते हैं और कमरे में अलमारी बनवाएँगे। इस सबके लिए कम से कम पाँच सौ रुपए की जरूरत है। अगर परमजीत भेज दे तो काम जल्दी शुरू हो जाए।

ऐसी चिट्ठियों से परमजीत डरने लगा था। रमा को भड़काना उसे पसन्द नहीं था। पर साथ उसे यह भी लगा, उसने मुद्दतों से घर पैसे नहीं भेजे, यह उसकी गलती है।

उसने रमा से कहा।

"आँगन वे पक्का करवाएँगे और पैसे हम दें," रमा ने भौंहें टेढ़ी करते हुए पूछा।

"उनके पास होंगे नहीं।" परमजीत बोला।

"नहीं जी, ये सब बहाने होते हैं। फिर पता नहीं कब लौटाएँगे। घर की घर में माँग भी तो नहीं सकते। मैं नहीं देने वाली। बैंक में पड़े हैं तो ब्याज भी लगता है, वे हमें ब्याज थोड़े देंगे!"

परमजीत को बहुत बुरा लगा पर वह सह गया। उसे लगता था शादी ने उसकी गुस्सा करनेवाली नसें काट डाली हैं। कमाते हुए भी उसे पैसे पर उतना अधिकार महसूस नहीं होता था जितना न कमाते हुए भी रमा को। वही निर्धारित करती कि घर में हफ्ते में कितने दिन गोश्त बनेगा और उन लोगों के पास कितने तौलिए होने चाहिए।

रमा फ्रिज हैंडिल करना बिल्कुल नहीं जानती थी। परमजीत के मना करने पर भी वह उसमें केले रख देती।

वह कहती, "फल फ्रिज में नहीं रहेगा तो क्या ताक पर रहेगा?"

पर हर बार जब बिजली का बिल आता रमा की परेशानी बढ़ जाती। बिल चुकता करने के बाद वह निश्चय करती कि अब से बिजली में बचत करेगी। ऐसे ही दिनों उसका खयाल बना था कि अगर पंखा धीमे चलाया जाए तो बिजली कम खर्च होगी, इसीलिए सड़ी से सड़ी गरमी में भी वह पंखा सिर्फ एक पर चलाती और फ्रिज का स्विच दिन में कई बार बन्द कर देती। परमजीत ने उसे समझाया कि इस तरह फ्रिज और उसमें रखा खाना खराब हो जाएगा पर वह आँख बचाते ही स्विच बन्द कर देती जैसे अन्दर रखी चीजों को भी चकमा दे रही हो।

उन लोगों ने कोका कोला का क्रेट मँगाना शुरू कर दिया था। पर रमा आसानी से कोक लेने नहीं देती। गुड्डू और पप्पू को कोक पसन्द था। वह उन्हें गिलासों में एक बोतल का आधा-आधा हिस्सा दे देती। खुद तो उसने शायद ही कभी पिया हो। परमजीत को भी कोक लेते डर लगता। फ्रिज खोलते ही रमा के कान खड़े हो जाते। घर पर मेहमानों के आने पर वह कोक की बोतलें रसोई में ले जाती और दो कोक के चार गिलास बना लाती, सबमें थोड़ा-थोड़ा पानी डालकर। उसने बचत के कई अक्सीर तरीके सीखे हुए थे। अव्वल तो उनके घर बहुत कम लोग आते पर जब आते उस दिन रमा सारा खाना पहले से ही खालिस डालडा में बना डालती। उसने डालडा अनिक घी के डिब्बे में रखा हुआ था। कभी एक बार परमजीत एक खूबसूरत से डिब्बे में अजन्ता चाय ले आया था। अब रमा बाजार से खुली चाय लाकर उसमें डाल रखती। उनके यहाँ हर चीज ऐसी ही होती, चीनी बॉर्नविटा के डिब्बे में तो बेसन अमूल दूध के।

जब रमा मकान मालकिन की नीयत पर शक करती, परमजीत कहता, ''छोड़ो भी, तुम्हारी रसोई में तो चोर भी चक्कर खा जाएगा।''

रमा ऐसी बातों का बुरा नहीं मानती। उसे ये तारीफ लगतीं। वह अक्सर आसपास की महिलाओं को बताती, ''जब शादी हुई घर में चम्मच भी नहीं थी, अब क्या नहीं, पर्दों से लेकर फ्रिज तक आ गया है। मेरी माँ कहती थी तू तो भंडारा है भंडारा।''

उसका डील-डौल इस बात की सच्चाई स्थापित करता था। जिस तरह वह चाभियों का मोटा गुच्छा ब्लाउज में खोंसे, हाउसकोट से हाथ पोंछती हुई घर में व्यस्त घूमती, लगता था वह युगों-युगों से गृहिणी रही आई है। कोई यकीन नहीं कर सकता था कि रमा सिर्फ तीस सालों की थी। उसकी कमर पर मांस का एक एक्स्ट्रा पहिया था जो ब्लाउज और पेटीकोट के बीच विभिन्न तरीकों से फैलता रहता।

कितनी ही बार परमजीत को लगता कि जिन्दगी में कहीं कुछ गलत हो गया है। इस शहर ने उसे बड़ी आकांक्षाएँ दी थीं और बड़े सपने। खयालों में जो घर उसने बनाया था उसमें धीमा संगीत, खूबसूरत कमरे और कलात्मक पत्नी थी। पत्नी के साथ उसने एक मोहक और मोहित रिश्ते की कल्पना की थी। कहाँ थी उसमें यह तीखी आवाज, गलत तह किए हुए अखबार और कोनों में दबे हुए तिलचट्टे। यह एक सन्तोष-असन्तोषप्रद स्थिति थी जिसे वह विश्लेषित नहीं कर पा रहा था। बच्चों को देखते हुए ऐसा लगता यह काफी अच्छी स्थिति है कि उसके बैंक में एक मोटी रकम है और तगड़ा बीमा भी उसने करा लिया है।

बच्चे शरारती और उद्दंड थे। वे माँ या बाप किसी से नहीं डरते। स्कूल से आकर वे जूते एक जगह उतार फेंकते और युनिफॉर्म दूसरी जगह। उनकी किताबें घर के किसी भी कोने में मिल सकती थीं। उनकी रोज नई फरमाइशें होतीं और अब लगने लगा था जैसे घर बच्चों के कहने से चलता है। रमा बच्चों की फरमाइशें फौरन पूरा करती। बच्चों के सन्दर्भ में वह कभी कर्कश नहीं हुई।

आखिर बच्चों की ही जिद पर एक दिन मकान बदल लिया गया। कम्फर्ट कम्पनी ने किराए का कुछ हिस्सा देना मंजूर कर लिया था। खर्चे के लिहाज से परमजीत परिवार को मकान बदलना खास महँगा नहीं पड़ा। सिर्फ बच्चों के लिए बस लगानी पड़ी, क्योंकि रमा को डर था कि सार्वजनिक बसों के ड्राइवर बदमाश होते हैं और बच्चों के चढ़ने से पहले ही बस चला देते हैं। यह घर दादर की एक चौड़ी सड़क पर एक बड़ी इमारत की पहली मंजिल पर था। यहाँ शीव की तरह शोर नहीं था क्योंकि सड़क मुख्य बाजार और स्टेशन दोनों से दूर थी। पर यहाँ पड़ोसी ठंडे और रूखे थे। उन्होंने इन लोगों के आने पर कोई उत्साह या उत्सुकता नहीं दिखाई। पर इस बार रमा को ज्यादा शिकायत नहीं हुई, उसके बच्चे खुश थे।

उन्होंने एक कमरा पूरा हथिया लिया। बच्चों ने दीवारों पर स्टैम्प चिपका दीं, खिड़कियों में मनीप्लांट लगाए और सारे कमरे में खिलौने व किताबें बिखेर दीं। उनके पास अजीबोगरीब चीज का खजाना था जिसमें कंचे, अखबार से काटे चित्रों और पिंगपांग की गेंदों के अलावा और भी बेशुमार चीजें थीं।

अब रमा और परमजीत का भी एक अलग बेडरूम बन सका। तीसरे कमरे को उन्होंने ड्राइंगरूम बनाने की सोची। उस कमरे का नाम शुरू से ड्राइंगरूम पड़ गया जबकि उसमें अभी कोई ढंग का फर्नीचर नहीं आया था। रमा का खयाल था कि हर महीने दो कुर्सी से ज्यादा नहीं खरीदी जाएँ। इस हिसाब से दीवान तो वे शायद छह महीने बाद खरीद पाते। पर यह फिक्र रमा की नहीं थी। उसका चेहरा सन्तोष से चिकना हो गया।

सारा दिन रमा का बच्चों में व्यस्त रहना परमजीत को कहीं बिल्कुल अकेला छोड़ जाता। उसे लगता, बच्चों और रमा के बीच ऐसा पूरापन है जिसमें उसकी जगह नहीं है। ये सवाल उसके अन्दर उठते और अन्दर ही अनुत्तरित रह जाते। पहले के मुकाबले में उसकी जिज्ञासाएँ और माँगें कम होती जा रही थीं पर कोई क्षण ऐसा आता जब वह पहले की तरह टची हो जाता। इसीलिए उसे उस दिन बुरा लगा जब उन्होंने मकान बदला था। वे लोग सालों बाद, पहली बार, अकेले कमरे में अकेले पलंग पर सोए। उसने रमा को अँधेरे में खींचा। रमा ने कहा वह सारा दिन कमरे धोते-धोते थक गई है, वह सोना चाहती है। परमजीत ने कहा वह स्वयं थका है पर उन्हें गृह प्रवेश तो मनाना ही चाहिए। रमा चुप हो गई। पर जब परमजीत ने आलिंगन के बीच उसे कपड़े उतारने को कहा तो वह तीखी आवाज में बोली, ''दुनिया के सारे मर्द यों ही कर लेते हैं, तुम्हीं क्या अनोखे हो?''

परमजीत का उत्साह वहीं बैठ गया। वह निष्क्रिय होकर सो गया। सुबह उसे आश्चर्य हुआ कि ऐसी भौंड़ी बात रमा कैसे कह सकी और उसने कैसे सुन ली। वह रमा से झगड़ना चाहता था पर उसने देखा रमा बच्चों के लिए आमलेट बनाने में व्यस्त है। अब तक परमजीत ने सोचा था कि शरीर उन दोनों के बीच से बिल्कुल खत्म नहीं हो गया है, वह यहीं कहीं बच्चों के असमय उठ पड़ने, पानी आने न आने, मकान मालकिन की करवटों और खाँसियों में अटक गया होगा। यह तो उसे अब ही पता चला कि एक की रुचि समाप्त होने पर दूसरे को कितना भयानक अकेलापन मिलता है।

बच्चे अपनी-अपनी प्लेटें लिये जल्दी में जूते पटक रहे थे। धुले कलफ लगे युनिफॉर्म में वे प्यारे लग रहे थे। उन्होंने रमा की आँखें और रंग व बाप का कसाव पाया था। पढ़ने में खास तेज नहीं थे पर फेल भी नहीं होते थे। परमजीत उनकी ओर देखकर सोचने लगा ये भी बड़े होकर कहीं रमा की तरह रूखे और ठंडे न हों।

परमजीत को अपने सोचते रहने से डर लगता। वह क्यों हर घटना का हिस्सा-

हिस्सा अलग कर देखता है। घर में हजारों बातें होती हैं और बीत जाती हैं। विश्लेषण करने पर तो हर बात खोखली ही नजर आएगी। ऐसे मौकों पर दफ्तर जाना पनाह लगती। वह दुगुनी संलग्नता से अपने को फाइलों में डुबो देता। उसने कम्फर्ट की स्वतंत्र वर्कशॉप भी खुलवा दी थी, उसका संचालन कार्य भी फिलहाल वह खुद देख रहा था। इसके लिए उसे दिन में दो-एक बार महालक्ष्मी भी जाना पड़ता। इसलिए कम्पनी ने उसे सेकंड हैंड कार दिलवा दी। कार दफ्तर के सभी काम के लिए थी। परमजीत शाम को कार में ही घर जाता। ड्राइव करते हुए उसे कभी-कभी अपने पर बड़ा अभिमान होता। आखिर ऐसे कितने आदमी हैं, जिन्होंने नौ सालों में दफ्तर में इतना विश्वास अर्जित किया हो। घर के आगे कार खड़ी होने से उसे और सारे घर भर को सन्तोष मिलता। शुरू दिनों में तो बच्चों को इतना मजा आया कि वे उसके घर पहुँचते ही कार में बैठ जाते और उसी में शाम का नाश्ता और दूध पीते। रात को बड़ी मुश्किल से उन्हें उसमें से निकाला जाता। स्वयं रमा भी कार देख-देखकर मगन होती। उसे इससे भी बड़ी खुशी यह थी कि कार के लिए पेट्रोल भी कम्पनी देती है और कम्पनी को पता नहीं चलता कि वे जब शॉपिंग करने जाते हैं तो दफ्तर की कार इस्तेमाल करते हैं।

एक दिन ड्राइव करते-करते अचानक परमजीत को कमजोरी सी महसूस हुई। उसे लगा उसका दिल तेजी से धड़क रहा है और पाँव काँप रहे हैं। उसने पास के रेस्तराँ के आगे गाड़ी रोककर चाय पी। पर उसे इतनी हिम्मत नहीं हुई कि वापस गाड़ी तक पहुँच जाए। वह वहीं बैठा रहा देर तक। उसे बैठे-बैठे अपने माँ-बाप और बच्चे याद आते रहे। एक मन उसका यह हुआ कि माँ-बाप को फौरन बम्बई बुला ले और एक यह कि वह दिल्ली चला जाए। वह तो जब वेटर दोपहर के लिए टेबल लगाने और गिलासों में नैपकिन्ज फँसाने लगे, तब उसे ध्यान आया कि उसे दफ्तर जाना है और जल्दी ही उसे डॉक्टर को भी दिखाना चाहिए। पता नहीं क्यों उसे महसूस हुआ कि यह कोई गम्भीर दर्द है। उसे ताज्जुब हुआ कि उस जैसे स्वस्थ जिस्म वाला आदमी भी बीमारी की सम्भावना रख सकता है। रास्ते भर वह सोचता रहा कि अगर वह कभी मर गया तो क्या होगा! फिर उसे हँसी आ गई, जरूर उसे सोचते रहने की गम्भीर बीमारी हो चली है।

पर ऐसी धड़कन महीने दो-महीने के अन्तराल पर होती ही रही। डॉक्टर ने उसे सिगरेट और शराब बिल्कुल बन्द करने को कहा। शराब वह पहले भी ज्यादा नहीं पीता था पर सिगरेट उसके लिए जिन्दा रहने का पर्याय थी। उसे लगता सिगरेट पीते समय, समय तेजी से खिसकता है और सिगरेट अकेलापन भी बाँटती है। सिगरेट के बल पर वह परिवार में असम्मिलित रहकर भी खुश रह सकता था। देर तक वह सिगरेट पीने की कसमसाहट काम में डूबकर भूलना चाहता पर खालीपन के छोटे-से टुकड़े में भी खुद-ब-खुद उसका हाथ पैकेट के ऊपर चला जाता। अगर

वह अनुशासन के तौर पर सिगरेट न खरीदता तो अचानक काम में से उसकी संलग्नता खत्म हो जाती। उसने पाया वह सिगरेट बन्द नहीं कर सकता, कम भले ही कर दे।

ऐसा तीसरी बार होने पर डॉक्टर ने उसे हिदायत दी वह छुट्टी लेकर घर पर पूरा आराम करे, आराम अपने आपमें इलाज है।

परमजीत ने छुट्टी ले ली। उसने रमा को बताया। रमा ने कहा, ''सारा दिन भाग-दौड़ में लगे रहते हो, कमजोरी हो गई है। ठीक पाँच बजे काम खत्म करके सीधे घर आओ तब तो सेहत बने। मैं रोज दूध में बादाम घिसकर दे दूँगी, ठीक हो जाओगे।''

रमा ने उसका काफी खयाल रखा। समय पर दवाइयाँ देती रही। उसने परमजीत को बिल्कुल उठने नहीं दिया और बच्चों को भी चुप रखा। पर परमजीत लेटे-लेटे चौथे दिन ही ऊब गया। उसे लगा वह भला-चंगा है, ठीक से खाता है, आराम से सोता है, यह धड़कन वगैरह सिर्फ वहम है। रमा इतनी व्यस्त थी कि वह ज्यादा देर उसके पास बैठ भी नहीं सकती थी। वह रेडियो सुनते-सुनते भी थक गया, वही मशीनी आवाज में साबुन, जूतों और कपड़ों के विज्ञापन, बीच-बीच में जाने-पहचाने गाने और गुमराह करनेवाली आकाशवाणी की खबरें। फिर घर में रमा उसे सिगरेट भी नहीं पीने देती। वह ज्यादा जोर देता तो वह कहती, ''ये डिब्बियाँ, बोतलें पी-पीकर ही कलेजा जलाया है तुमने, कोई जरूरत नहीं।''

पाँचवें दिन डॉक्टर से पूछ वह दफ्तर चला गया। डॉक्टर ने उसे ड्राइव करने को मना किया था। वह टैक्सी से दादर स्टेशन चला गया। उसे पूरे दिन बिल्कुल स्वस्थ महसूस होता रहा। वह कई बार अपने वहम पर मन ही मन हँसा। उसे दिन भर रमा के ऊपर प्यार आता रहा, 'आखिर वह मेरी बीवी है, मेरे बच्चों की माँ।' उसने निश्चय किया वह वक्त-बेवक्त की नोक-झोंक बन्द कर देगा और रमा की ख्वाहिशें समझने की कोशिश करेगा। आखिर जिन्दगी तो साथ ही बितानी है, अगर वे दोनों कोशिश करें तो ज्यादा मुश्किल नहीं होगा। शाम को उसने बच्चों के लिए गुरडोन से पैटीज और पेस्ट्री खरीदीं। उसका मन हुआ वह चर्चगेट से घर तक के लिए टैक्सी ले ले पर फिर उसने खयाल छोड़ दिया और सामने स्टेशन में घुस गया।

अँधेरी के लिए फास्ट गाड़ी कुछ ही मिनटों में आने वाली थी। वह अन्दाज से उस जगह खड़ा हो गया जहाँ फर्स्ट का डिब्बा आता था। सभी उस तरफ देख रहे थे जहाँ से रेल आने वाली थी।

अचानक परमजीत सिर से पाँव तक थरथरा गया। लेडीज फर्स्ट क्लास की जगह पर लड़कियों के एक बड़े झुंड में संजीवनी खड़ी थी। उसकी पीठ परमजीत की तरफ थी पर परमजीत पहचान में भूल नहीं कर सकता था। वही तीन-चौथाई बाँहों का ब्लाउज था और कलफ लगी, खूबसूरती से बँधी सूती साड़ी, वही

छोटा-सा कद था, वही बैककोम्ब किए फूले, बिखरे, आकर्षक बाल। पर वह दुबली लग रही थी। परमजीत अनजाने में आगे बढ़ गया। उसे लगा वह अचानक पुकार उठेगा, 'संजी!'

उसे ध्यान ही नहीं आया कि ट्रेन आ गई है। वह सम्मोहन में उधर खिंचता गया। अचानक लड़कियों के झुंड तक पहुँचने पर उसने पाया भीड़ डिब्बे में चली गई है। अकेले उस जगह खड़े होते ही जैसे वह झटके से होश में आ गया। संकोच और सन्ताप से जड़, उसे पता ही नहीं चला कि रेल कब प्लेटफॉर्म खाली कर चली गई। वह इस मुठभेड़ और ऐसी निराशा के लिए तैयार नहीं था। वह बुरी तरह हिल गया। यह लड़की अभी भी उसकी सारी नसों को झनझना गई और उसे अकेला खड़ा छोड़ गई, एक बदहवास ख्वाहिश से काँपता। पता नहीं कितनी देर वह ऐसे ही खड़ा रहा। उससे बात न कर सकने का, उसका चेहरा न देख पाने का उसे उतना ही अफसोस था जितना इसका कि संजीवनी ने उसे नहीं देखा। उसे, पता नहीं क्यों, लगा कि अगर वह देख लेती तो कभी गाड़ी न पकड़ती।

अगली गाड़ी के आने पर वह बैठने के साथ-साथ ही धीरे-धीरे अपनी ठोस वर्तमान दुनिया में लौटने की कोशिश करने लगा। उसे शर्म आई कि इतना बड़ा होने पर भी वह इस तरह विचलित हो गया और अब अफसोस कर रहा है कि क्यों वह उस धोखेबाज लड़की से बात नहीं कर सका। उसने महसूस किया कि यह अच्छा ही हुआ संजीवनी उसे देख नहीं पाई। वे वक्त को पीछे नहीं खींच सकते थे।

यह सब सोचने और गाड़ी चलने के बाद वह ब्रीफकेस में से शाम का अखबार निकालकर पढ़ने लगा। पर वह एक भी खबर ठीक से नहीं पढ़ पाया। बार-बार वही तस्वीर उसकी आँखों के आगे आती रही, हल्की पीली साड़ी में लिपटी, रूखे वालों वाली, अकेली खड़ी एक लड़की। लगता था, इतने सालों में उसमें कोई फर्क नहीं आया था, बस वह कुछ और कमजोर लग रही थी। परमजीत को इस समय सोचते हुए खुशी हुई कि संजीवनी अकेली थी। उसी तरह, उतनी ही अकेली जितनी तब जब उसने पहले पहल उसे देखा था। उसे महसूस हुआ जैसे अभी-अभी उसके हाथों से काँच का बर्तन छूटकर टूट गया है। सिर्फ एक बार उसे देख लेने की लालसा, इतनी तड़प से उसे पहले कभी नहीं हुई, सम्मोहन के दिनों में भी नहीं। पर इतनी जिज्ञासा, लालसा और उत्तेजना लिये हुए भी परमजीत दादर के आगे नहीं जा पाया। एक आदर्श पति की तरह अनिवार्यता से भरा वह उठा और उतरकर दादर की भीड़ में मिल गया।

टैक्सी से घर तक जाते समय भी उसका मन भीग आया। वह प्यार से उस दिन के बारे में सोचता रहा जब उसने संजीवनी को पकड़कर टैक्सी में चूम लिया था। उसे अपने होंठों पर उसकी नरम त्वचा का स्वाद महसूस हुआ और गालों पर उसके रेशमी हाथों का स्पर्श। उसे लगा वह टैक्सी को भगाता ले जाए पार्ले तक और

संजीवनी को बाँहों में दबोच दौड़ जाए वहाँ, जहाँ न लोग हों, न शोर, न घर हों, न दरवाजे और जहाँ पहुँच वह संजीवनी को दाँतों से काट-काटकर लहूलुहान कर इस कदर प्यार करे कि वह नाजुक-सी लड़की बेहोश हो जाए।

पर टैक्सी उसे घर ले आई थी जहाँ ऐसा कोई स्वप्नद्वीप नहीं था। वहाँ गोरे बच्चों को टहलाती काली-कलूटी नौकरानियाँ थीं और नई-पुरानी कारों की कतारें।

घर में बच्चे कमरे में बिना जाली के पिंगपाँग खेल रहे थे। गेंद साधने के लिए वे अभी छोटे थे। वह सिर्फ गेंद उछाल-उछालकर मजा ले रहे थे। रमा रसोई में थी।

परमजीत ने पेस्ट्री और पैटीज बच्चों में बाँटी और रमा के पास गया। रमा पसीने से भीगा चेहरा लिये प्रेशर कुकर में कुछ चढ़ा रही थी।

उसने कहा वह एक प्याला चाय चाहेगा।

रमा बोली, ''तुम बैठो, मैं अभी दूध लेकर आती हूँ।''

परमजीत हँसा, ''मुझे गुड्डू समझ रखा है! खुशकिस्मती से अभी मैं तुम्हें अपनी माँ नहीं मानता हूँ।''

''अब से मैं चाय बनाना बिल्कुल छोड़ दूँगी। पीना है तो दूध पियो नहीं तो कुछ नहीं।''

परमजीत ने कहा, ''वह उसकी बात समझता है पर वह बिल्कुल स्वस्थ है और चाय उसे कभी नुकसान नहीं कर सकती।''

रमा ने मुँह बनाकर ड्राइंगरूम में उसे चाय ला दी।

परमजीत जरा भी झड़प के मूड में नहीं था। उसने कहा, ''डार्लिंग, पास बैठो, कुछ खिलाओ-खाओ। ऐसे तो चाय भी दूध लगेगी।''

उसे यह अहसास था कि अभी कुछ देर पहले वह अपने परिवार के प्रति गैरजिम्मेदार होने लगा था।

''मसाला ठीक से नहीं भुना तो गोश्त बिगड़ जाएगा।'' रमा ने कहा और चली गई।

परमजीत कपड़े बदलकर अखबार पढ़ने लगा। शाम का अखबार रोज की ही तरह जरा भी महत्त्वपूर्ण नहीं था। वही मरे-गिरे और पुलिस के छापों की खबरें बड़े अक्षरों में छपी थीं और रेस्तराँ व कैबरे के विज्ञापन।

उसी शाम वह हुआ जिसकी कोई सम्भावना नहीं थी। बच्चे बाहर से खेलकर आ चुके थे। रमा ने खाना मेज पर लगाया और उन सबने आराम से खा लिया। तभी उठते-उठते परमजीत के दिल में जोरों से अन्दर से ऐंठता हुआ दर्द उठा। वह बिलबिला गया। उससे उठा ही नहीं गया, उसने रमा का नाम लेना चाहा

पर मुँह से बोल निकला नहीं। वह कुर्सी पर गिर गया। उसकी फटी-फटी आँखें सामने देख रही थीं पर उनमें सामने घूमते अपने बच्चों के लिए कोई पहचान नहीं थी। उसके होंठों से रोने जैसी आवाज निकली, उसका दायाँ हाथ सीने पर भिंच गया और पाँच फीट नौ इंच का वह आदमी मिनटों में ठंडा हो गया।

इतनी जल्द यह हुआ कि रमा जो प्लेटें अन्दर रखने गई थी, बच्चों की चीखें सुनकर आई और कुछ पल उसे समझ ही नहीं आया, हो क्या गया है। जब उसे कुछ-कुछ समझ आया उसकी चीख भी बच्चों की पुकार में शामिल थी। वे सब परमजीत के ऊपर झुके हुए चिल्ला रहे थे। उन्होंने जल्दी-जल्दी उसे कार्पेट पर लिटाया।

रमा रोती-पीटती पड़ोसियों को आवाज देने लगी।

डॉक्टर जब आया, उसकी जरूरत नहीं बची थी। उसने सिर्फ घोषित किया परमजीत मर चुका है, मौत का कारण, दिल का दौरा।

रमा ने दुहत्थड़ मार-मारकर सारा बदन रौंद डाला। बच्चे भी रो रहे थे। धीरे-धीरे बिल्डिंग के सारे आदमी इकट्ठे हो गए और अपनी-अपनी राय देने लगे। कुछ का कहना था शव रात को ही उठ जाना चाहिए, बच्चे देखेंगे तो और डरेंगे। कुछ चाहते थे यह सब काम सुबह हो। एक पड़ोसी ने दफ्तर वालों को सूचित करने का जिम्मा लिया, दूसरे ने पहचान वालों को।

रमा बार-बार हाथ मल रही थी, "मेरा हीरा चला गया, अरे मेरा लाखों का हीरा चला गया! अजी, तुमने बात तो की होती! बच्चों को तो देखा होता! हाय! मेरे बच्चों को कौन देखेगा! अजी देखो, गुड्डू कैसे रो रहा है।"

पड़ोस की स्त्रियाँ एक-एक कर जमा हो गईं। पर उनमें से किसी की कभी भी रमा से घनिष्ठता नहीं रही थी। इसलिए वे न तो रोने में साथ दे रही थीं, न सान्त्वना देने में। उनकी भाषा भी अलग थी। वे चुपचाप अफसोस करती हुईं रमा के पास बैठी थीं जो बार-बार अपना सिर दीवार से मार रही थी, "मैन्नू परदेश विच्चे सिट्ट तुस्सी किद्दर गए जी, जरा अक्खाँ ताँ खोलो। तुस्सी इन्तजार तो करदे, मैंने इलाज तो कराया होंदा। हुण मेरे बच्चे किस नू डैडी कहणगे! तुस्सी मैनु डार्लिंग-डार्लिंग कहते नहीं थकदे सी। तुहान्नू की हो गया मेरे बादशाह, तुस्सी कित्थे चले गए?"

रमा रोए जा रही थी। उसे समझ में नहीं आ रहा था यह हो क्या गया है, कि परमजीत हमेशा के लिए चला गया है, "हले, तुस्सी आखियाँ सी रोटी सवाद बणी है, हले, तुस्सी चले गए। मेरा की बणेगा! मेरे बच्च्याँ नूँ कौन सांभेगा।"

वह रात रमा के लिए जिन्दगी की सबसे लम्बी और भयानक रात थी। पड़ोस के लोग दो-चार घंटे बैठकर चले गए। जिनके घर में आया व नौकरानियाँ थीं उन्होंने उन्हें रमा के पास भेज दिया। रमा बैठी रही, गोद में दोनों बच्चों को लिये। उसे कुछ पता नहीं था अब उसका क्या होगा। उसे तो यह भी नहीं पता था कि अब शव का क्या होगा। वह इस शहर से बिल्कुल अनजान थी।

सुबह परमजीत के सभी दोस्त आ पहुँचे। इस खबर पर पहले उन्हें विश्वास नहीं हुआ। यों परमजीत से उनमें से किसी की भी, कई सालों से घनिष्ठता नहीं रही थी पर उन्हें इस बात की खास शिकायत नहीं थी। वे भी उतने ही व्यस्त रहते जितना परमजीत। वे सब आ गए, वालिया, विजया, प्रेम आर्य, जसबीर, शिन्दे, माला वगैरह। इस दृश्य के लिए कोई तैयार नहीं था। वे अविश्वास से परमजीत को देख रहे थे जिसका गोरा रंग अब तक काला पड़ गया था। उन्होंने नहीं सोचा था कि यह आदमी यों अचानक चुप हो जाएगा। हरेक को लगा कि अगर वे ज्यादा मिले होते तो परमजीत एक अच्छा दोस्त साबित होता।

फिर वालिया की व्यावहारिकता काम आई थी। उसने रमा से कई सवाल पूछे जिनमें से हरेक का उत्तर रमा ने रोकर दिया कि उसे कुछ नहीं मालूम।

रमा को पता नहीं चला कैसे सारा इन्तजाम हो गया, उसे विजया और माला दूसरे कमरे में जाने से रोके रहीं। सभी का दिल इस तनाव से घबरा गया था इसलिए रमा के सिवाय बाकी सबने शव के जाने पर चैन की साँस ली।

उस रमा ने, जो अकेले में भी परमजीत को छूने से कतराती थी, बिना किसी की परवाह किए, शव को कसकर चूम लिया। पर लोगों ने उसे अधिक वक्त नहीं दिया। वे उसके पति को ले गए, वह चीख-चीखकर उसे वापस बुलाती रही।

दोस्तों ने ही उसके मैके व ससुराल में तार दिए, उन्होंने ही अगली शाम बच्चों को जबरदस्ती खाना खिलाया, उन्होंने ही सारे कागजातों में से बीमे के कागज ढूँढ़े। रमा सिर्फ कृतज्ञ और गमगीन आँखों से सब देखती रही। उसकी वाचालता, उसकी लड़ाईप्रियता न जाने कहाँ दब गई थी। वह सिर हाथों में लिये कार्पेट पर बैठी रही।

तीसरे दिन घर रिश्तेदारों से भर गया। उनके आने के साथ ही साथ फिर से रोना-चिल्लाना शुरू हो गया। पप्पू और गुड्डू माँ को इतने दिनों से रोते देखकर घबरा चुके थे और अब उसके रोते ही वे भी बुरी तरह रोने लगते, ''ममी, तुम मत रोओ।'' रमा को जबरदस्ती आँसू रोकने पड़ते।

परमजीत की माँ अपने पति के साथ सारे रास्ते रोती आई थी। रमा के माँ-बाप भी उसी दिन आ गए। रोने के पहले दौर के एकदम बाद घर में तनावपूर्ण माहौल बन गया। परमजीत के माँ-बाप ने तानों में बात करनी शुरू कर दी। अगर रमा बच्चों के लिए दूध गरम करती परमजीत की माँ चिल्लाकर कहती, ''मेरे बेटे का खून क्या कम पिया है जो दूध पीने चली है! मेरे बेटे को एक दिन सुख नहीं दिया भैड़ी चन्दरी ने, दुखी बन्दा कितना जिन्दा रहता!''

रमा में ताने सुनने की बर्दाश्त कभी नहीं थी खासतौर से अब तो जरा भी नहीं जब वह खुद इतनी दुखी थी। उसने कहा, ''आप तो ऐसे बोल रहे हैं जैसे मैं बड़ी सुखी हूँ।''

इस बात के साथ-साथ सब अपने वहशीपन पर उतर आए। सबने एक-दूसरे

को जी भरकर गालियाँ दीं। परमजीत के बाप ने कहा, ''उसे मारकर तो छुट्टी की, अब सारे पैसे पर साँप बनकर बैठेगी।''

रमा के माँ-बाप बोले, ''वह कोई कुबेर का खजाना छोड़ गया है या लॉटरी?''

रमा ने कहा, ''उन्होंने तो कभी बैंक अकाउंट ही नहीं खोला। जो पैसे-दो पैसे मैं बचाती तो 'भेज दिल्ली' की रट लग जाती। मेरा तो जन्म बिगाड़ गए।''

इस सन्दर्भ पर उसके सास-ससुर खूब भड़के और फिर वे सब ऐसे बोलने लगे जैसे अभी-अभी कोई बैंक फेल हो गई है।

परमजीत के माँ-बाप के मन में यह बात जमकर बैठ गई कि उनके लाल को इस बरबंड औरत ने ही मार डाला।

रमा के माँ-बाप ने कहा वे ऐसे घर में लड़की देकर ही पछताए जहाँ उसके नसीब में सुहाग का सुख ही नहीं लिखा था।

इन सबके ऊपर रमा की आवाज थी जिसे अब सास-ससुर के अलावा अपने पति पर भी क्रोध था। उसने कहा, ''वे तो आराम से चले गए, उन्होंने मेरी फिक्र की मेरा क्या बनेगा? मैंने कितना कहा सिगरेट न पियो, उन्होंने सुना? मैं कहती चाय बन्द कर दो तो ज्यादा पीने लगे। मेरी जिन्दगी खराब कर गए। मेरी सारी उमर पड़ी है, मेरे बच्चों को रोटी कौन देगा, मैं कहाँ रहूँगी, मेरा कुछ तो सोचा होता!''

परमजीत के माँ-बाप बोले, ''हमारा बुढ़ापा बिगड़ गया, अब हम कहाँ जाएँगे?''

रमा के माँ-बाप चीखते रहे, ''हमारी बेटी को बीच धार में डुबो गया। ये तो उसके सिंगार के दिन थे, इस उमर में हमारी बच्ची को जोग दे गया।''

सब अपने-अपने सुर में रोते रहे और सबके मातम से ऐसा लगता रहा, जैसे परमजीत पिकनिक पर चला गया है।

✿✿✿